青妤記

6之6

〈伴花歸去〉

一半是天使 著

風文創 039

目錄

目錄

章二百一十二　秋涼乍起

初秋的早晨，風捲起幾片尚未完全褪去翠色的落葉，翩翩旋繞，比春天裡放肆飛舞的蝴蝶還要多了幾分嬌媚和悠然。

推開窗，一覺醒來頓覺神清氣爽，回想起昨夜在戲臺上的演出，子妤會心地笑了。光看臺下賓客們的反應，子妤就知道自己成功了，腦中還迴響著昨夜裡前院的喧囂，她相信，自白露節登臺一役，自己離「大青衣」這個目標又更近了一步。

再加上自己和唐虞之間越發的契合，感情也並未因為不常見面而疏離，反倒熱切地比日日守在一起更甚，子妤只覺得這個世界是多麼的美好，讓人沒有一絲一毫的憂慮。

入秋，京中傳出消息，右相府嫡孫諸葛不遜將和薄侯府薄鳶郡主舉行大婚儀式。因為花子妤深受諸葛貴妃器重，故特別安排了她在大婚儀式上獻唱。

這樣一來，「花子妤」三個字更加成為了街頭巷尾議論的焦點。花家班接到邀請花子妤出堂會演出的帖子猶如雪片般，已經在外院管事那裡堆成了小山。花夷乾脆命胡管事從中針對朝中三品以上的官員，一一按照等級來安排回覆，而其餘商賈富豪等的邀請則一律回絕了。

物以稀為貴，越是將姿態擺得高高的，花子妤出堂會的例銀就越翻越高，一場演出下來，單是付給戲班的例銀就是三百兩，還不包括給花子妤的打賞。

在梨園圈裡摸爬滾打數十年，花夷早就深諳此道。只有名伶，才能擺出這樣的「譜」；而他得到的指示也是，一定要將花子妤捧成「名伶」！

雖然花夷有些不明白，「五爺」明白指示了要捧花子妤，那肯定是為了某種目的的，可花子妤秀女落選，那就不是單純的「男歡女愛」可以解釋的了。但既然是「五爺」的吩咐，身為戲班班主的他肯定要照辦。

連帶花子紓，花夷也給朝元打了招呼，以後有演出都讓子紓一併登臺，照這樣下去，很快的花子紓也會在武生行當裡名聲鵲起。

花夷將子妤保護得極好，每次演出都是八個護衛跟隨，進了客人的宅院就謝絕外客。登臺獻演之後，再直接登上輦車回到戲班，連戲妝都不在外面卸。這樣一來，就避免了子妤和外人接觸，也避免有人衝撞到子妤，更避免了子妤素顏的容貌被客人看到。

子妤覺得花夷若是生在現代，一定是個極好的經紀人。他深知舞臺上的光鮮亮麗都是虛幻的，其實明星下臺後和普通人沒有什麼區別，所以要儘量保護明星私下的樣子不被粉絲們看到，這樣的距離感對明星最有利。

這段時間連番的演出，倒是讓花子妤累積了許多的經驗。唱詞的精準、動作的磨合，都讓她下一次的獻演越發成熟，也越發地精彩絕倫。

忙碌的生活之餘，子妤和唐虞會在他沐休的時候見見面，郎情妾意自不必說，兩人也極有默契地偶爾會讓戲班其他人看到，好潛移默化地讓他們接受兩人將來會在一起的事實。

這段時間，青歌兒的病情似乎也有些好轉了。

有時候看到子妤在院中練功，她竟會跟著哼唱兩句，雖然有些不成調，可眼神中流露出的思索卻是一個極大的進步。

每三日，花夷會讓子妤休息一天。

這一天又逢休息日，子妤並未早起，而是懶懶地睡到了臨近午時才精神奕奕地起床來，梳洗一番，取了自己默寫的《詩經》在手，到海棠院裡一邊翻看，一邊斟酌著諸葛不遜和薄鳶郡主大婚時，自己要獻演哪一齣新戲比較好。

正閒著，院門外有聲響，子妤一聽是止卿正在喊門，趕忙過去開門迎客。

止卿進門來看到青歌兒也在一旁端坐著，蹙了蹙眉，並未多加理會。倒是青歌兒看到一身竹青色長袍、面容俊逸、玉樹臨風的止卿，眼裡閃過一絲光彩，竟唇角上翹，對著他傻笑起來。

「你快看！」

子妤正好捕捉到了這一幕，趕忙叫住止卿，讓他看青歌兒。

素顏清濯、略顯消瘦的青歌兒此時雖然笑得呆傻，卻另有一絲純真的意味，讓人無法討厭。

「止卿，青歌兒記得你呢。」子妤有些興奮，趕忙推了推止卿。「你過去和她說說話吧，看她能不能恢復些神智，記起一些東西來。」

蹙著眉，止卿雖然極不願意，但眼看著面前表情無害，甚至有幾分「憨厚可愛」的青歌兒，卻怎麼也無法說出拒絕的話，只好點點頭，走了過去。

「青歌兒，妳還記得我嗎？」止卿走到離她幾步遠的地方便停下了，面無表情地吐出這句話來。

眨眨眼，青歌兒笑得越發燦爛了，可眼裡仍然只是一抹呆滯和癡傻。

「止卿，至少她會笑了。以後你常來，和她說說話，說不定能好起來呢。」子妤在一旁看得咋咋直嘆，果然面對心愛的人就是不一樣啊；就算是失心瘋，也一樣能笑得如此明媚如花。

兩人議論著，卻沒發現原本笑容呆傻的青歌兒，眼裡竟閃過了一絲清明，那如絲般纏繞在止卿身上的目光中，帶著一絲眷戀、一絲不捨、一絲感慨，卻還有一絲抹不去的恨意和猙獰……

既然止卿來了，子妤見青歌兒穿得單薄，便讓他留下來陪一陪青歌兒，打算去一趟青歌兒原先住的屋子取兩件秋衣過來。

可到了院子，負責照顧二等戲伶的白婆婆卻有所隱瞞似的說：「姑娘，不如這樣吧，您先回去海棠院，等會兒小的把東西收拾好親自送過去，也免得髒了您的手。要知道這裡頭可有些時候沒住人了，也沒打掃過。」

「沒關係，最近秋涼風大，我只拿兩件給青歌兒應應急。」子妤抬眼看了看略顯慌張的白婆婆，似乎想到了什麼，便道：「怎麼，婆婆難道還怕我偷拿了青歌兒的東西不成？」

「小的怎麼敢這樣想呢！」白婆婆有些發慌了，用身子將門口擋住。「子妤姑娘您可精貴著呢，怎好勞煩您親自為青歌兒來取東西。小的已經說過了，等會兒就派人送過去，難道姑娘還不放心嗎？」

花子妤可不是普通的十六歲小姑娘，看著白婆婆躲閃的眼神，心裡已然有數，佯裝同意道：「那就勞煩婆婆早些送過去，免得青歌兒受凍。」

一邊轉身，子妤一邊小心地觀察著白婆婆的表情，發現她看到自己要走，眼底的神色馬上就鬆懈了下來。

趁著白婆婆一個不注意，子妤又突然回身，一個側步便極為靈巧地繞過了白婆婆的身子，雙手一用力，便將並未上鎖的屋門給一把推開了。

「姑娘，您怎麼就進去了呢?!」白婆婆嚇得臉都白了，趕緊上前想要拉了子妤出來，可又有些不敢動手，於是乾脆跟著衝了進去，用身子擋了她的視線。「您看看，屋裡厚厚一層灰呢，要是嗆著您可怎麼辦？」

子妤並未理會她，只環顧了一下屋裡周圍，看到衣櫥的位置，一把推開了白婆婆，走過去就動手把衣櫥門給打開了。

空空如也，連一根線、一塊布也沒有留下，這就是青歌兒的衣櫥！

「怎麼回事兒？」子妤臉色嚴肅地轉過頭，質問著白婆婆。「難道有人把青歌兒的衣裳拿走了？她只是生病了，又不是不再回來，為什麼要把她的衣裳全部拿走？」

白婆婆嚇得雙腳直抖，趕緊鞠身辯解起來：「姑娘，這……這都是小的看守不嚴，也不知道被哪個不長眼的貪心貨給偷溜進屋，搬走了青歌兒的衣裳和首飾。小的怕被責罰，所以才不敢讓姑娘進屋來取東西的。」

「可妳先前不是說會親自把東西收拾好送到海棠院嗎？」子妤蹙蹙眉，有些不信這個白婆婆的話。「難道，妳曉得是誰把青歌兒的東西搬走的？」

「師姊，我知道是誰拿走了青歌兒的東西。」

柔軟清亮的女聲在耳後響起，子妤回頭望過去，一位身穿二等戲伶常服的女子端立在門口，眉眼清秀、身姿豐潤，竟有種說不出的明媚姿態。

「妳是……」子妤剛開口問這女子是誰，那白婆婆就急匆匆地迎了上去。「唐箏姑娘，您昨兒個才搬進院子，哪裡知道這兒的事，可別亂說話。」

這個名叫唐箏的女子莞爾一笑，笑容裡有著說不出的柔婉清媚。「就是因為我昨夜才到，正好撞見婆婆和門房的大叔交割銀錢……不然，您以為我為何敢過來說這話？」

子妤自然聽明白了這個唐箏話中的意思，轉而看向白婆婆，語氣嚴厲。「婆婆，其他的我不想說了，只一句話，妳今夜之前必須將青歌兒的東西一樣不少的還回來。否則，明天我就去稟明班主，班裡規矩妳應該清楚明白，若是鬧到班主那兒去，可就不是『物歸原主』那麼簡單的了。」

聽說子妤要告訴花夷自己的偷竊行為，白婆婆嚇得雙腳一軟，只差沒跪下去磕頭了。

「可是，小的已經分批換了銀子，子妤姑娘，您行行好，我把銀子如數歸還可好？」

「那是妳的事兒，我管不著。總之，今夜見不到青歌兒的東西，妳就等著班主召見吧。」子妤對這樣的小人從來不會有半分同情，因為一旦心軟，下次找到機會他們就會變本加厲。所以，一針見血才是對付他們最好的辦法。

「子妤姑娘，小的……」白婆婆急得不行，張口還想求花子妤，卻被一直站在門口的唐箏打斷了。

「婆婆，妳有時間在這兒磨蹭，不如快些去把東西追回來。我相信，妳只要願意出比賣的多三成的價錢，就一定都能收回來。仔細想想，花點兒錢，總比被板子打在身上要好受些吧。」

唐箏說這話的時候仍舊一副笑臉，只是眼底卻直白地流露出輕蔑，絲毫不加掩飾。

「唐姑娘，妳……」白婆婆氣得差些一口氣上不來，喉中濃痰一卡，便嗆咳起來，但也知道唐箏說的沒錯，趕緊從地上爬起來，踉踉蹌蹌地就回屋裡挖箱底贖東西去了。

沒有再理會那白婆婆，子妤抬眼看了看倚在門邊的唐箏，對這個陌生的女孩倒生出一絲好感來。「唐姑娘，多謝了。」

「謝什麼，只是同為戲娘，有些感慨和抱不平罷了。」唐箏說完，提步進了屋子，伸出青蔥如玉的指尖輕輕拂過屋裡的海棠福壽雕花八角桌，桌子上頭便留下了一道細細的灰痕。

「我剛來就聽說了青歌兒的事，只覺得她可憐。還望師姊莫要覺得我多管閒事才好。」

「我並未穿一等戲伶的常服，唐姑娘怎麼知道我是……」子妤疑惑地看著唐箏。

「請師姊喚我名諱即可。」唐箏柔柔一笑，側著頭看向了花子妤。「雖然我昨天才進入戲班，可師姊作為一等戲伶登臺的那一晚，我是親眼看了全場的。不過，一開始我也沒能認出來，聽得白婆婆叫了師姊的閨名，這才確定是您。」

有些意外，子妤知道自己登臺那一夜只有一百位花家班的熟客，而且是極為重要的賓客才能受邀而來的，可這個唐箏，看樣子應該是被花夷從外面聘請來的一個戲娘罷了，又怎麼會看到自己的演出呢？

看出花子妤表情中的疑惑，唐箏蓮步輕移向她靠近了幾分。「師姊不必懷疑，我能看到您演出，是因為有人帶我進戲園子罷了，並非是受邀而來的賓客。」

「噢？是班主嗎？」子妤下意識地想到了花夷。這些日子，他挖了不少其他戲班的名角過來，說不定這個唐箏也是哪個戲班的台柱。

「不是的。」唐箏微笑著搖搖頭。「是我哥哥，唐虞。」

「唐虞！」

子妤一愣，好半晌才回神過來。「可那晚他並未對我說他妹妹也來了啊！」

「對啊。」唐箏好像明白了什麼。「好像師姊曾經拜在我哥哥的門下為徒，只是後來不知為何又師從花班主了。想來，這也是他肯親自為您上陣壓場伴奏的原因吧。」

子好沒想到唐虞的妹妹會來到戲班，更沒想到他的妹妹竟是這麼個絕色的美人兒，心裡頭多了幾分親近，便道：「唐姑娘，妳初來乍到，或許對戲班裡的環境都不太熟悉。若有什麼問題，可以隨時來海棠院找我。只要能幫得上的，我一定盡力。」

誰知唐箏卻略顯羞澀地搖搖頭。「不用了，怎麼敢勞煩師姊呢。我剛來，也不忙著登臺，只等下次哥哥沐休的時候，讓他帶我熟悉一下戲班就行了。」

「要等到唐師父沐休至少還有七、八日呢，這段時間就讓我帶妳四處適應適應吧。」子妤越發覺得這個唐箏看著順眼，上前輕輕挽住了她的手臂。「正好今日我得空，不如妳隨我去海棠院，一起用了午膳，然後我再帶妳去無棠院等各個地方轉轉，至少知道平日裡在哪兒用膳吧。」

沒想到花子妤如此和善，唐箏高興地點點頭，隨著她一起出了青歌兒的屋子。「那就麻煩師姊了，等哥哥回來，我一定讓他親自來好好謝您。」

章二百一十三　庭院深深

等到深夜，白婆婆總算抬著兩個箱籠來到了海棠院，只說一些應季的衣裳都尋回來了，但是有幾樣首飾並非流去當鋪，而是去了銀樓，當即就被掌櫃的轉賣了，便奉上了十六兩銀子，算是補償。

花子好並未和白婆婆再計較什麼，收了東西和銀子，一併交給了尚婆婆，讓她好生負責看管。特別是那十六兩銀子，說是可以買些補身子的藥材來熬給青歌兒服用，也好讓她快些恢復。

白婆婆害怕花子好告訴班主，還留了下來似想說些什麼。

子好只讓尚婆婆趕了她出門，根本懶得理會，更不想告訴她自己並未稟明班主她私自轉賣青歌兒東西的事。白婆婆不敢造次，只得怏怏地離開了。

子好其實並不怎麼把這件事放在心上。人都是貪心的，更何況是面對一個瘋了的戲伶，青歌兒對於白婆婆來說，根本就是砧板上的肉，是可以隨意宰割的，轉賣她的東西，也不過只是舉手之勞而已。

倒是中間牽扯出來一個人，讓子好有些掛念。

唐箏，竟會是唐虞的族妹！為何唐虞那次回來並未告訴自己呢？是忘記了，還是有其他原因呢。

下意識的，子妤有些慶幸，虧得這唐箏和唐虞同姓，應該是堂兄妹的關係，不然，以唐箏那樣嫵媚溫柔的性格、乖巧俊俏的長相，自己還會覺得不放心呢。

解決了青歌兒的事，這一天也就結束了，子妤梳洗上床，蓋上薄被就合眼睡著了。

夜半三更，海棠院安靜得只有一、兩聲蟲鳴偶爾響起。

突然間，卻聽得一聲「吱嘎」的門響，竟是青歌兒的房門被緩緩打開了。

披著一件秋裳的青歌兒緩步來到庭院中間，藉著朦朧的月光在西府海棠樹邊的石凳坐下，也不顧皮膚上傳來石凳有些過於冰涼的觸感，只一手托腮，望著濛濛的夜色發起呆來。

其實早在兩、三日之前，她就已經清醒了些，至少想起了從前的一些事，想起了自己一直念念不忘的止卿，也想起了自己和花子妤之間曾經的糾葛。

先前，看到花子妤親自去幫自己取衣裳，留下了止卿守著院子，青歌兒沒有作聲，只安安靜靜地遠遠看著止卿，覺得那樣就已經很滿足了。

待花子妤回來，見她兩手空空，再聽她跟止卿說起自己的東西竟被守院子的白婆婆悉數拿出去變賣了，心裡便覺得又恨又失落的，好像整個世界已經把自己給遺棄了般。

可沒想到等到入夜時，那白婆婆竟會乖乖地親自抬來兩個箱子，將自己的衣裳、首飾等一併歸還了，之後還留下了不少的銀子。

更沒想到的是，這些東西竟然是花子妤為自己出面要回來的，而且她將那些銀子給了尚婆婆，囑咐要買東西給自己補身子。

望著被烏雲漸漸遮蔽的彎月，青歌兒嘆了一口氣，用著細若不可聞的聲音自言自語道：「花子妤，妳為何會對我這樣好？我和妳之間，沒有恩，只有怨，為何妳要以德報怨呢？」

說著，兩抹清淚從眼眶滑落，青歌兒緊握著拳頭，咬牙道：「妳知道嗎，妳越是這樣，我就越討厭妳，因為妳的好，就越發地襯托出我的壞。在止卿眼裡，他就越會把妳當成仙女一般來看待、來喜歡……而到最後，他也只會傷心罷了……我說的句句都是真話，為什麼大家都不信，花子妤和唐虞背著大家做些見不得人的勾當，卻又總是被眾人捧著捨不得去質疑呢？」

嘴唇已經被咬得失去了血色，甚至有一絲淡淡的殷紅顏色從玉齒間滲了出來，青歌兒默默地閉上了眼，仰著頭，只任由秋意瑟瑟的冷風吹拂過自己的面孔。

「子妤姑娘，子妤姑娘，不得了了！快開門啊！」

第二天一早，子妤還在睡夢中，就聽得門上傳來焦急的喊聲。

聽到尚婆婆急促的敲門聲，子妤一下子就睡意全消，趕忙從床上翻身下來，連外衣也來不及披上，過去將門打開。「怎麼了？尚婆婆，可是青歌兒發生什麼事？」

尚婆婆使勁地點頭。「姑娘，您過去看看吧，青歌兒她渾身發抖，口中不斷地喊著『冷』，可一摸她的身子卻燙得嚇死人！」

子好顧不得自己還沒梳洗更衣，直接往青歌兒屋裡去，邊走邊問尚婆婆：「請大夫沒有？」

「還沒呢，小的剛給青歌兒煎了藥，想餵她先用點兒粥，卻沒想到一進屋就聽見她的呻吟，嚇得察看一番就趕忙過來報給您了。」尚婆婆也趕緊將先前的事情匆匆說了一遍，又上前去給花子好開了門。

「妳趕緊去找陳哥兒，讓他給青歌兒請一個高明點的大夫過來瞧病，平日裡給普通弟子瞧病的那個張大夫可不行，記得，只說診費由我來付就行了。快去快回！」子好回頭，吩咐了尚婆婆一番，見她點頭就往外跑，這才轉身，推開了青歌兒的屋門。

「冷……好冷……」

躺在床上的青歌兒臉色蒼白，卻透出一抹異樣的潮紅，額前的髮絲幾乎完全被汗水給沾濕，一縷縷地貼在臉上，更加顯得膚色青灰毫無光澤。

子好趕緊把門關上，快步來到床邊，伸手一探，青歌兒的額頭果然熱燙得嚇人。

對於普通的傷寒感冒，唐虞曾教花子好一些診脈。子好捏按住青歌兒的腕脈，才一把脈眉頭就立刻皺成了一團。

這明顯是寒邪入腑，肺氣傷根的脈象！

難道青歌兒昨夜曾經離開過屋子？子好趕緊將被子蓋好，看著青歌兒雙目緊閉、口唇發白的樣子，想問卻知道她根本沒法回答任何問題。

「子好，我碰到尚婆婆，她說青歌兒病得很嚴重。」說話間，止卿已推門而進，顧不得這裡是青歌兒的閨房，他直接來到子好身邊。「她怎麼樣了？」

「她受了極其嚴重的風寒，身體燒得厲害。」子好放下了青歌兒的手，來到臉盆架旁擰了一方涼水布過來給她敷在額頭上。「也不知是什麼時候開始發燒的，我怕她會撐不下去。」

「傷寒應該並非太難治，怎麼會撐不下去？」止卿雖然不喜青歌兒，但眼看著她如此可憐的模樣，心裡又有一絲同情。

「傷寒發病的內因是正氣虛虧，她原本就因為失心瘋而身體虛弱，起居失常，再加上寒溫不適，很可能昨夜因為吹了陰冷的秋風，造成外邪侵犯成病。」子好仔細地給止卿解釋了，輕輕拍了拍他的肩膀。「不過我已經讓尚婆婆去請個好大夫來幫她診脈，或許，還是能治好也說不定。」

「子好。」止卿正要再問，卻被門邊傳來的喚聲給打斷。

子好回頭一看，卻沒想竟是唐虞回來了，驚喜的笑容浮現在臉上。「唐師父！今日並非沐休，你怎麼回來了？」

「師父！」止卿看到唐虞也很意外，趕忙上去行了禮。「師父，您比那些市井大夫的醫術要高明許多，您幫青歌兒看看吧。」

唐虞跨步進屋，先深深地看了子妤一眼，這才過去床邊，為青歌兒診脈。

好半晌，他才放下了青歌兒的手腕，搖頭道：「子妤說得對，她原本因為失心瘋而身體有所虧損，特別是神智上的虧損最為厲害，加上秋寒入體，別看只是個小小的傷寒，或許真的會因此送命也說不定。」

「這……」止卿聽了唐虞所言，這下是徹底相信了。可看著青歌兒活生生地躺在面前，卻總也不忍心去細想，只抿了抿唇，嘆道：「或許這就是命吧。她與其那樣渾渾噩噩地活著，不如早些去了，也算是一種解脫。」

止卿這話，讓子妤和唐虞都有些傷感，對望一眼，也不知該說些什麼才好。

「止卿……」

正當屋內陷入靜默的時候，青歌兒卻突然吐出了這兩個字，令止卿愣了一愣，便趕忙上前來到床頭的位置，語氣中充滿了不確定。「青歌兒，妳……剛剛是在叫我的名字嗎？」

「她是在叫你的名字。」子妤也同樣驚訝不已，要知道青歌兒自從得了失心瘋，就沒有開口說過一句話，更別提認出周遭的人是誰了！

「我也聽見了。」唐虞看了一眼止卿，又看了看青歌兒，忙道：「快看，她睜開眼了！」

「止卿……你在嗎？」若非額上敷著濕布，臉色虛弱得毫無生氣，此時的青歌兒看起來和以前沒有什麼區別，眼神也清明了起來。「你能過來嗎？我有話……想對你說……」

止卿並未立刻過去，只看了一眼子妤。

子妤和唐虞示意止卿趕快過去，同時側開身子，讓出了床頭的位置給止卿。

止卿蹙著眉，看到青歌兒已經恢復了神智的雙眼，問道：「妳是何時清醒的？」

勉強地扯了扯嘴角，青歌兒艱難的開口道：「這並不重要，重要的是，有句話我一直想對你說，若此時不說，以後，怕是再沒機會了……」

聽見兩人的對話內容，子妤和唐虞對望一眼，都看到了對方眼中的疑惑。子妤更是帶著探究的目光看向了躺在床上奄奄一息的青歌兒，露出了若有所思的表情。

章二百一十四　香魂漸逝

薄薄的日光從窗隙間射入房中，落在床頭，將青歌兒的面色點染地越發清瘦蒼白，雖然兩頰因為發燒而有著異樣的紅暈，可唇上幾乎透明如白紙般的顏色，已然清楚地顯示，屬於她的生機正在漸漸消失。

花子妤和唐虞都走出屋子，關上門，只留下止卿單獨面對著青歌兒。

「還不到沐休，你怎麼回來了？」子妤端了茶水到海棠樹邊的石桌，和唐虞對坐著，語氣間雖然是疑問，但明顯帶著愉悅和歡欣。

唐虞抬眼，迎著子妤柔和的目光，微笑道：「有些事要回來處理一下。」

「什麼事？」子妤隨口問道。

唐虞卻面帶尷尬，側過眼。「沒什麼，戲班裡的一些瑣事而已。」

子妤不疑有他，挾了一塊親手做的海棠芙蓉糕給唐虞。「對了，你為什麼不告訴我你族妹唐箏也來了戲班？」

聽見「唐箏」二字，唐虞明顯的神情一滯。

「你不在戲班，她又人生地不熟的，先告訴我，至少可以幫忙照看她一下。」子妤喝了一口溫茶。「若不是我去青歌兒的院子替她取東西，還不知道呢。這幾日她常來海棠院，接觸下來，我都忍不住要喜歡她了。果然是江南世家出來的女子，溫柔得好像一汪清澈見底的泉水，長相也是極美的……」

「子妤！」

唐虞突然出聲，打斷了子妤的話，眼裡不再有尷尬，只帶著幾分愧疚不明的神色。

「怎麼了？」子妤不解地望著唐虞，隨即莞爾。「我又沒怪你不告訴我，只是覺得她一個人在戲班極不容易，想幫幫而已。」

「唐箏並非我的族妹。」唐虞伸出手，輕輕牽起子妤的手。「她原本是個孤兒，三歲那年被母親從尼姑庵中領養回來。她……母親收留她，名義上是唐家的童養媳。」

「童養媳？」子妤差些將口中的茶水給噴出來。「她是誰的童養媳，你的嗎？」

「這倒不是。」唐虞搖搖頭。「這樣說吧，唐家到我這一輩有三個未婚的子弟，她作為童養媳，並未單獨指定嫁給誰。」

「所以，她也有可能會嫁給你。」子妤放下杯盞，抿了抿唇，覺得有些不可思議。「你別告訴我，她千里迢迢從江南到京城，是為了想要嫁給你吧。」

唐虞並未直接回答，只細細說道：「她是個極有主見的女子。十一歲的時候就跟著我在江南的常春班學戲，後來我十五歲入京，她倒是一直留在江南。可上個月，母親修了家書一封，說唐箏也入京了，讓我幫她留在花家班，以她的唱功、身段，做二等戲伶綽綽有餘；班主想到青歌兒的病情短時間內難以痊癒，正好讓她補了缺。」

「所以呢？」子妤眨眨眼，不明白唐虞到底想要表達什麼意思。

「我本來警告過她，讓她不要告訴任何人她的身分，卻沒想到她會主動找上妳……」唐虞眉頭蹙起。「或許，我不該修書告訴母親妳我的事。」

子妤眼睛一亮。「你告訴了你母親我們的事？」

「對不起，我沒經過妳的同意便……實在因為母親這兩年不停地帶信催我回去成親，正好妳我關係已經明朗，所以便想先告訴她……」

「子沐！」子妤笑得眉眼彎彎，真想湊過去在唐虞的臉上親上一口，可礙於光天化日之下，不好做這等放浪之事，只好將雙手伸過去反握住他。「你不用解釋了，我高興著呢。說句臉皮厚的話，若是你一直瞞著家裡，我還怕你是欺騙別人感情的登徒子呢！」

「妳真這樣想？」唐虞沒料到子妤會是如此反應，有別於一般女子的害羞，她洋溢著喜悅的表情讓人心裡暖暖的。

「唐箏的事兒你可得處理好了。」子妤旋即嘟了嘟嘴。「她明顯是收到了你的家書，從你母親那裡知道了我的存在，所以才專程來到京城的。不然，她為何那麼巧和我搭了話呢。」

「子妤，妳待她如戲班其他弟子一樣就好，不用放在心上。其他的，我會妥善處理的。」唐虞點點頭，自然不會讓子妤去操心這些事。

「不過……」子妤想了想，又道：「她和我這幾次見面，除了最開始提了一下你的名字之外，並未再說任何有關你的話。她和我相處，也只是論論戲文，探討探討唱功、身段的問題，倒沒有帶著什麼目的。你最好先弄清楚她到底為何而來再說，免得誤會了人家。」

唐虞見子妤的確是沒有放在心上，這才鬆了口氣，直接道：「我是這次回來就是要好好問問她，是準備長期在京城待著，還是想歷練個兩年便回江南去。畢竟她才十九歲，還有好些年可以唱戲。」

對於子妤來說，唐箏雖然容貌、性情都是上乘，可也不致構成什麼威脅。連金盞兒和塞雁兒那樣的美人，唐虞都能拒於千里之外而絲毫不動心，這個所謂的「童養媳」，想來也不會影響到自己和唐虞之間的感情才對。

不過對於唐虞一開始的隱瞞，子妤還是有些小小的介意，便道：「你為何不對我說明呢？我又不是那等不講理、愛胡亂吃醋的人。你這樣隱瞞，倒讓她有機可乘，還好她並未說什麼，要是她直接告訴我她是你的童養媳，我不誤會都難呢！」

有些不好意思地甩甩頭，唐虞用著抱歉的語氣道：「她也是妳登臺的那一晚突然出現在戲班，還好班主幫我先安置了她。那時候也真的沒機會跟妳解釋，所以才一直拖著。而且……」

「而且她身分尷尬，你怕我誤會，是嗎？」子妤爽朗地笑了，知道唐虞對自己如此上心，暗地裡早就笑開了花，哪裡還會在乎那個唐箏到底是怎麼回事。

「不過看來是我庸人自擾了，以妳的性情，早些告知反而更好。」唐虞目光柔軟，看著子妤的神情更多了幾分喜歡和欣賞。

「子妤！」

兩人正說這話，院門上傳來敲門聲，正是唐箏。

「說曹操曹操就到了呢，不如你去開門吧。」子妤以手托腮，可不想捲入唐虞的家務事裡，說白了，要知道唐箏來京城的真正目的是什麼，也只有唐虞才有資格去插手。

唐虞順勢起身，給子妤一個「妳放心」的微笑，這便過去開了院門。

「子沐哥哥！」唐箏見來開門的竟是唐虞，喜悅之情溢於言表。「聽人說你回戲班了，我還不信，因為你都沒來找我。卻沒想竟在此處見到你了！」

「箏兒，妳先進來吧。」唐虞側身，讓唐箏進了院子。

看到子妤端坐在西府海棠樹邊，只含笑看著自己，唐箏臉上掠過一絲尷尬的表情，隨即又掩飾住了。「子妤，我本來是找妳問問戲班上戲的規矩，卻沒想到打擾了妳和……唐師父說話。」

「沒關係，妳先過來坐吧，我去備茶。」子妤說著起身來，示意唐箏坐過來，便自顧自回了屋子，明顯是想讓唐虞和唐箏兩人好單獨說話。

看到子妤主動迴避，唐箏似乎鬆了口氣，眼神有些帶怯地看向了唐虞，開口解釋道：「子沐哥哥，我不是有意的，你別誤會。」

唐虞恢復了如常冷峻淡漠的表情，只淡淡道：「以下的話我只說一遍，妳且聽仔細了——因為妳也姓唐，所以我一直視妳為妹妹，妳來京城，作為哥哥我很歡迎，所以無論妳真正目的是什麼，我都不會過問一句。花家班我已經幫妳安排好，以後妳在京城也有了落腳之處，至於其他我也難幫到妳什麼，身在梨園圈內，妳也明白一切都全憑本事。另外，子好這裡，若無必要還請妳不要來打擾。」

先是面帶茫然，之後便是一抹難言的默然，唐箏只細細聽著，並未開口再說什麼。

唐虞見她這樣，心裡雖然略有不忍，但他更加不願意自己和子妤之間因為她的到來變得複雜，只好把話說清楚，免得以後有口難辯，麻煩不斷。

子妤站在屋門背後，倒也將唐虞這段有意大聲說的話聽了個清楚明白，暗嘆了一聲「紅顏禍水」，只是這紅顏並非女子，而是俊俏瀟灑得讓所有女人為之傾倒的唐虞罷了。

院門聲響起，子妤知道唐箏定然已經難堪尷尬地離開了，便不再躲藏，推門而出。

正好，止卿也從青歌兒的屋子裡急急地出來了，面帶愁色說道：「唐師父，勞煩你去看看青歌兒，她好像暈過去了。」

唐虞和子妤都來不及再仔細說唐箏的事，聞言，立即齊齊往青歌兒的屋裡而去。

來到青歌兒的床頭，唐虞伸手捏住她的細腕，略一把脈就暗道了聲「不好」。

「怎麼樣？」子妤見唐虞眉頭蹙起，心裡也是一涼。

「沒關係，她只是暫時睡著了。」唐虞搖頭，臉上的表情有著些許的遺憾。「只是，她的情況比先前又差了不少。我這裡，是再難做什麼努力了。等會兒尚婆婆請了大夫過來，看看他怎麼說吧。」

子好看了一眼止卿，發覺他的臉色有些不好，眼神複雜地看著躺在床上的青歌兒，也不知道該說什麼，只低聲道：「那我們先出去，不打擾她休息。」

止卿卻意外地拒絕了。「師父好不容易回來一趟，子好，妳陪師父用晚膳吧。至於我，想在這兒守一會兒，至少等尚婆婆帶了大夫過來看看是怎麼回事才好。」

心裡明白先前青歌兒一定是對止卿說了些什麼打動他的話，子好也不好多勸，只點點頭，和唐虞一起默默地出去了。

章二百一十五 自作自孽

三日後，陳哥兒帶了兩個身強力壯的婆婆，將已然病得昏迷不醒的青歌兒用擔架抬出了海棠院。

子好本想繼續留下她，可尚婆婆請來的兩個大夫都說青歌兒的傷寒到後面會傳染，最好能隔離開來。

面對已經瘦得不成樣兒的青歌兒，子好也只好取出二十兩銀子的私房，交給一併出戲班去照顧她的尚婆婆，囑咐她要費心照料，若有好轉一定來告訴自己一聲；若真的不能救了，這點兒銀子也能安排讓她回到老家去下葬。

尚婆婆忐忑地接了銀子，發誓自己一定會好生照顧青歌兒，便也收拾了東西，跟著陳哥兒派來的兩個婆婆一併離開了海棠院。

於是花子好的日子又恢復到了當初所想要的，清靜而無擾。

而這次的「無擾」倒真的是毫無干擾。自唐虞上次和唐箏談過，她就再也沒來海棠院了。子好知道兩人的身分各有尷尬處，也壓住了想要和她做朋友的心思。

不過偶然間子好會從花夷口中得知，唐箏在戲班開始登臺上戲後極為受捧，身價例銀也隨著往上漲，儼然成為了繼花子好之後的新晉名伶，只不過她畢竟二等，無論名聲和身價例銀和身為一等戲伶的花子妤還是差了不少。

兩人難免會在前院上戲的時候偶爾遇見，有了唐虞的「告誡」，唐箏顯得有些拘謹和不知所措。可花子妤卻會停下來主動和她說幾句話，不遠，也不近，只當作普通的同門來交往罷了，讓人挑不出差錯來。

花子妤只希望唐箏不會是第二個青歌兒就行，其他的並不會太放在心上。

還好唐虞或許和花夷說了什麼，整個戲班除了花子妤和花夷本人之外，就再沒人知道唐箏和唐虞之間的關係了。這對於花子妤來說，也免去了不少的麻煩。

眼看諸葛不遜和薄鳶郡主的婚期快到了，子妤將〈桃夭〉好生琢磨了一番，最後配上了唐虞譜的一曲柔美音樂，算是把獻演的事情完全確定了下來。

一個月後，子妤在大婚前一天被諸葛家的輦車接入了右相府邸，為第二天獻演作準備。這次除了子妤，子紓也來了，不過子紓卻是以男儐相的身分被迎入府的。

換上一身嶄新的栗色錦服，打扮一新的花子紓看起來身材高碩，意氣風發，站在一身大紅吉服的諸葛不遜身邊也絲毫沒有被新郎官的風采所掩蓋，連右相大人都不住地稱讚子紓，說他儀表堂堂，的確堪為不遜的婚禮儐相。

除了子紓，茗月和阿滿也一併來了，一如往常，她們負責貼身幫子妤準備登臺的諸多事宜。

諸葛不遜和薄鳶郡主成親那天的陣仗並不盛大，兩家都只請了最親近的親友前來觀禮，席面數下來也就二十來桌。只不過出席婚禮的賓客均是身分超凡，其中最為尊貴的便是身為太子生母的諸葛貴妃，以及太子殿下本人了。

讓子妤驚喜的是，劉惜惜竟然也作為隨侍一併來到了右相府。

當劉惜惜來到專門為子妤獻演準備的院子時，正好茗月也在。三人自從宮裡選秀大典結束便沒有再聚首過，難得這次能相見，不由得都是滿懷唏噓和感慨。

看著劉惜惜一身女官常服，青藍色的裙衫掩住了她青春少女特有的氣息，多了一絲內斂及一絲沈靜，即便是在她看到子妤和茗月時那毫不掩飾綻開的笑容，也少了原本妖豔魅惑的感覺。

諸葛不遜特地吩咐廚房留了一個廚子為花子妤準備膳食，大婚前一晚，阿滿藉了子妤的名義，為三人置辦了一桌並不算豐盛卻相當精緻的席面，好讓她們三人能放鬆地聚在一起說說話。

「子妤，娘娘讓我給妳帶個話，說右相府不比皇宮和福成公主府，她不太方便召見妳；而且京中關於妳的流言或多或少與她有關係，所以她更加不好私下和妳相見，讓妳好好唱戲，明兒個自有厚賞。」

劉惜惜看著花子妤，發覺她比在宮裡的時候瘦了不少，隨手替她挾了一塊紅燜肉，又道：「娘娘還讓我提醒妳，如果接到李家姊妹送到戲班的帖子，就找個藉口拒絕了。畢竟妳已經是一等戲伶，身分不比普通戲伶，入宮為貴人獻演雖然是責任，卻並非是義務，能躲開就躲了，不用和她正面相碰。」

她嘴裡的流言，正是之前京城裡曾傳了一陣有關於諸葛不遜與花子妤的「緋聞」。之前花子妤對此流言並不太清楚，畢竟那時她剛剛回戲班，忙著練功和磨合新戲，加上花夷和唐虞的保護，別人也不敢在她面前提及。直到諸葛不遜和薄鳶郡主找上她，說兩人要倉促成婚，她才旁敲側擊地猜出了些端倪。

花子妤心底其實根本不在意所謂的流言，對於好友如此相待，她只覺得此生足矣。所以當諸葛不遜和薄鳶郡主都不再提從宮裡傳出來的這個流言時，她也選擇了尊重兩人為自己作的犧牲，只認真努力的唱戲。

思緒回轉，子妤看著劉惜惜，舉止間比以前多了幾分嫻雅和高貴，雖然看起來也瘦了些，精神卻極好，看來宮裡的生活她適應得極好，自己也不用擔心了，便道：「有勞娘娘為我費心了。」

說起來，茗月倒是知道此事的。和其他同門弟子不一樣，她時常回家看望母親，而她母親的相好又在衙門當差，所以有些宮裡流傳出來的小道消息也都能耳聞一些。當時她還趕忙跑去說給子妤聽，只是子妤早就聽了諸葛不遜和薄鳶郡主的親自解釋，自然不當一回事，讓茗月也一併打消了抱不平的心思。

此時劉惜惜再度提起，自然讓茗月有些憤慨不平。「那個李文琦真是討厭，都得償所願了卻還念念不忘要害子好。真是長舌婦，小心死後下拔舌地獄！」

一旦涉及子好，講義氣的茗月就會變得極為護短，大罵了一番李文琦，這才又喝了一口溫茶。「還有那個杏兒，她明明就是咱們戲班出去的，也不見幫忙為子好辯護辯護。誰都知道諸葛少爺和子好乃是從小到大的情分，並無私情。偏李文琦那麼齷齪，說得出那樣的話來。」

「她在宮裡造謠，已經害得身邊一個宮女被娘娘……」劉惜惜接過話，說到此處卻頓了頓，看向花子好。「那個宮女已經被娘娘處死，所以這段時間她倒是收斂了些。」

子好的神態一如既往的平靜，只是再次聽到宮女因造謠被處死時，心裡有些不太舒坦。

「她造的孽，將來也會悉數從她自己身上償還的。」

「對！」茗月也點點頭附和道：「有句話說的好，『不是不報時候未到』。」

「其實她已經得到報應了。」劉惜惜忍不住啐了一口。

「怎麼說？」茗月一聽，顯得很興奮，巴不得李文琦遭到報應。

同樣替兩人各自挾了菜，劉惜惜才繼續道：「自從皇上知道流言是從李文琦那裡傳出來後，就再也沒有踏入她的寢宮一步，連帶著她的堂姊李昭儀也失了寵，整天以淚洗面，兩姊妹見面就像仇人一樣，分外眼紅，只差沒有當面就打起來。」

對於李家姊妹的內訌子好倒不意外，宮裡頭連親姊妹都是不可信的，更何況是堂姊妹的關係。李昭儀受寵正盛，諸葛敏華提議讓皇帝收了李文琦，明顯就是拿她來對付李昭儀的。

只可惜李文琦身在局中不知自保，反而去尋自己的麻煩；皇帝已經自覺虧欠他們姊弟倆了，又豈能容他身邊的女人製造流言陷害自己的女兒呢。

失寵還算是輕的，若事情真鬧大了，恐怕李文琦這輩子就只有在冷宮度過了。

花子妤只能說，李文琦運氣不壞，諸葛不遜、薄鳶郡主和自己的關係並非常人所能瞭解，他們為了平息謠言竟願意為了自己而提前舉行大婚，倒讓李文琦撿回一條命。畢竟，流言沒有給自己造成任何實質性的傷害，不然，想也想得出皇帝會如何處置李文琦！

三人興致頗高，相互說了些戲班裡的趣事和宮裡的新鮮事兒，不知不覺已是月上柳梢頭了。

劉惜惜說諸葛貴妃只給她半日假，如今已然入夜，回去太晚了恐怕被其他跟來伺候的宮女和女官們議論，便提早告辭了。

見月色如此美妙，子妤和茗月又無瑣事纏身，兩人便繼續在庭院裡，披著薄棉披風，一邊賞月一邊說話。

趁著兩人單獨說話的間隙，子妤直言問道：「茗月，妳是不是喜歡我弟弟？」

沒想到子妤會如此直白地問出這個問題，茗月差些將剛喝進去的茶水給噴出來，氣急地道：「妳這話說的，也不知道讓人臊得慌！」

子妤觀察茗月的反應，見她「啐」了自己一口便羞怯怯地埋著頭不作聲，更加篤定道：「妳若願意，也不用說什麼，只點點頭，讓我知道心意就行了。剩下的，全包在我身上，可好？」

茗月聽得心癢癢，也不敢抬頭，過了好半晌，終於用著微不可見的動作點了點頭，惹得子好歡喜地上前一把就抱住了她，嚷道：「真好真好，我又多了個親妹子了！」

章二百一十六　花開正濃

在諸葛府與薄府聯姻的婚宴上，花子妤一曲〈桃夭〉讓在場賓客體會到了何謂「美人若花，且桃且妖」的意境。

身著層層漸染的淺桃色衣裙，如層層花瓣堆疊綻放，髮髻高綰，一支桃花斜簪入鬢……花子妤以舞為主，且唱且歌，婀娜蹁躚，靈動驚豔，恍若桃花仙子，讓觀者忘乎所以，只留下驚嘆之聲不斷。

因為〈桃夭〉詞短，不足以形成一段完成的演出，所以唐虞和子妤商量半天，才想到以舞為重心，串聯起整首詞。正好子妤身段柔軟纖長，跳舞是她的長項，以如此形式演出，既能烘托出大婚的熱鬧氣氛，又能展現出花子妤身為一等戲伶不俗的戲曲功底，可說一舉兩得。

要知道在臺上又唱又跳，是鮮少有青衣旦能做到的，花旦之中或許有兩成可以兼具唱跳表演，但大多都只僅限於簡單的手腕動作和腰部扭轉。像花子妤這樣真正地將舞蹈和唱詞融合在一起的，整個皇朝恐怕找不出第二個戲伶來。

對於子妤這個能力，早在挑選她為【木蘭從軍】戲裡的「花木蘭」一角時，唐虞就充滿了信心。

只是這次的舞臺讓她更容易發揮，畢竟是一雙好友成就百年之喜，心態上比第一次入宮獻演要輕鬆愉快許多，花子妤一場演出下來，除了雙頰緋紅，略有喘氣之外，根本看不出半點緊張和疲態。

「快快，這是按照上次唐師父給的方子，我親自為妳熬製的清喉湯。」子妤下臺後還未來得及卸妝換衣裳就被阿滿拉住了，還好茗月看到子妤滿頭細汗，忙將阿滿叫住。「瞧妳的，這秋季裡跳這麼一場下來也夠子妤受的了，妳還讓她立馬喝下這碗熱湯，豈不更熱？不如先梳洗更衣了，再慢慢喝也不遲嘛。」

阿滿想想也對，上下看了看子妤，笑得合不攏嘴。「以前我常常跟著四師姊出去唱堂會，她的習慣是下臺一定要喝潤喉的蜜水，再熱都不怕，所以我一時忘了。子妤妳先去換了衣裳，擦把臉再說。」

「阿滿姊，我知道妳是疼我，我還是先喝了吧。等會兒若是涼了豈不還要熱一次。」子妤乖巧無比地捧過瓷盅，即便清喉湯略有些燙口，也「咕嚕咕嚕」全部喝了下肚。

「真乖！」阿滿高興得很，趕忙推了推茗月。「快帶子妤下去，卸了妝好休息呢！府裡已經送了宵夜來，咱們為了準備演出，都餓著肚子；特別是子妤，連中午都只吃了塊芙蓉甜糕果腹，再不吃東西，身子可就虧了。」

「知道知道！」茗月也不嫌阿滿囉嗦，子妤更是心裡頭暖暖的，兩人這才攜手回到更衣間。

梳洗完畢，子妤一點兒都不覺得累，只感到神清氣爽，心情愉快無比。

子紓作為男儐相，現在正在前頭的筵席上，子妤想著等會兒用完宵夜就直接回戲班，不用等子紓了。

可剛剛換好衣裳出來，府裡的管家就來了，說是奉諸葛不遜之命，請子妤入席參加婚宴。

因為知道花家姊弟和諸葛不遜還有薄鳶郡主關係匪淺，乃是青梅竹馬長大的玩伴，所以包括阿滿、茗月還有一眾戲班師父在內的所有人都沒有驚訝，只有羨慕罷了。

無奈子妤身上這細布常服並不適合穿去赴宴，只好讓那管事去回報一聲，說自己更衣之後就去參加婚宴。

上下一打量，這管事想必也看過先前子妤的獻演，此時臉上還掛著一絲不太相信的神情，好像眼前所站的這個女子和臺上那風情萬種、婀娜多姿的戲伶完全不是同一個人！

並不在意管事探究的目光，子妤只是禮數周到地微微一笑，便招呼了茗月讓她和自己一併回去更衣。

這次過來獻演，子妤除了那套戲服，便只帶了兩件半舊的常服，還好阿滿有想到或許子好會受邀和薄鳶郡主或諸葛不遜見面，特意讓茗月準備了兩套最近為子妤新做的秋衫。

換上一件湖色的水紋裙衫，子妤只綰了個乾淨俐落的雲髻，別上一對珍珠滴水釵，不施粉黛地就前往婚宴所在地——諸葛右相府邸的流芳園。

之前子妤來右相府做客時並未留意過這流芳園，只知道此處乃是右相舉行詩會與朝中青年文士們吟詩作對、風雅唱和的場所。

這次在流芳園登臺，子妤才領略了傳統江南宅院的小橋流水，是何等的秀美精緻。一叢叢鳳尾竹為點綴，將流芳園自然而然地分割成了好幾個賓席，地上鋪的全是從江南運過來的水磨青石，燭光反射在上頭，會有層層光暈，可見打磨得多光滑，但偏偏腳踩上去，並不覺得滑，反而踏實無比，這等工夫的確少見！

子妤步步而進，見門口有兩個婆子守著，便上前道：「小女子花子妤，受邀前來參加晚宴。」

「子妤姑娘！」其中一個婆子剛剛從裡頭換班出來，是看過花子妤演出的，當即就驚訝得幾乎掉了下巴。

「不對啊！」這婆子隨即收起了驚訝的表情，帶著幾分疑惑地看著花子妤。「子妤姑娘看起來和臺上怎麼有些不像？」

「臺上穿的是戲服，又上了妝，自然不像。」子妤耐著性子，笑著解釋道。

那婆子使勁地搖了搖頭，卻是疑色更濃了。「不對不對，子妤姑娘先前在臺上演出時我雖然離得遠，可也認認真真地看了全場。妳除了身段和她有幾分相似，那眉眼卻少了些風情。姑娘，婆婆不管妳是從哪兒來的，想要混進去就省省吧。」

有些哭笑不得，子妤知道她是在讚揚臺上的自己，卻偏偏不信眼前站著的就是她嘴裡那個「花子好」，只好攤了攤手。「這樣吧，先前是一位姓吳的管事過來相請的，不如請他出來一下，即可驗明真偽。」

「吳管事？」這下，另一個婆婆也忍不住湊上來，臉上全是不屑的嘲諷。「妳多半是老吳的相好吧。姑娘，看妳長得倒是清秀乾淨，怎麼那麼想不通就跟了吳管事呢？他又老，又沒幾個錢，最好女色，府裡好多丫鬟、媳婦兒都暗地裡埋怨過他用色迷迷的眼神去打量別人，我啊……」

眼看著這婆婆嘴皮子使勁兒翻，說出來的話卻實在難以入耳，子好只好嘆了口氣，準備轉身離開算了。

「可是子好在外面？」正在這時，流芳園裡卻傳來一聲疑問。

聽得這個聲音，子好不由得揚起了唇角，轉回身子，迎著那說話的人展顏一笑。「暮雲姊姊，好久不見，妳可還安好？」

「果真是子好！」來人果然是諸葛暮雲。只見她一身湘妃色的宮裝，臉色隱隱透出紅潤，見到花子好被攔在了門口，走過去對著兩個婆婆就是一番訓斥，和以前那個喜歡板著臉的大小姐並無區別。

「對不對，對不起，小的有眼不識泰山，竟沒認出子好姑娘來，還請姑娘恕罪，請大小姐恕罪！」兩個婆婆齊齊雙膝跪地，用著求饒的眼神看著花子好，似乎很怕這個已經入了宮的「大小姐」。

「好啦，今兒個是遜兒大喜的日子呢，何必責怪下人。」子好直接從兩人面前穿了過去，拉了諸葛暮雲的手就往裡走。「我可是還餓著肚子呢，專程來討諸葛家的喜酒吃！妳這個主人家的，還不快請我入席！」

子好親暱的態度讓諸葛暮雲很是受用，兩人也有多月未曾見面，自然重逢之後別有一種親切的感覺。

直接領了子好入內席，緊鄰著諸葛貴妃和一眾一品夫人的席桌而坐。諸葛暮雲告訴子好，說貴妃娘娘讓她不用上去請安了，只放輕鬆好好玩玩，不要拘束。

子好樂得能免了那些俗禮，便和諸葛暮雲有一搭沒一搭地閒聊著，順帶品嚐婚宴的美味佳餚，倒真的覺著心情放鬆了不少。

「這位小姐看著面生，暮雲，請問是哪家的閨秀啊？」同席的一位夫人看見花子好和諸葛暮雲極為相熟的樣子，也忍不住湊話問了一句。

「戚夫人，這位是花家班的子好姑娘，先前臺上唱〈桃夭〉的便是她。」諸葛暮雲頗為自豪地向那渾身貴氣的夫人介紹了花子好，卻直接忽略了花子好在桌下拽著她的手，示意她不要暴露自己的身分。

「原來是子好姑娘！」戚夫人眼睛一亮，一下子就笑得臉上開了花。「果然是一等戲伶，真是風采卓絕，聞所未聞，見所未見啊！」

「夫人過獎了。」子好被這位戚夫人誇張的表情和語氣給弄得有些汗顏。

「子好姑娘，既然在這兒見了您，可否求您件事兒？」這位戚夫人見花子好竟「活生生」地出現在面前，自然不會放過這個機會。「後天就是我兒子成親的日子，能不能越過戲班，直接遞了帖子到您這兒，一千兩銀子作為堂會例銀，絕不少一分錢，如何？」

子好聽得暗暗咋舌，臉上卻保持著如常的微笑。「夫人厚愛，子好心領了。可外出唱堂會的事一向都由戲班的人在負責打理，若是子好這兒答應了您，恐怕就得打亂之後排好的演出了，所以……」

戚夫人連連嘆氣。「原本我還不信坊間傳言，認為子好姑娘不過是僥倖當上了一等戲伶。今日一見，驚為天人，還想著請您去演一回呢。如此，就只好作罷了。」

一番你來我往的客氣話語，總算是讓戚夫人打消了「走後門」的心思。倒是諸葛暮雲聽到子好一場獻演竟能值一千兩銀子，低首在子好耳旁竊竊道：「我還看不出妳是個小富婆呢，以後請妳演出，豈不要花費個好幾年的積蓄！」

低聲湊到諸葛暮雲耳邊，子好眨眨眼。「給妳演，我分文不取，可好？」

「那還差不多！」說完這句，兩人都默契地同時笑了，也都從對方眼裡看到了「友情」兩個字！

章二百一十七 當面質疑

自諸葛不遜和薄鳶郡主成親後，關於花子妤和諸葛家關係的流言才徹底被平息。畢竟身為一等戲伶，花子妤是不可能做妾的，這點常識，至少明白人都懂的。

對於花子妤和花家班來說，李文琦製造的這場事端倒並非全是壞事，至少從福成公主大婚到現在，連續兩個多月，花子妤都是京中各酒樓、茶肆裡所議論的焦點，花子妤儼然一躍成為當代名伶！

正好今年為了慶祝皇帝五十歲壽辰，朝廷要挑選十位戲伶進入宮中司教坊排演一齣大型合戲，在臘月十五壽宴那天獻演。

值得一提的是，這次內務府格外放寬，允許三家宮制戲班以外的十家較有名氣的戲班也能選送戲伶，不過因只有十個名額，三大戲班又佔了半壁江山，僅餘的四席讓十家戲班爭破了頭。

花家班身為第一大戲班，得了其中三席，羨煞其餘一眾戲班。

經過深思熟慮，花夷挑了許久不曾獻演的金盞兒，新晉鋒頭正健的花子妤，以及剛入戲班卻極受歡迎的唐箏共三個人。若非內務府點名只要戲娘，不然有止卿在，可還輪不到唐箏得便宜。

佘家班得兩個席位，挑了小桃梨和另一位擅武戲的花旦。日漸沒落的陳家班只得一個席位，左挑右選，好不容易送了一個名喚柳葉兒的戲娘上去，只盼著不丟宮制戲班的臉就行，要說脫穎而出，卻是想也沒想過的。

另外四個席位，分別由江南的常春班、玉蘭班、柳雲班以及京城的另一家民間戲班月逢春各取一席。

一開始，子妤並不想接招。這段時間在海棠院，除了自己練功，便是去前院上戲或者去一些重要場合獻演。輪番的歷練下來，自己不但唱功越發純熟，身段功底也練得極為柔軟，至少以前不能下腰到離地兩尺，如今是輕而易舉的事了。

而且自己之前才從宮裡那個是非之地出來，巴不得敬而遠之，哪裡還會有任何心思再進宮裡去，實在麻煩也太多了。

但想到親生父親五十歲大壽，自己若能登臺獻演也算是個圓滿的事；再說久不演出的金盞兒也參加了，自己若想從這位師姊身上討些經驗，實是機會難得，也就答應了花夷的請求。

更何況唐虞也從皇子所帶回了信，說這次徵召十位戲伶獻演，他被任命為負責排戲的管事，若子妤去了，兩人在宮裡也能常見面。而且唐虞還透露，說內務府接了皇帝的命令，要在壽宴獻演之後直接欽點一位戲伶為「大青衣」。

這可是近二十年來皇帝再次欽點「大青衣」，還好消息被內務府封鎖住，並未透露出來，除了唐虞和幾個階級高的官員知道之外，幾家戲班都完全不知情。否則，恐怕這十個名額的席位更是被幾家戲班爭破頭！

要知道，「大青衣」乃皇帝欽點，其身分相當於一品夫人，是女子當中，唯一不靠夫君得來的封號，尊貴無比。

但只有花子妤知道，這「大青衣」多半是自己的囊中之物了，不為其他，只因花無鳶的遺願已經被皇帝知曉。有了那份存在著十多年的愧疚，其他人想要染指「大青衣」的位置，恐怕根本就入不了皇帝的眼。

想想也好，若自己能在十七歲之前成為「大青衣」，也算是了了一樁心願。以後便好好唱戲，再與唐虞長相廝守地過著平凡日子，再無牽掛。

雖然離臘月還有整整兩個月的時間，但內務府已經派了輦車，將十個入選的戲伶都接到了司教坊。因為挑新戲、挑主角兒，再演練磨合，這些都需要時間。兩個月，對於內務府來說還覺得有些不夠呢。

只帶上隨身的幾套常服，再備了幾件夾棉的冬衣和披風等物什兒，子妤和金盞兒還有唐箏一起坐上了內務府派來的輦車。

久久不曾與金盞兒見面，這次看到她，子妤既高興，同時心裡頭又有些發酸。

月白的裙衫，上面連半點花紋也沒有，若不是臂間一抹秋香色的挽帶，幾乎要讓人以為金盞兒是不是在守孝需要著素服了；隨意綰就的雲髻上也只是一支珍珠簪，再無其他釵環裝飾。整個人也比之前看到的要清減了不少，盈盈一握的纖腰彷彿一陣風吹過就會搖擺似的，格外讓人生憐。

不過金盞兒的臉色卻極好，光澤紅潤，目光中也含著幾分別樣的神采。若不是知道「大青衣」的事屬於機密，子妤幾乎要以為金盞兒就是衝著「大青衣」而來的。

一旁的唐箏也用著崇拜無比的眼神看向金盞兒，要知道金盞兒成名多年，就算是遠在江南的常春班，唐箏也聽過許多關於金盞兒的傳聞。而之前來到戲班時，金盞兒還在閉關之中，因此一直未曾得見真容，如今能一起坐在輦車裡頭，又離得這樣近，自然按捺不住心中的興奮和激動。

倒是金盞兒看著子妤和唐箏，一個目光關切，一個神色熱切，便主動開口道：「兩位師妹，妳們這樣看著我，莫非我臉上長出了一朵花兒？」

聽見金盞兒說笑，子妤這才跟著笑了起來。「大師姊，您可比花兒好看多了。花開花謝，再美的花兒也有凋零成泥的時候。可您不管怎麼看都美美的，從不曾變過。」

「妳就是嘴甜，怪不得依塞雁兒那刻薄性子都少不得在班主面前說妳的好話呢。」金盞兒好像興致頗高，竟主動打趣起了花子妤。

一旁的唐箏看到花子妤和金盞兒有說有笑，羨慕得緊，不覺臉上也流露出來心中所想。

金盞兒是個心思玲瓏剔透的，見唐箏神色有異，便轉而道：「這位師妹眼生，先前班主只略略說了妳是從常春班過來的新晉戲伶，如今乃是二等。具體擅長唱什麼戲，可否給我講講。」

有些羞澀地笑了笑，唐箏似乎這才鼓起勇氣，用著甜糯柔軟的嗓音答道：「大師姊，我在常春班的時候是唱青衣旦的，熟悉的劇目無非是【桃花扇】、【紫釵記】等一些老戲。我倒是極為羨慕子妤師姊，她每次都能唱新戲呢。」說著，竟不由自主地將話題落在了子妤的身上。

金盞兒點點頭，看向子妤的目光也帶著幾分疑惑。「唐師父以前雖然也喜歡琢磨新戲，可三年不過才寫了【木蘭從軍】一齣而已。這段時間倒是難得，一連有〈洛神賦〉、〈桃夭〉這等清新愉悅的新戲出來。可見子妤妳給了他不少靈感，實在讓人羨慕呢。」

眼看金盞兒說這話時表情帶了幾分悵惘，卻落落大方、自然無比，子妤知道她多半已經放棄了對唐虞的淑女之思，這才道：「這是因為唐師父在皇子所能閱讀到不少的古籍，裡頭的詩詞歌賦聞所未聞，卻偏偏驚豔至極，有了好詞，配上好曲兒，新戲自然也出得快了。」

「我聽班主說，唐師父提出了一個條件：所有新戲只能由妳來首演，之後再由其他弟子學習了掛牌子登臺。」金盞兒說著，眼裡卻帶了幾分探究和不解，似乎想從花子妤的表情中看到自己所猜測的答案。

對於唐虞的這個要求，子妤早就從花夷那兒聽說過。那些詩詞本來就是自己費心回憶起來的，用前世的話來說，就是半個著作權所有人，自己努力的成果，自然是由自己來首演，這個並不算過分；只是外人不知道，還以為唐虞對自己特別關照罷了。

知道金盞兒肯定也聽過從青歌兒口中傳出來的那些流言，子妤神色如常，只淡然一笑道：「唐師父厚愛，子妤心存感念。至於為什麼新戲都要我來首演，很簡單，因為這些戲都是我和他共同琢磨出來的，從每一句唱詞到每一個動作，我們都要反覆研習多遍，並非是唐師父一人所作。」

言下之意，這些新戲裡頭也有花子妤的心思在裡面，並非她不勞而獲的。

金盞兒聽得懂，唐箏卻有些聽得不舒服，隨口道：「那為何唐師父只找妳合作琢磨新戲，不找大師姊呢？要論唱功、論經驗，恐怕妳仍多有不及吧？」

面對唐箏的質疑，子妤卻不疾不徐地道：「這個可就不能問我了。不如師妹親自問問唐師父，讓他直接給妳答案比較好。」

金盞兒聽得出子妤有些不高興，便道：「子妤，妳別誤會，唐箏師妹初來乍到，不知道妳曾經是唐師父的親徒吧。或許他覺得妳容易合作，又比和別人一起琢磨新戲更為默契的緣故吧。」

這樣「打圓場」的話從金盞兒口中說出來，讓人平白添了幾分信服，但唐箏一副欲言又止的模樣，似乎仍有些不甘心。

確實也是如此，唐箏想著自己和唐虞從小一塊兒長大，論默契，兩人應該更有默契才對；這花子妤也不知是如何把唐虞給迷住的，不但讓唐虞修書給唐母，讓唐母無須操心他的婚事，還願意專門為她寫了新戲來捧她。

心不甘情不願，唐箏暗暗下定決心，這次入宮，一定要讓唐虞也幫自己準備一齣新戲，算是還她這麼多年一心一意念著他的情分！

章二百一十八 桃梨若豔

司教坊位於皇城外宮，毗鄰著太醫院，與地處內宮邊緣的皇子所不過一盞茶時間的距離。

花子妤對於司教坊並不陌生，在前世記憶中，司教坊是從明朝朱棣時才創建的，專門用來容納犯官妻女，算是官辦的妓館。

可這個朝代的司教坊很不一樣，裡面大多是樂師，平日的工作就是蒐集全國各地的民間樂曲，然後整理成冊以供留存，算是一個「文化保護」機構。同時，司教坊裡也養了一些藝伶，卻只是表演些雜戲，比如頂碗、踩高蹺、水袖舞等等。

因為在花子妤所處的這個時代，從君到臣，從貴族到平民，從男子到女子，從老到幼……都極為崇尚戲曲之道，舉凡節日慶典、民間喜喪，都習慣請戲班來唱堂會，似乎這樣才能撐得住場面。於是，當十位從全國戲班裡千挑萬選出來的戲伶住進司教坊後，幾乎所有的藝伶都用著極度崇拜的目光恭迎著她們。

對於這次皇帝壽宴的演出，內務府極為重視，特意讓司教坊撥出兩個稍大的院落安置十位戲伶。另外，因為不允許戲伶帶任何婢女隨侍，又專程安排了四個宮女、兩個婆子來負責戲伶們的起居飲食。

子妤被分在了西苑，正對面的東苑要小些，安置了另外四個民間戲班的戲伶。院落打掃得很乾淨，一片秋葉也沒有，屋子裡也算清幽，只是可能許久沒人入住，有股淡淡的霉味。

子妤並非是個很講究的人，把窗戶打開透了會兒氣，就覺得好多了。

但其餘的戲伶就不見得毫無怨言，畢竟身為各家戲班一等一的人物，她們在各自的戲班裡至少都有一、兩個人隨身伺候，可這兒不許帶婢女，加上條件有些簡陋，子妤很快就聽見有人在院子裡抱怨了起來。

不用想，聽聲音就知道是佘家班的另一個戲伶，名喚珍珠。

這個珍珠與佘家班台柱小桃梨差不多年紀，可為人處事方面就欠缺太多了。此時小桃梨正拉了她進屋，似乎在好言相勸，話語間無非是說「這次機會來之不易，佘家班能拿到兩個名額已是不易，萬萬不可因小失大，誤了戲班臉面」等等。

聽見小桃梨絮絮叨叨地說著，身在隔壁屋的子妤含笑著將門關上了。畢竟這是人家戲班的私事，自己聽了也不好。

可不一會兒，小桃梨竟主動找上門來。

多月不見，當初稚氣未脫的小桃梨已然成熟，添了不少風韻，像極了一朵盛放的桃花，濃烈的青春氣息撲面而來，卻偏偏讓人覺得清新可人，絲毫不帶半分媚態。

怪不得皇后身居佛堂也經常召來小桃梨演出，可見她這樣氣質的女子無論男女都會真心喜歡的。

「子好姊，真好，咱們終於能有機會一起相處了。」小桃梨笑起來臉頰上有兩個深深的梨渦，彷彿盛滿酒的玉杯，使得她的笑容像會醉人似的。

「進來吧。」子妤拉開門，邀了小桃梨進屋，還好之前宮女們已準備好了熱茶，便替自己和她都斟了一杯。「算是許久不曾見面了，妳可還好？」

「好，挺好的。」小桃梨甜甜一笑，表情認真地道：「子妤姊，聽說這次負責為咱們排戲的唐管事是妳的相好？」

「噗——」子妤還有半口茶沒吞進去，聽見小桃梨用著幾分天真的口氣說出這句話來，差些沒被嗆到。「這是誰告訴妳的？」

「咦，妳沒否認呢，可見是真的了。」眨眨眼，小桃梨狡黠地笑了笑，一臉打探八卦消息的興味。

小桃梨這句話更是讓子妤心跳加快了幾分，想著自己否認也不好，承認更是不妥當，一時間只好顧左右而言他。「妳還沒告訴我這話從哪裡聽來的呢。」

「就是佘班主啊。」小桃梨毫不在乎地直接就答了。「他專程拉了我去提點，讓我和妳搞好關係呢，切莫得罪了妳。還說唐管事專門負責為我們排戲，乃是子妤姊妳的相好。」

子妤發現小桃梨毫不做作的樣子，並不像是有意試探自己，只好抿了抿唇。「唐管事以前是花家班的二當家，與我倒是有些淵源。」

「子妤姊，說起來我還真是羨慕妳呢。」小桃梨話鋒一轉，嘆道：「咱們做戲伶的，要麼等二十五歲退下臺找個人家嫁了，要麼等著權貴之家的熟客幫忙贖身，好早些享清福。可這兩樣都是不盡如人意的，第一條雖然順理成章，可等妳二十五歲了，天下的好男兒早就有妻有兒了，哪裡還能輪得到咱們呢；這第二條呢，倒是能在青春年華時退下來，可戲伶的生涯就那麼幾年，唱不好的還有得說，唱得好的，誰會捨得呢？還是像妳這樣最好。我聽班主說，唐管事算是妳的半個師父，曾帶了妳小半年的時間，要是死心眼些的，肯定會謹守著什麼禮義廉恥，不願爭取自己的幸福，可那樣就是個傻子！幸福，總是要自己握在手裡才算。妳還不到十七歲，就有了能相伴一生的良人，我們私下說起，都好生羨慕呢！」

沒想到小桃梨竟說了這一番掏心掏肺的話，子妤聽著原本有些愣住，可越聽就越放下了戒心，到最後，竟是有些感慨。「小桃梨，妳們果真如此想？」

「這還有假？」小桃梨一臉真誠。「且不說唐管事風流如玉、才華橫溢，就是個普通男子，能在十七歲的時候遇上，也是咱們身為戲伶的幸運呢！」

「好啦！」見花子妤兩腮緋紅，小桃梨也就越發肯定了心中想法，勸道：「管妳承不承認，我也懶得再追問，我不是那等長舌愛搬弄是非的人。只要妳記得，我可沒得罪妳，到時候唱不了主角兒，回頭妳幫我作證就行了，免得回去被班主責罰。」小桃梨表情輕鬆，語氣也充滿了不以為意。

小桃梨這番話倒是讓子妤放心了許多，只含笑點點頭，忍不住打趣她道：「妳可是佘班主的心頭肉，他才捨不得責罰妳呢。」

「現在有了珍珠，他都不怎麼待見我了呢。畢竟皇后……」小桃梨想了想，便壓低了聲音又繼續道：「皇后不受寵，她再喜歡我也不能給佘家班帶來任何好處。不比掌管內務府實權的諸葛貴妃，她要是喜歡哪個戲伶，那才是實際的好處呢。」說著，小桃梨的目光上下往子好身上瞄了過去。

子好被她孩子氣的舉動逗樂了，擺擺手。「我可一次也沒有接到過諸葛貴妃的帖子入宮獻演，別看著我。」

小桃梨噘噘嘴，唸道：「子好姊，誰不知道當初妳去福成公主府獻演的事兒是有娘娘做靠山呢，若是娘娘不喜歡妳，又何苦力挺妳呢。福成公主又是最好面子的性子，妳當時不過五等戲伶，恐怕還入不了她的眼吧！若非娘娘在後面替妳撐腰，公主敢讓妳在她的婚宴上獻演嗎？」

「娘娘最是愛才，換了其他人，也是一樣的。」子好並未提及自己和公主之間的默契，只淡淡一笑。「對了，妳剛剛說到那個珍珠，我為何不怎麼聽過她的名聲呢？人們一說到佘家班，除了小桃梨，不會再作其他聯想了啊！」

「珍珠可是班主好不容易才栽培起來的。」小桃梨有些負氣，一股腦兒的將戲班裡算是秘聞的事都透露給了子好。「她是十二歲才入戲班的，長相並不顯眼，但一開口那滋糯軟甜的嗓音幾乎能讓人酥到骨子裡。所以班主特意將她養在深閨，想要從氣質上培養她，以彌補她容貌上的略有不足。」

聽得小桃梨所言，子好才明白，或許正因為佘大貴的過分愛護，卻養成了這珍珠的一些小姐脾氣，比如先前嫌棄屋子太過簡陋，還有六個人共用三個伺候的宮女等等。

小桃梨歇了歇，吃口茶，又繼續道：「班主本來準備找個理由將她隆重推出的，可正好遇見這次挑選皇帝壽宴時獻演的戲伶，班主便狠下了心，有意讓她前來一搏。若是能在十個人裡頭出挑了，倒也算是個絕好的亮相機會。」

「那這個珍珠擅長哪方面的表演呢？」子好聽著，插嘴問道。

「子好姊，這個妳可得提起十二分的精神來嘍！」小桃梨隨即一下子提高了音量。

「我？」子好不解。「什麼意思？」

「珍珠最大的特點就是文武兼備！」小桃梨臉上浮現出幾分羨慕的神情。「她曾經在班主面前演過妳的那一齣【木蘭從軍】，我倒覺得，她比妳的扮相還要更像那花木蘭幾分，而且刀馬旦的動作嫻熟優美許多。我想過，這算是她最為出色的地方了，畢竟咱們唱青衣或者花旦的戲娘裡，能做到妳或者珍珠那樣的只是鳳毛麟角，可是這麼一來，那就有得盤算了。」

對此，子好倒並不怎麼介意，反正作為戲伶，都是憑本事吃飯的。對手若強，那自己便得更加努力，總歸，依子好的性子，也不會輕易服輸認命就是了。

章二百一十九　公平競爭

司教坊雖然在宮中的地位不算很重要，但其寬闊無比的排練大殿、浩瀚如海的詞曲文庫、形式多樣的絲竹器樂……這些都讓前來參加皇帝壽宴獻演的戲伶們大為開眼。

就花子妤來說，詞曲文庫對她的吸引力是最大的。從北到南，由東至西，司教坊編纂好的地方戲曲、小調至少有上千冊，最令人驚喜的是，有些小調上面還用「宮商角徵羽」標註了唱曲的發音，著實難得至極。

所以在內務府給戲伶們三日適應的時間裡，子妤幾乎大半的時間都泡在司教坊的文翰院內，如癡如醉地汲取著所有關於這個時代的戲曲歷史和知識。

但花子妤並不知道的是，這文翰院歷來只有司教坊最高管事才能隨意進出，畢竟此處保管著當代的文化歷史，並非任何人都能有幸一一閱覽。可從內宮昭陽殿傳來的命令，讓司教坊將文翰院的大門為花子妤一人打開，賦予了她可以停留在此的特權。

其他戲伶由於無人涉及，自然不知道花子妤的這項特權，就連花子妤自己，也不知道文翰院有這樣的規矩。

就這樣，三日之後，內務府派來的管事唐虞終於也住進了司教坊，正式展開了對十位戲伶的訓練和排戲。

至於在皇帝壽宴上到底要獻演什麼戲目，唐虞並未想好，畢竟他也要先瞭解了十位戲伶各自所擅長的唱法和表演，才好量體裁衣。

而且，唐虞心中有數，這次十位戲伶齊齊獻演，總會有主有次，拋開個人情感不說，他也想幫助子妤在當中脫穎而出，好順利成就她「大青衣」的夢想。

可讓唐虞為難的是，他一直知道金盞兒覬覦「大青衣」之位已有多年的時間，她內心對「大青衣」的渴望並不比花子妤來得少，甚至可以說更為濃烈。眼看她還差一年就要退下戲臺，心中怎麼也有些不忍讓她抱憾而去。

一邊是自己心愛之人生母的遺願，一邊是同伴友人良久以來的夙願，唐虞心中糾結著，想了許久，還是決定向子妤說清楚，免得造成任何誤會。

於是藉瞭解戲伶之機，唐虞以管事的名義一一和戲伶都單獨見了面。輪到花子妤時，她已經是最後一個。

「子沐！」

偌大的排練大殿除了自己和唐虞便無其他人等，再加上視野開闊，子妤大膽而又小聲地叫出了唐虞的表字。

看著子妤那熟悉而又溫暖的笑容，唐虞也舒展開心境，用只為子妤一人獨有的柔軟表情，低聲道：「在這裡還習慣嗎？」

「有什麼好不習慣的，我又不是嬌滴滴的公主。」說完這句，子妤才發現自己的語氣有些「自嘲」，搖搖頭。「不過這裡的文翰院實在讓我驚喜萬分呢，過去三日我幾乎每天都泡在裡頭，都不想出來了。」

「文翰院？」唐虞倒是知道司教坊有一處專門存放各地小調、戲曲的院落，卻沒想子好能進去飽覽群書，便道：「我聽說除了司教坊的大管事之外，其餘人等是不得隨意進出的。」

子好也沒回答，掏出了皇帝贈予的紫玉腰牌。「守門的常公公說只要有這個，宮裡沒有哪一處地方是我不能去的。」

唐虞這才點點頭，笑道：「我想，當初皇上給妳這個腰牌的時候，恐怕並未想到妳會用到此處吧。」

「有用就行。」子好將腰牌收起，回到了主題上。「對了，這次內務府這麼大的動作，從全國甄選出十位戲伶來排戲，任務之重，都落到了你的頭上，你可有什麼周全的想法？」

唐虞感慨了一聲，隨即語氣變得有些激昂。「舉全國之力才能聚集十位頂尖的戲伶，這對於任何一個戲班都是奢望。藉著皇上壽誕的機會，內務府又讓我來負責這次的獻演，我除了感到壓力之外，更覺興奮無比！」

「是啊，這機會對於任何癡迷戲曲的人來說都是難得的，單單要聚齊十位頂尖的戲伶已是不易，更何況要排練出一場由十個人來完成的新戲，子沐，我不想你壓力太大了。」

子好看著唐虞眼中閃著的光彩，有些心疼，又有些為他發自內心的高興。「若你真的完成了，這絕對足以載入本朝戲曲的史冊！」

「我腦子裡已經有了大致的想法，卻找不到人可以商量。」唐虞說著，表情裡已經有了幾分把握。「正好妳也在這十位戲伶裡，讓我安心了幾分。」

「你讓我想一些適合自己來演的新戲還成，可如今是十個戲伶呢，要創作一齣能讓十個戲伶都參與的新戲，對我來說可就難了點。」子妤攤攤手，直言自己無能為力。

「我都說了，我已有想法，只是需要妳的支持！」唐虞環顧了一眼，偌大的排練大殿裡並無其他人，便藉著衣袖的掩蓋，伸手輕輕握住了子妤的手。

「放心，我會做好你背後的女人的。」子妤清朗地笑了笑，輕輕回握了一下唐虞，兩人這才默契地各自放開手。

唐虞見時機差不多了，伸手替子妤斟了杯茶。「還有件事，我得向妳坦白。」

「什麼事兒？」子妤輕啜了一口熱茶，眨眨眼看著唐虞。

「我之前也修書一封，告訴了金盞兒這次朝廷可能要欽點『大青衣』的事。」唐虞一字一句地說著，表情磊落，並無半分躲閃。

但子妤卻有些驚訝，手勁微重地放下了杯盞。「你告訴了大師姊?!她怎麼說？你為什麼要告訴她？」

「妳別著急，聽我仔細告訴妳好嗎？」唐虞料到了子妤的反應，趕緊一一道來：「我十五歲在花家班登臺，十七歲起開始做教習師父，和金盞兒是亦友亦師的關係。我瞭解她，她今年已經二十四歲，明年這個時候就已經不能再登臺獻演了。她這一輩子，已然到了戲伶的顛峰，唯一的遺憾，便是一直沒能等到朝廷冊封『大青衣』。她和妳一樣對『大青衣』異常執著，可她又和妳有所不同；她的執著是骨子裡的，彷彿只是為『大青衣』而生，世間其餘一切對她來說都沒有『大青衣』三個字重要。所以我自從知道了這次壽宴獻演會和欽點『大青衣』有關，就主動修書告訴了她。」

「原來如此，怪不得她眼裡會流露出那樣熠熠的神采。」子妤心裡頭雖然有些淡淡的嫉妒，嫉妒金盞兒比自己早陪伴在唐虞身邊多年，可對於金盞兒對「大青衣」的渴望，她卻感同身受。「那就讓我們幫幫她吧！」

「妳……」唐虞看著子妤的眼神多了一分以前從未有過的欣賞，這種欣賞是發自內心地流露而出。「妳會願意放棄這次機會嗎？」

子妤有些無奈地搖搖頭。「我不願放棄，可我也想大師姊能如願以償。」

「我不明白。」疑惑地問出口，唐虞卻心底覺得很輕鬆。雖然他對子妤有足夠瞭解，知道她和尋常女子不一樣，有著一顆寬厚沈穩的心，但卻沒想到，她會寬厚仁和到這樣的地步。

「我願意和大師姊公平競爭。」子妤有些底氣不足地笑了笑。「雖然我知道我和大師姊差得太遠，可大師姊並不知道皇帝是為了我才願意重新欽點『大青衣』的。我想，在我生母去世時，或許皇帝就已經下定決心，今生今世都不會再去觸及這個『痛處』，然而因為我是花無鳶的女兒，所以皇帝才想要替她完成這個遺願。」

「難道妳願意放棄妳母親的遺願？」唐虞有些感慨，語氣裡也有些替子妤可惜。要知道「大青衣」三個字對於任何戲伶來說，都是誘惑極大的。

「你幫我帶一封信給貴妃娘娘，請她轉告皇帝，就說這次欽點『大青衣』必須公正公平。我也要靠我的真本事去爭取，若能真正贏得那個榮譽自然是好的，但若是靠著其他的關係得來，那我不要也罷。」子妤神色堅定，一字一句地說完這些話，不知為何，心裡也同樣的輕鬆了不少。

以她對皇帝的瞭解，眉頭都不皺一下就下旨晉自己為一等戲伶，這次壽宴的獻演恐怕同樣也只是個藉口。為的只是彌補他心裡對花無鳶的「愧疚」罷了。畢竟自己是花無鳶的女兒，也是他的「民間遺珠」，給了自己這個「大青衣」的封號，作為十六年來不聞不問的補償，是再容易不過的了。

其他人不知道，自己卻不能自欺欺人，來辱沒「大青衣」的神聖！

若自己不能靠真本事去贏得這個封號，就算真的成為了「大青衣」又如何呢？到頭來名不符實，反而落人口實罷了。

「子好……」唐虞眼中的愛意越發濃烈了，面對著一字一句都發自肺腑的花子妤，他心裡更多的是感動和理解。

子妤卻有些無奈地笑了。「你一開始還存著心思，怕我責備你隱瞞金盞兒師姊知情的事吧？」

抬手點了點鼻翼，唐虞的表情有種被人識破心思的窘迫，不過還好對方是自己心愛的女人，於是也大方地點點頭。「我瞭解金盞兒，更懂妳。現在有了妳這番話，我回去就以妳的名義修書一封，拜託太子轉交給貴妃娘娘，她看了信會替妳勸皇上的。」

「好了，私事解決了！接下來……」子妤拍拍手，就像是拍去了一直以來背負在身上的枷鎖般，終於揚起了明媚如初的笑容。「該咱們商量商量獻演的事兒了。」

「有妳幫我出主意，我也會放心不少。」唐虞說著，拿起身邊的戲本擺在兩人之間的横桌上。「妳先認真地翻開看看，看完之後告訴我妳的想法。」

子妤好奇地拿過戲本，見封皮上一字未落，不由得帶著幾分急切的心情打開了第一頁……

幾乎是一口氣看完，當子妤合上戲本時，臉上還帶著意猶未盡的表情和驚喜無比的笑容。「子沐，真有你的！竟把【八仙獻壽】改編成了這一齣【十全十美】，真是既有心思，又有機巧！這名字也取得好，『十全十美』，既簡單又透著股子喜慶，用來作為壽宴的戲目是再合適不過的了。」

「【八仙獻壽】本是各種壽宴常演的戲目，算是群戲裡最為精彩和經典的了。我想到用它來改編，一來大家有幾分熟悉，會比較容易接受，二來『八仙』再添兩個角色便能湊足十人，正好適合妳們十個戲伶來演出；而且各人的戲分也能比較平均分配，免得惹出不必要的麻煩。」

子妤將戲本遞還給唐虞，笑道：「你考慮得很周到，我看啊，這次根本不需要我的雕蟲小技來幫忙了吧！」

「這只是提綱初本，裡面還有好些唱詞需要填上，妳腦子那些豐富多彩的詞賦正好能派上用場！」唐虞伸手輕輕點了點子妤的額間，這種不經意間流露出來的動作更顯得情意脈脈。「若妳不幫忙，這近一個月的時間恐怕我還不足以完成。」說著，將戲本又遞到了子妤的手上。「妳收好，閒暇時好生再看看，有想法就告訴我。只是別讓其他人看到就行了。」

雖然周圍明明就沒有人，子妤還是被唐虞太過溫柔的目光給看得有些羞赧地垂下了頭，耳根微紅。「我其實已看到了你留下的空白之處，只不過有意讓你說出來需要我的話罷了。」

「從來我都是需要妳的，有妳這個賢內助在一旁，再難的新戲我也能改編出來。」唐虞被子妤且羞且俏皮的樣子逗樂了，真想不顧一切地將她攬入懷中，可此處是司教坊，該有的規矩還是得謹守著，只好揚起眉梢，用著無比寵溺和充滿愛意的眼神凝望著眼前的女子。

被唐虞看得越發羞了，子妤只覺得秋涼的天氣怎麼還如此燥熱，乾脆站起來。「我們說了這麼久，其他人怕是要懷疑了，我還是先回去了，明兒個開始練功的時候咱們再見吧。」

說完，子妤提起裙角就匆匆跑出去了，像極了做錯事被人抓住把柄的小姑娘，看得唐虞眉眼間的笑意也越發濃郁了起來。

章二百二十　默契搭檔

回到西苑，子妤就看到小桃梨正朝著她揮手。來不及回屋放好手中的戲本，子妤只好將其納入衣袖勉強放好，這才走進了小桃梨的居所。「怎麼了，看樣子妳是專程等著我回來似地。」

小桃梨給子妤和自己都斟了杯茶，目光閃閃。「子妤姊，妳真是好福氣呢。妳不知道，咱們從排練大殿回來的時候，大家都在議論呢，說沒想到唐管事這麼年輕，就能擔當如此重要演出的事，可見是少有的青年俊才。那些民間戲班的戲娘們更是大膽，還說要利用這些日子的相處，讓唐管事留下個深刻的印象，以後好……」

子妤見她說得眉飛色舞，實在想不通這麼淳樸稚嫩的小姑娘怎麼會唱起佛音來又是另一套的，連忙伸手將她的嘴給捂住。「這些話妳在我面前說就好了，可別叫其他人聽了去。」

「要不說給別人聽可以，這次足足十個戲伶呢，要想唱主角兒實在太難。妳幫我給唐管事說一聲，到時候不要讓我太難看就行了。」小桃梨還真是個沒什麼心思的小姑娘，一臉無所謂的樣子讓子妤真是哭笑不得。

「放心，唐師父透露了一些這次獻演的新戲給我聽，所謂群戲，雖然有主有次，但他卻將這齣戲改編得極為巧妙，不會冷落任何一個戲伶就是了。」

「果真？」小桃梨長吁了口氣。「我看那些民間戲班來的戲娘一個個都不是省油的燈，摩拳擦掌要暗地裡和咱們宮制戲班的人較勁兒呢。我就是不想輸了面子，唱什麼倒無所謂了。」

過了三日的適應期，接下來唐虞便開始對這十位戲伶進行壽宴獻演前的排練了。

由於新戲本子還沒定下來，所以這兩日唐虞只安排戲伶們分成五組，輪換著兩兩相對唱一些常規的摺子，以培養出彼此之間的默契。今日輪到子妤和佘家班的珍珠對戲，兩人面對而立，互相都從對方的表情裡看出了一絲欣賞。

在花子妤眼裡，這珍珠的名字雖然極為女性化，但容貌性情都帶著幾分爽朗。特別是她的身高，幾乎和自己一般無二，也同樣的纖細婀娜，所以當兩人站在一起，只看背影時，會讓人恍然間分不出誰是誰的感覺。雖然小桃梨曾經提醒過自己，這珍珠一樣擅武戲，是個強勁的競爭對手，但並不影響子妤對她的欣賞。

而在珍珠眼裡，花子妤實在讓她很是不解。

外界傳言，花家班新晉的一等戲伶花子妤是個極為美貌的女子，不但嗓音圓潤清秀，身段婀娜嫵媚，唱功演出也絕對是名副其實的。她所飾演的花木蘭、洛神、桃花仙子……這些角色不但維妙維肖，而且會讓人恍然間無法分清是她在唱戲扮演，還是她真的就是代父從軍的花木蘭、洛水而生的女神，還是從天而降的桃花仙女……可眼前這端然而立的女子，在珍珠看來，和傳聞中那個絕色驚豔的戲伶實在差太多了。

素顏如玉，笑意恬雅，再加上樸素的衣飾、如常的裝扮，不由得讓人懷疑，難道這就是那個盛名在外的花子妤嗎？

但珍珠卻是打心眼兒更加喜歡眼前這個真實的花子妤，她眉眼間的從容不迫，舉止間的嫻雅沈穩，特別是神情氣質上的鍾靈毓秀……都讓人有種想要和她接近，想要對她一探究竟的衝動。

子妤見珍珠一邊打量自己，一邊眉眼露笑，知道這個女子應該是極對自己胃口的，便主動道：「珍珠姑娘，聽聞妳擅武戲，還是由妳來挑一齣摺子吧。」

珍珠想也沒想，脫口而出：「唐管事每天都要聽了咱們的戲來點評，若累積每次都能占得前三名，便能優先挑選之後新戲的角色，所以咱們可不能馬虎了！正好妳也擅武戲，不如咱們好好唱一齣，也讓唐管事對我的印象變深刻些，行嗎？」

珍珠所說的，便是唐虞想出來的一個極好的方法，既可在對戲中讓戲娘們彼此熟悉，又能形成競爭的意識。【十全十美】雖然能全面顧到，但所有戲都有主角和配角之分，如果直接點名，難免會有人不服氣，所以通過每日切磋後的評定，至少讓十個戲伶都沒有話說。

前兩天，子妤得了便宜，第一次是和金盞兒搭戲，第二次是和小桃梨搭戲，兩位搭檔在十位戲伶裡都是數一數二的，再加上子妤本身也不弱，所以連續得了第二和第三。

今天和珍珠搭戲，子妤倒是有些想法，畢竟能找到一個和自己差不多類型的戲娘極難，兩人湊到一起，若挑對了摺子，說不定真能得個第一呢！

珍珠見花子妤在仔細思考自己說的話，唇邊還露出了淡淡的笑意，好像勝券在握的樣子，不由得問：「子妤姑娘，我相信妳的眼光，妳說，咱們唱一段什麼好呢？」

「不如我們唱一齣反串，如何？」子妤笑著將自己的想法簡單說了出來。

「妳的意思是我們唱武生的戲？」珍珠眼睛一亮。「我怎麼沒想到，如此，便能出其不意，打敗那些個柔柔弱弱的戲娘們了！」

「可是，唱什麼好呢？畢竟我們只是在正旦裡面擅武戲罷了，也不是正兒八經的刀馬旦，要找出適合咱們的摺子來也不容易呢。」珍珠說著，眼神又暗了下來，似乎還是覺得找不到出口一樣。

子妤倒是胸有成竹。「武生裡也分了長靠武生和短打武生，短打武生我們演不來，可長靠武生不僅要求得武功好，身段姿勢好，還要求表演細膩且有一定唱唸的功夫。妳可熟悉【借東風】這齣戲？」

「是講周瑜和諸葛亮合作退敵的故事，我倒是常看同門排練的。」珍珠點點頭，隨著花子妤所說的話，臉上的表情也越發自信起來。「咱們一個演周瑜，一個演諸葛亮？」

子妤看珍珠一副摩拳擦掌的樣子，隨即又道：「這一齣【借東風】算是長靠武生戲裡頭唱唸成分最多的，而作打卻相對較少。而且，周瑜和諸葛亮最大的特點是什麼，妳可知？」

「兩個人不但英俊瀟灑，而且都睿智精明！」珍珠說著，滿眼的笑意都忍不住了。「咱們一個扮周瑜，一個扮諸葛亮，光是扮相就要迷死人呢，哈哈，且不說咱們倆的唱功了！真好真好，真是個絕妙的主意！」

子妤見珍珠笑得那副德行，反而覺著如此爽朗俐落的女孩兒著實難得，心底對其越發有了幾分喜歡。「不過咱們時間不多，比直接拿了戲就唱的要麻煩許多，我建議咱們午膳就免了，隨便吃兩塊糕子果果腹，爭取再多些默契，好嗎？」

「別說不吃一頓午膳了，就是不吃晚膳也沒問題！」珍珠說完，一把拉了子妤的手。「咱們不如找個寬敞點的地方，不和其他人擠在一起了。這可是咱們的秘密武器，不能給她們發現。」

環顧四周，雖然司教坊的排練大殿足夠寬敞，但容納十個戲伶排戲卻是有些勉強，相互間難免會打擾到，所以倒是有一小半的人都各自尋了司教坊別處僻靜單獨的院落來排戲。

子妤記得西苑後邊有座種滿槐楊樹的小林子，便提議到那兒去。可珍珠說她知道小桃梨和唐箏那一組今兒個就是去了那兒對練，說這排練殿旁邊一條小路臨近太醫院處有一塊空地，又沒有什麼絆腳的樹呀、花呀、草呀的，很適合兩人練武戲。

子妤並無異議，點頭同意後兩人便相攜而去。

還未走近，子妤便隱隱聞得一股藥香，珍珠解釋說那圍牆外就是太醫院了，所以才會有藥味。

子妤倒是習慣了藥香的味道，反而覺得心神俱寧，眼見此處的空地的確很合適兩人排練的，便停下腳步，仔細和珍珠說起了戲。

「子妤，不如妳演周郎，我演諸葛！」珍珠也不掩飾，直接挑了諸葛亮的角色。

「妳不聽我先給妳講講戲再決定嗎？」子妤側頭含笑看著珍珠。「為什麼選了諸葛呢？」

珍珠直言道：「諸葛先生總喜歡拿著一柄羽毛扇，看起來風流瀟灑，我很喜歡這個角色。」

子妤從來就喜歡周瑜勝過諸葛亮，便道：「也好，我倒是覺得周郎性情柔中帶剛，雖然心思多，但縝密算計同樣不輸諸葛先生，那就我來演周瑜吧。」

兩人一拍即合，便開始琢磨起戲文來。

「【借東風】分別有三折戲，周瑜染病，魯肅求助，孔明借箭。咱們只有兩人，不如就取了頭尾來唱，如何？」子妤略加思索，說出了自己的想法。

珍珠露出佩服的神情。「為何妳是唱青衣的，卻對武生戲都這麼熟悉呢？難道身為一等戲伶，必須得博覽各行當才行嗎？」

子妤搖頭，解釋道：「那倒不是，實在是因為我弟弟就是唱武生的，所以才對武生的戲目稍微比一般戲伶瞭解得多一些罷了。」

「妳還有個弟弟？」珍珠笑道：「肯定也是人中龍鳳了。」

「嗯，他跟著朝元師兄，將來的前途一定不可限量。」子好說起弟弟，倒是毫不掩飾地讚賞。

說完閒話，子好點點頭。「來吧，我先把咱們兩人的唱詞簡單過一遍，妳先儘量記住大半，然後咱們各自練習一個時辰，之後再合戲，看有沒有需要修改的地方，如何？」

珍珠想了想，提出自己的意見道：「我看不如咱們一邊合戲，一邊看有沒有需要修改的地方。妳放心，我記性好著呢，一般妳唱個三、四遍我就能記住大概，咱們再多合幾次，這樣既能讓我熟悉戲文，又能讓咱們磨合更多，妳說可好？」

「好吧。」子好沒想到珍珠會這麼有信心，但想到能在佘家班地位追上小桃梨，珍珠必然非常人，有些過人之處也實屬正常。

於是子好便一邊給珍珠說戲，兩人一邊合戲，這樣一來二去，不到兩個時辰後，便能順順利利地唱完而中間不打岔。子好很意外珍珠的記憶力，她所說的三、四遍其實是自謙，根本只需兩、三遍，她便能唱得八九不離十，將整整接近一百句的戲文記得清晰準確，可見功力不凡。

章二百二十一　好戲開演

日暮漸落，花子妤和珍珠卻還在緊鄰太醫院的空地合著戲。

要說兩人還真是默契無比，短短兩、三個時辰，這一齣【借東風】就已經磨合得八九不離十。還有小半個時辰就到對戲的時間了，子妤只覺得嗓子乾渴得都冒煙兒了，便停了下來。「咱們歇歇吧，午膳沒吃，連水都忘了喝，這時候鬆懈下來，只覺得全身都累得很，到時候還要和另外五組戲伶比試，可不能臨到那會兒沒了氣力。」

其實珍珠早就累了，可眼看著花子妤一絲不苟地帶著自己反覆練習，連細節處都不放過地磨合著，根本不好意思提出來要休息。好不容易花子妤主動叫停，樂得使勁兒點頭。「咱們雖然是唱磨著嗓子的，可這兩、三個時辰下來，真是連一口水都沒喝，咱們不如各自回去休整一下，潤潤嗓子，安安心神，等會兒的比試爭取一鳴驚人！」

達成共識，兩人這便攜手離開了。

經過一些院落，還能聽得有人在吊嗓子練習，子妤和珍珠對視一笑，珍珠更是忍不住感嘆起來：「還以為咱們是最勤奮的，沒想到這個時候都還有人在練習呢。」

子妤更是感慨唐虞的「魔鬼訓練」，嘆了口氣，這才道：「咱們十個人裡頭，除了三家宮制戲班的戲伶算是互相熟悉，其他人要湊對就太過倉促了。而且每次都是抽籤決定，也沒法先瞭解自己的搭檔到底是誰，只有拿了牌子分好組才開始挑戲、排練、磨合……這對於咱們中的任何一個人來說都是極不容易的。」

「那咱們要不要等會兒回院子再合一次？」珍珠本來對兩人也頗有信心，可眼看著別人還在加緊練習，不由得有些心慌了。

子妤笑笑，搖頭道：「雖然咱們都屬於臨時抱佛腳，可卻不能自亂了陣腳。先前最後三次合戲，咱們都唱得極為流暢，其實並無必要再練了。接下來，咱們要做的就是放鬆心境，好好等著半個時辰之後的比試。另外還有……」

「還有什麼？」珍珠聽得子妤娓娓道來，覺得很有道理，也不慌了，只笑咪咪地看著她。

眨眨眼，子妤和珍珠來到了所居的西苑，便停下腳步來。「還有，咱們唱的是反串，總不能穿著女子的衣裳來演吧。我去找唐管事，讓他幫我們借兩套衣裳來暫時充當戲服。另外，還得給妳這個諸葛先生一柄羽毛扇拿著，才像那麼回事兒吧。」

珍珠聽了花子妤的話，脫口便道：「對對對，我差些忘了這件事呢。還好妳和唐管事關係不一般，不然，我只有去求守門的那個小太監幫忙借兩套衣服來湊數了！我就覺著奇怪，那唐管事雖然長得俊美無比，可脾氣卻是一絲不苟嚴苛至極的，子妤妳的性子如此親柔寬和，怎麼就能和唐管事湊到一塊兒呢？」

看著珍珠一個人在絮絮唸叨著，子妤蹙蹙眉，左右看了看並無其他人，這才小聲地打斷了她。「妳怎知我和唐管事關係不一般？」

珍珠頓時表情有些尷尬，見子妤抿著唇、蹙著眉，以為她生氣了，趕緊解釋道：「其實是那天小桃梨和妳說的話，有一大半我都聽去了。妳也知道，佘家班雖然不如花家班在京中的地位，卻還是能抗衡一二的。我見她到妳屋裡關上門說話，想著妳又是花家班的人，自然有些不放心，怕她一不留神說溜了嘴，又讓花家班抓住咱們戲班的把柄，那就不妙了，所以我才開了窗戶，豎起耳朵想聽聽妳們到底說了些什麼。」

子妤有些不知道該怎麼說才好，畢竟自己和唐虞的事當時她並沒承認什麼，一直都是小桃梨在自說自話。可珍珠的話裡，根本就是當小桃梨的猜測是屬實的，認定了自己和唐虞之間關係「不一般」！

「子妤，妳別生氣，妳看我這麼久了才說漏嘴一次，其他人都是不知道的。妳相信我好嗎？我發誓，我也再不會提起了！」珍珠討好地伸手拽了拽子妤的衣袖，睜著一雙「無辜」的大眼睛看著她。

子妤瞧著珍珠一臉真誠，也誠心地道：「咱們都是從戲班裡千挑萬選出來的。這次能入選，機會難得不說，也考驗著各自戲班的臉面和能力；唐師父也一樣，他以前在花家班做教習師父，這次能被選中委以重任，對他的前途來說極為重要。所以，我只想好好練習，好好把皇上的壽宴給唱得精彩，其他的並不重要。我希望妳也能專注在這一件事上，莫要被旁的事左右了心思。」

有些羞愧地垂著頭，珍珠點了點頭。「對不起。」

子妤見她是真的聽進去了自己的話，語氣又軟了下來。「咱們的目標一致，好好地一起努力就行，其他的，真的都不重要。」

聽出了子妤的原諒，珍珠高興地抬起頭，眼中閃著一抹燦燦的光彩。「嗯，今晚看咱們的！」

子妤也揚起了柔和笑容。「那我就不送妳了，這便去前院找唐管事借衣裳。等臨演前一刻鐘，我先去找妳再一起過去換裝。」

子妤先去找唐虞借了兩身男子的長衫，一件是月白色繡墨竹的，一件是竹青色染飛羽的，另外還有一柄半舊的羽毛扇。之後便回到了西苑的居所，把唐虞給自己熬製的潤喉湯倒了些出來，和在熱水裡，便喝了下去。

酉時三刻不到，子妤梳洗了一番，先換上了那件竹青色的長衫，將長髮放下來，仔細綰成一個髮髻在後腦，別上一支竹釵，再找來一件薄棉的披風罩住自己的裝扮，這就去了珍珠的屋子。

打開門，看到子妤用披風遮得嚴嚴實實，只露出一張白皙清秀的小臉，珍珠忍不住笑著拉了她進屋，什麼話都不說便伸手去解開了她頸間披風的繫帶。

一身竹青色的長袍將子妤高眺的身段襯托得越發纖弱婀娜，一頭青絲綰成男子的髮髻，再加上不施粉黛的臉上揚著淡淡的笑容，讓珍珠不禁嘆道：「好一個俊俏風流的周郎君！」

「好啦，快些更衣綰髮，咱們時間不多了呢。」子好將手中的包袱遞給珍珠，這才又重新將披風繫好，把帽子戴上。

「好，等我，一下就好。」珍珠看著包袱裡那套月白色的衣裳，眼睛一亮，趕緊去到旁邊的屏風後面就開始更衣了。

不一會兒，原本嬌媚如花的女兒身就變作了倜儻不羈的公子哥兒，珍珠將那羽毛扇輕輕橫在胸前，眉頭再微微一挑，便是活脫脫一個玉樹臨風的瀟灑軍師！只是那紅唇和腮邊的胭脂，仍顯現出幾分女兒氣。

「妳還是洗把臉吧，咱們易釵而弁，可不能塗脂抹粉了。」子好說著，又問珍珠：「可有斗篷，得把妳的扮相給遮住，不然提前被看出來，就沒有驚喜了。」

「有有有，放心吧。」珍珠一邊去擰濕帕子擦臉，一邊拉開箱籠拿出一件藕色的斗篷出來遞給子好。「妳看這個怎麼樣？」

斗篷雖然不夠長，卻有帽子，子好拿過來便抖開，主動上前幫珍珠繫好帶子。「好了，咱們快些過去吧，時間差不多了。」

兩人剛出了屋門，就遇見唐箏也準備去排練大殿。

「子好師姊，妳們這是什麼裝扮？」唐箏看著花子好，再看看同樣披著斗篷蓋著帽子的珍珠，有些傻眼了。「妳們唱的是哪一齣啊？」

「這可不能告訴妳。」珍珠搶著答了。

唐箏也知道自己不該這麼直白地問人家，畢竟大家是競爭的關係，便笑笑。「對不起，我越界了。」

「沒關係，反正不到一刻鐘就是戌時，一演出妳不就知道了嗎！」子妤打著圓場，眼看著時間確實有些急了，便道：「走吧，咱們正好一起過去，時辰快到了。」

花子妤三人來得果然稍晚了，因為其餘戲伶幾乎都是直接排練了之後就等在此處，只有唐箏回了一趟西苑拿東西。

看到花子妤和珍珠的這副裝扮，大家都和唐箏先前的表情一樣，充滿了疑惑。但唐虞已經走進了大殿，大家都收起了心中的疑問，乖乖一排十人站好，等候著今日的比試開始。

走到眾人前面，唐虞掃了一眼裝扮奇特的花子妤和珍珠，忍住了心裡頭的笑意。先前子妤過來要借男子衣裳，他就已經猜到了幾分，便也沒問子妤到底要唱什麼。

唐虞和子妤不經意地眼神交集了一下，這才收起了其餘心思，表情嚴肅地道：「好了，時候已到，按照先前抽籤的順序，第一組先開始吧。」

章二百二十二　一時瑜亮

按照規矩，每日的分組比試採取「車輪戰」。

先從第一組開始，緊接著便是第二組，若唐虞覺得第二組比第一組唱得好，就讓第二組的兩個戲伶站到他的左手邊。以此類推，若是第三組的表現超過了第二組，那就能替代她們的位置……直到第五組唱完，看誰能一直站在唐虞的左手邊，就能確定那一組拔得頭籌了。

奪魁的一組，並非兩個戲伶都能得第一的名次，兩人分別站到唐虞兩邊，由其餘八位戲伶分別挑選自己覺著唱得更好的，站在她的後面，人數最多的，才是每次考評的最優。累積三次最優，便能擁有優先挑選新戲角色的機會，但唐虞也告訴了十位戲伶，前提是她們要挑選適合自己又能勝任的角色。比如花子妤和珍珠就能挑擁有刀馬旦戲分的角色，而其他人想要挑，唐虞也不會答應。

這樣的決定方式既兼顧了公平，又能展示自己在各自領域所擅長的戲分，所以十位戲伶都非常贊同，每天摩拳擦掌地就等著比試的時候一舉奪魁！

可連續兩天，有金盞兒的一組都一直佔據著頭名，這讓其餘戲伶除了想要抽籤抽到和金盞兒一組之外，都卯足了勁，看誰能有機會壓過金盞兒，證明自己的本事。

而今日第一組上場的正好又是花家班的金盞兒和一位民間戲班的戲伶搭檔。

有了金盞兒這個才貌雙絕的戲伶在，即便和她一組的那個戲伶表現平平，也足以讓她們保持領先的位置，直接贏過了其他組的戲伶。

不過到第三組時，唐箏與搭檔的小桃梨卻差些就贏了金盞兒那一組。

唐箏以前在江南常春班學戲，唱一口柔軟甜糯的水磨腔，再加上民間戲班要求戲娘們多些媚態，自然練就了眉眼間那無邊的風情。而小桃梨是佘家班的台柱，身為一等戲伶，自有過人之處。兩人搭檔唱了一齣【鬧春花】，竟是滿場生輝！

可金盞兒無論唱功還是表演都勝了兩人一籌，加上唐箏和小桃梨配合上稍有瑕疵，唐虞略微思考了一下，還是讓金盞兒那一組繼續排在第一。

第四組是花子妤和珍珠，唐虞看了兩人一眼，朗聲道：「下一組，花家班花子妤和佘家班珍珠，請到中央，開演吧。」

花子妤和珍珠對望一眼，同時默契地將頸間的繫帶鬆開，取下帽子，露出了一直藏在披風後面的男子裝扮。

其餘戲伶都有些意外，紛紛將目光聚在了兩人身上，有好奇，也有不屑，認為兩人這是在譁眾取寵。不過再不屑一顧，這些戲娘們都忍不住心裡暗暗感嘆，花子妤和珍珠各自一身男裝打扮端的是風流如玉，貌若潘安。單是這一亮相，就已經壓過了一直處於第一名的金盞兒那組不少。

知道自己成為了焦點，花子妤是一如既往的淡然無擾，珍珠則略挑了挑眉，顯然很高興自己能被其餘的戲伶議論。

「好了，妳們準備好就直接開始吧。」唐虞掃過一眼珍珠手上半舊的羽扇，不自然地抬手掩了掩唇角，心裡還真怕有人看出來那柄羽扇是自己的。

可唐虞沒發現，一直站在他左手邊的金盞兒眼眸微聚，隨即又恢復了如常的表情。而右手邊已經被比下去的唐箏也有些意外地盯了盯那柄羽扇，復又帶著幾分疑惑的神情看了唐虞一眼。

趁這個空檔，花子妤和珍珠已經開唱了。

兩人配合默契十足，唱詞流暢，一個演「負氣周郎」，一個演「腹黑諸葛」，舉手投足間絲毫沒有露出女兒神態，讓人恍然間以為真是三國「雙智」出現了，大家都睜大了眼睛，目不轉睛地盯著大殿中央。

演著演著，只見花子妤一個轉身，姿態孤傲，將心無二人的周郎演得是維妙維肖，指著珍珠扮作的諸葛亮朗聲唱道：「孔明之言謬矣。隆冬之時，怎得東南風乎？」

「諸葛亮」卻神情誇張地揮扇一笑。「你且聽風聲呼響旗幡轉動，可不正是東風而來？」

「周郎」做了一個推窗外望的動作，大驚之下，用著私語方式背對著「諸葛亮」，而面向唐虞所在的正席，開唱：「此人有奪天地造化之法、鬼神不測之術！若留此人，乃東吳禍根也。及早殺卻，免生他日之憂。」

而端立在後面的「諸葛亮」同樣一揮羽扇，神態悠然自得，只徐徐唸唱道：「七星壇上臥龍登，一夜東風江水騰。不是孔明施妙計，周郎安得逞才能？哈哈哈——」

「哈哈」笑之間，珍珠所扮演的「臥龍先生諸葛亮」已經邁著步子一搖一擺地背對正席徐徐往外走去了……

這齣戲到此處也就正式結束，花子妤和走到一半又踅回來的珍珠一起並肩站在唐虞的面前，兩人一邊微微喘著氣，一邊垂首端立等待著唐虞判定。

似乎是難以決斷，唐虞猶豫了很久，直到珍珠緊張得都兩腳打顫了，才開口道：「花子妤和珍珠心思巧妙，易釵而弁，卻並不顯得是倉促應對，反而唱詞清晰流暢，配合也默契十足。比之……第一組……要略勝一籌。」

聽見「略勝一籌」四個字，花子妤算是鬆了口氣，總算不負自己和珍珠這麼辛苦地排練。而珍珠一聽，差點兒就蹦了起來，那臉上的得意之色，簡直就是先前花子妤所飾「周郎」的翻版。

這讓其他戲伶們都暗中腹誹：看來花子妤和珍珠的角色弄反了，前者性情沈穩，遇事更是不露半分情緒，讓人看著就覺得放心，豈不正是現實中的「諸葛亮」！而後者性情跳脫，不過得個頭名就高興成那樣，一點兒都沈不住氣，反倒像極了那個自負高傲的「周郎」！

子妤伸手輕輕拉了一下珍珠，示意她一起站到唐虞的左手邊去，正好對上從那個位置走下來的金盞兒。

金盞兒表情很是如常，面對子好頷首微笑了一下，也沒說什麼，便讓出了位置。

其實子好對於自己能打敗金盞兒心裡頭還是有些小小的興奮。金盞兒成名已久，無論是唱功還是表演都已臻至爐火純青的境界。自己除非別出心裁，還真是很難勝過她。好在這次抽中和珍珠一組，不然，還不知道有沒有機會。

接下來最後一組是兩個民間戲班的戲娘搭檔，唱的是一齣【白蛇傳】，在五組裡頭算是中規中矩，並無突出之處，所以自然就讓花子好這一組的頭名位置保留到了最後。

得了頭名，接下來便是挑出最優的戲伶了。

這下唐虞無法作主，只吩咐兩人一左一右站好，便道：「各位戲伶，妳們仔細思量一下先前花子好和珍珠的表演，覺得誰更優，便站在誰的身後。」

戲伶們略微思考了一下，便都動了起來，不一會兒，結果立現。

金盞兒、唐箏自然是站在花子好這邊的，不為其他，和小桃梨站在珍珠那邊是一樣的，同為師門，自不會落井下石。陳家班的柳葉兒思考了一下，還是站在了佘家班一邊。而剩下的四個民間戲班的戲娘，正好以兩兩之數分別站在了兩邊，一時間，倒叫唐虞為難了。

唐虞露出了難得的輕鬆笑容，攤了攤手。「看來，花子好和珍珠一如她們所扮演的角色，『一時瑜亮』難分高下。但最優只能有一個，所以我也有些不知道該怎麼處置了。」

而花子好和珍珠則對望了一眼，前者正要開口，後者卻搶先道：「唐管事，容小女子一言！」

這珍珠在大家的印象中從來都是爭強好勝的，此時見她搶先開了口，子妤這邊的四人都有些替子妤不值。

可花子妤卻並不阻攔，只含笑看著珍珠，等她開口說話。

「我自願把最優的位置給子妤！」珍珠這句話一出口，眾人都驚訝至極，只有花子妤似乎早就知道她會說什麼，還是一言不發，只是笑容收斂了些，帶著幾分深意地看著珍珠。

眼神掃過一眾人等，珍珠臉上的傲色姿態絲毫不減。「這齣戲乃是子妤的主意，從唱詞到扮相，都是子妤幫我琢磨、替我分擔。若要論咱們的唱功表演孰優孰劣，我還真能說出『平分秋色』四個字，絲毫不會認輸。但這齣戲的背後，功勞全是子妤的，我也不好意思賴著最優的位置。」

說到最後，珍珠幾乎都有些激動了，看來她此番話也的確是出自於真心，讓大家不由得對她都有些另眼相看。

有了珍珠這番話，唐虞也就順勢而言：「既然如此，那本日的比試結果，最優就是花家班的花子妤，大家可有異議？」

唐虞都已經發了話，其他人自然並無異議，紛紛點頭之後便湊到了花子妤和珍珠兩人的身邊，忍不住向兩人「取經」起來。

只有金盞兒，雖然還是含笑地看著花子妤，可眼神卻不由自主地飄向了唐虞，似乎有些話想說，卻又怎麼也說不出口來。

二百二十三章 交換籌碼

結束了今日的比試，戲伶們都鬆了口氣。

一大早就抽籤決定分組，然後和搭檔挑選比試的戲目，可能中午還來不及吃上一口熱飯，整天都要繃緊了弦好生磨合排練，就怕最後比試的結果不如人意。好歹她們都是各自戲班裡千挑萬選出來的頂尖主角，被其他戲班的戲伶笑話，那就丟臉丟大了。

對於今日的比試結果，大家驚訝之餘也並不覺得意外。雖然花子妤身為一等戲伶，享有盛名也只是這兩、三個月的事，但京中對她的傳聞甚多，都集中在她對新戲的演繹之上。能改編老戲，還能唱全新的戲目，這是其他戲伶不敢輕易嘗試的。可偏偏她就敢一而再、再而三地推陳出新，唱大家聞所未聞的新戲，除了勇氣之外，這些行家們都知道，還得靠真功夫和真本事來支撐，她才能有實力去嘗試。

並非這些戲伶不願去唱新戲，實則幾百年時間裡，曲目流傳，一代接一代，大家都遵循著一定的規矩和習慣。當然，幾百年的時間裡也有層出不窮的新戲出現，但隨著時間的推移，能夠沈澱下來、傳唱下來的，俱是經典，也都是各種階層人都喜歡聽的。若是輕易嘗試新的戲目，容易流失看客不說，還不一定能夠討得好彩頭，所以大家才對唱新戲非常謹慎。

而知道花子妤所唱的新戲大多出自唐虞之手後，戲伶們都覺得很羨慕。只有一人，心裡頭覺得很不是滋味。

梳洗完畢，再用過宮女送來的三樣小菜和一碗米飯，唐箏換上了一件油綠色的百褶裙，外罩一件鑲了銀絲邊的月白衫子，將長髮懶懶綰成雲髻，別上一支看起來有些歷史的點翠簪子，這便一人悄悄出了西苑，前往排練大殿邊上司教坊樂師們所居之處。

走在路上，迎面就看到一抹藕荷色的纖細身影，唐箏停住腳步，有些勉強地含笑道：「子妤師姊，您這是從哪兒來？」

花子妤一抬眼，就著路邊有些昏暗的行燈，這才看清了來人，便迎了上去。「先前和司教坊的大師父一起合了一下曲子，這麼晚了，師妹怎麼還出去？」

攏了一下被夜風吹散的髮絲，唐箏臉色有些許的不自然。「沒什麼，想到一個關於比試時候的問題，想去和唐師父切磋一下。子妤師姊，宮女們送來晚膳了，您快回去用吧，過了時候她們就要來收拾，若餓著肚子了可不妙。」

「沒關係，我已經用過了。先前也給西苑的管事嬤嬤打了招呼的。」子妤客氣地回了一句，對於唐箏找唐虞討論戲曲的事情並不放在心上，只點點頭。「天色已晚，我也不耽擱妳的時間了，早去早回才好。」

「師姊請。」唐箏極為恭敬地側開身子，讓子妤先行。

花子妤也不客氣，略微頷首，便提步先行而去了。

看著夜色下那一抹格外婀娜動人的背影，唐箏蹙起了眉頭，眼底流露出一些說不清、道不明的複雜情緒。「為何偏偏是她……為什麼從來都不曾是我呢……」

又是一陣微涼的秋風吹過，唐箏只覺得臉上一涼，抬手才發現自己眼角竟然有淚痕，趕緊抬袖擦乾了，這才轉身往前走去。

換下了司教坊分發的常服，唐虞正準備再修改一下【十全十美】這齣戲，卻聽得門上傳來輕輕的響聲。

以為是子妤半途踅回來還有什麼重要的事，唐虞想也沒想就上前開了門。「怎麼，是不是落下什麼東西了？」

待門拉開，唐虞一抬眼卻發現是唐箏站在門口，臉上掠過一抹尷尬的神色。

唐箏並不笨，先前碰到花子妤就猜想她或許是和唐虞見了面這才回去西苑，如今唐虞又是一副以為熟人來訪的模樣，更加證實了自己的猜測。

不顧唐虞手還扶在門上，唐箏一把撥開了他的手，快速地閃身進入屋內。「雖然我不是花子妤，但也不用如此意外吧，子沐哥哥。」說著，回眸朝著唐虞一笑，襯著幽幽暖暖的燈燭，將一張原本就溫柔多情的臉龐點染得更加嫵媚動人。

可唐箏再美，在唐虞眼裡不過還是那個流著鼻涕跟在自己身後的小丫頭罷了，心中並無半點漣漪，只收起了先前的尷尬表情，淡淡道：「這麼晚了妳還從西苑出來，可有什麼要緊的事？」

「怎麼，只許你夜會美人，就不許我深夜拜訪嗎？」唐箏看了一眼屋中茶桌上還擺放著的兩個杯盞，一抹淡淡的妒意從唇邊流淌而出。「更何況，論關係，她可是你以前的徒弟，我要比她名正言順許多吧？」

唐虞走過去將杯盞收好，回身看著唐箏，表情多了些嚴肅。「妳雖然名義上是唐家大房的童養媳，但我一直把妳當妹妹看待，從未有過任何非分之想。妳所謂的名正言順，回去和二房的兩個兄弟說吧，他們倆總有一個願意娶妳的。」

「你就這麼看我？」唐箏眼神有些受傷，只覺得心裡頭刺痛無比。

知道自己的話有些重了，但唐虞卻並絲毫沒有收回的意思。「一個女人，這一輩子最重要的就是找到一個好歸宿。我也想對妳和顏悅色，可我越是對妳好，妳就會陷得越深，不如早些清醒，想明白什麼是自己想要的。」

「你既然不想要我，也不要把我推給那窩囊廢的兩兄弟。」唐箏收起軟弱的表情，卻露出了一抹堅毅。「作為唐家的童養媳，早晚要嫁給唐家的兒子。可除了你，就只有那敗家的兩兄弟能讓我選擇；若不能嫁給你，我寧願一輩子不嫁！」

「妳為何如此執著！」唐虞嘆了口氣，語氣放軟了些。「官府那裡並無妳的賣身契，母親也把妳當親生女兒一般教養長大。到時候妳若遇上了心動的男子，回去託母親給妳找人說媒便是，並沒有非要妳嫁給唐家的子弟啊！」

「你沒聽過『非君不嫁』這個詞嗎？」唐箏搖搖頭，態度仍然堅決得無法撼動。「從小我就把自己當成是你未來的媳婦兒，也認定了這一輩子要守在伯母身邊好好伺候她。這麼多年，這是支撐我活下去的唯一理由，豈是那麼容易更改？」

「所以我才引薦妳進入常春班學戲，也勸母親不要有留妳做兒媳的心思。這些妳都明白，為何還是如此執迷不悟？」唐虞有些無奈，看向唐箏的眼神也有了幾分的不耐。

「我學戲，是因為你讓我去學，更因為學戲可以天天看著你，和你有更多的共同語言。」唐箏嘲諷似的扯了扯嘴角。「可到頭來，我還是覺得彷彿和你隔著很遠很遠的距離，遠得讓我似乎一輩子也追不上了。」

聽出了唐箏語氣裡「放棄」的意味，唐虞蹙了蹙眉，並未多說什麼。

「沒錯，如今我才真正看清楚了你，想清楚了我們之間的不可能。」唐箏似乎不願承認這個事實，說這話的時候玉牙緊咬，幾乎是從齒縫裡憋出來的。

面對著默默喜歡了自己這麼多年的女子，唐虞卻一點也沒法心軟，只冷冷點了點頭，並未接話。

「可我不甘心！」唐箏臉上浮起一抹冷笑。「我要你補償我！」

「妳要我怎麼補償？」唐虞脫口而出，原本對唐箏還有幾分憐憫的心瞬間被一股厭惡所取代。他見過太多這種類似的表情了，這是只有在一個人有貪婪之心時才會露出的表情。

「這次皇帝壽宴，我要唱主角！」

毫不掩飾自己的心機，唐箏眉梢微挑，看出唐虞表情中的厭惡，不知為何，反而讓她豁出去了。「我知道這次獻演，你不但決定著戲文，還決定著讓誰來唱主角兒。我估算了一下，這幾日比試，我只得了一次第三，恐怕是不能靠著自己的本事去挑角色了。所以……」

「所以妳便把主意打到了我這裡？」唐虞冰冷的眸子裡射過一抹寒光。

「你只說一句話，願不願意幫我？」唐箏毫不畏懼地迎上了唐虞的目光，只是粉拳悄悄地在袖口裡攥著，似乎這樣才能給她面對唐虞的勇氣。

本想呵斥住她，可唐虞轉念間又有了想法，半晌之後才緩緩點頭道：「好吧，這次的群戲的確有主有次，以妳的條件，若憑本事，最多爭一個中間。我可以答應妳，幫妳安排一個重要的角色。妳滿意了吧？」

唇角翹起，唐箏眉眼舒展開來，一抹得逞的笑容綻放在了臉上。「當然滿意。放心吧，我說話算話，你和那花子好的關係我不會多言半句。說不定，將來我還要稱她一聲『嫂子』呢！」

說完這句話，唐箏便轉身自顧自推門而去了，只留下唐虞蹙著眉，看著她漸漸消失在夜色裡的單薄背影，無奈地搖了搖頭。

只是唐虞所看不到的，還有唐箏臉上無言滴落的淚水，就那樣輕輕地滑過臉龐，落在了原本空蕩蕩的心裡，怎麼也填不滿那股縈繞不去的寂寞……比起被忽略和無視，唐箏寧願像現在這樣，至少，可以被唐虞記在心裡，彷彿一根刺，讓他一輩子也無法拔出來。

章二百二十四　角色互換

經過半個月的輪番比試，如此嚴格的訓練總算是告一段落了。

不過戲伶們都沒有一聲怨言，反而對能夠在如此短時間內提升默契程度的練習方式很表認同。她們也都知道，同半個月前相比，現在的自己，無論是唱功還是表演方面，都有了非常大的進步。

之後，唐虞宣佈了這些天來比試累積前三名的戲伶，不出意外，頭名還是金盞兒，她總共獲得了足足六次最優，理應成為當之無愧的魁首。

第二則是佘家班的小桃梨。

小桃梨唱功好、身段軟，特別是扮相，無論大家閨秀還是小家碧玉都能演繹得活靈活現。她也得了足有四次最優，算下來剛好排在金盞兒之後，算是榜眼。

第三，便是同樣來自花家班的花子妤了。

花子妤雖然不如前兩名能夠連得三次以上最優，從次數上來說只有兩次，但這兩次頭名的分量卻格外的重。

她先是和珍珠搭檔，憑藉一齣易釵而弁的【借東風】，戰勝了金盞兒。另外憑藉一齣和小桃梨搭檔的【白蛇傳】得了第一，之後大家又推選了她為最優，險勝了同組的小桃梨。

在這些相互都不服輸的戲伶眼中，花子好可以先後兩次勝過金盞兒和小桃梨，足以證明其功底非凡。所以，當唐虞唸出她的名字，成為第三位能夠自主挑選角色的戲伶，大家也心服口服。

熬過了十五日的「車輪戰」，戲伶們今日都神清氣爽地立在排練大殿中，心情俱是格外輕鬆，看向唐虞那張嚴厲無比的俊顏冷面也覺得無端「溫暖」了許多。

「好了，前三名的戲伶等戲文出來可以優先選擇自己想要扮演的角色，其餘戲伶，我會酌情根據妳們各自所擅長的角色和行當來安排。」

唐虞見大家並無異議，又道：「我也知道妳們都非常好奇到底會是什麼樣的新戲，畢竟要容納十個戲伶來唱，的確極不容易，今兒個我就先向妳們都透個底。」

聽見唐虞竟然會鬆口，告訴大家戲目的事，戲伶們都睜大了眼睛，神色緊張又充滿著期待地看著他。

「想必大家對【八仙獻壽】這齣常規的曲目極為熟悉吧？」唐虞環顧下首眾人，一一看過去發覺好幾個戲伶都露出了疑惑的神情，只好把目光投向花子好的身上。「子好，妳來簡單講一下，以免有戲伶不知道。」

略微點頭，子好上前一步，腦子裡過了過這個朝代裡對【八仙獻壽】的演繹，知道和自己原本所知是有極大不同的，便按照這個時代的理解，朗聲開口道：「古有傳說，八仙分別代表著男、女、老、少、富、貴、貧、賤，由於八仙均為凡人得道，所以八位仙人的個性與平民百姓較為接近。大家應該都知道各地均有不少的八仙宮供人奉祀，迎神賽會也都少不了八仙。」

見眾人點頭，子妤便又繼續道：「另外，俗稱八仙所持的檀板、扇、拐、笛、劍、葫蘆、拂塵、花籃等八物為『八寶』，代表八仙之品。也是這一齣【八仙獻壽】最為重要的演出道具了。不過這齣群戲一般需要八個戲伶來演出，所以普通老百姓是難得一見的，只有豪門貴胄中的壽宴才會花大錢請戲班來演。而且一般演這八仙的戲伶都是固定了的，像我們唱旦角的，基本上都不會參演這齣群戲的。」

「唐師父，我有疑問。」正是小桃梨聽了子妤所言，大膽地開了口。「我們一共有十人呢，怎麼去演八仙呢？」

其實花子妤早就給小桃梨透露過新戲是依據【八仙獻壽】來的，所以她託了司教坊的小太監，幫忙去找佘大貴帶了一本【八仙獻壽】的戲文進來，這幾天正仔細翻看呢。所以她肚子裡早有一堆疑問想要找唐虞解答了，這次抓住機會，連忙趕緊開口。

「我已經說過，新戲是按照【八仙獻壽】來改編的，所謂改編，自然和原著有不同之處。第一個不同之處，便是這人數的問題了。」唐虞徐徐解釋著，雖然臉色仍舊嚴肅，語氣卻並無責怪小桃梨之意。

「這齣戲裡有男有女、有老有少，咱們都是女子，雖然子妤和珍珠能夠易釵而弁演生角，可我們其餘人怎麼辦？」

有了小桃梨的開頭，另一個民間戲班的戲娘也大著膽子問出了自己的疑問。

「這些就是我需要琢磨的問題了。」唐虞點點頭，也用著鼓勵的表情看向那位戲娘。「妳們若有好的建議，可以隨時去司教坊的樂師住所和我討論，我會酌情修改的。」

「唐管事，離臘月十五不過一個多月的時間了，咱們十個人要唱一齣戲呢，能不能早些把新戲的本子給我們開始排演了呢。」另一個戲伶也開口問道。

「對啊，大家經過十五天的比試都已經基本熟悉了對方，默契也培養了起來，若現在能趁熱打鐵開始排戲，到時候也能多幾分把握。」

「就是啊，唐管事，您就把戲本先放出來吧，或者把角色安排了再說，咱們也好根據各自的角色來練習啊……」

其餘戲伶聽了，也隨聲附和起來。

唐虞伸出雙手壓了壓，示意大家稍安勿躁。「戲文已經差不多寫好了，只是有些細節之處需要整理一下。最遲三天，三天之後大家便能看到戲本，且這次的群戲，唱的地方不算太多，所以大家不用擔心唱詞的問題。關鍵是要演好，走好臺位，這才是唱群戲最為重要的，不然，一團亂，那臺下的賓客們什麼都不用看了。所以接下來的三日，我還是要讓妳們培養互相的默契。」

「怎麼培養呢？」這次是金盞兒開了口，只見她神色自若，柔和平靜，絲毫沒有其他戲伶聽見關於新戲所露出來的驚喜和熱切。

「妳們各自所擅長的角色、曲目類別我都已經整理了出來，接下來……」唐虞說到這裡，有意停了停，看向大家，復又道：「我要把妳們分為兩組，每組五人，妳們各自向對方的組別挑出一人來學習她所擅長的角色或曲目。三日之後，兩組各出一人，兩兩比試，若連續超過三個人比對方的組表現更好，那這一組中，我會額外挑選出一人，這個人也能和金盞兒、小桃梨、花子妤她們三位戲伶一樣，擁有優先選角色的資格。」

見大家都愣住看著他，唐虞放大了幾分聲量，神色越發嚴厲了幾分。「可聽明白了？」

唐虞所言雖然複雜了些，好歹講得十分清楚，大家聽了，也都瞭解了他的用意，紛紛點頭表示都聽明白了。

既然說清楚了，接下來便是分組。這次唐虞並未讓十位戲伶抽籤，而是按照他對她們的瞭解，大致分為了兩組截然不同類型的，比如珍珠和花子妤就在一組，避免她們兩人在不同組；因為都是比別人擅長刀馬旦的戲分，若在不同組別，有可能會正好對上，那就毫無意義了。

最後的結果是，金盞兒、花子妤、珍珠、柳葉兒還有另一位擅青衣的民間戲班戲伶分在了一組。另一組則由小桃梨、唐箏還有幾個擅花旦戲分的戲伶湊成。

分好了組別，唐虞又安排了她們需要互換角色的一對一人選，花子妤對上的正好是小桃梨！

唐虞讓花子妤學小桃梨所擅長的佛音唱曲，讓小桃梨學花子妤所擅長的青衣旦加刀馬旦的混合戲分。這下子，可讓小桃梨苦了臉，花子妤則樂得很。

花子妤早就想嘗試小桃梨那種脫俗的梵音佛唱，能夠有這個機會，自然開心無比。這樣的安排，卻苦了小桃梨。她除了擅長梵音佛唱，便是一些花旦的角色，而且她看起來一副嬌滴滴的樣子，哪裡能勝任子妤的「花木蘭」呢！

偏偏小桃梨又不敢反駁唐虞，只得苦著一張臉望向花子妤。子妤攤了攤手，表示自己也沒法子，臉上閃過一抹促狹的笑意，只覺得小桃梨這副模樣很有趣兒。

發現子妤拿自己開心，小桃梨就癟癟嘴，看樣子似乎在說：「輸就輸嘛，反正我也已經有了優先挑選角色的資格！」

其餘人等也各自找到了對手，大家便盤算起來，估摸著到底出什麼樣的題目，才能難倒對方！

特別是小桃梨這組，她們裡頭就小桃梨一人得了前三名，若是三日之後的比試能贏過金盞兒那組，她們中間就有人也能優先挑選角色，這可是個極大的誘惑。畢竟誰也不知道到時候會有哪些角色出來，能自己挑總比等著分配要好得多。

至於唐箏，她看著眼前端然而立的金盞兒，雖然不明白為什麼唐虞要讓她成為金盞兒的對手，但這的確是個機會，不能輕易放過。

唇角微翹，唐箏望向了唐虞，那眼神，似乎在告誡，似乎又含著幾分威脅。可唐虞卻連正眼也沒有看過唐箏，只交代好了規則，便直接離開了大殿。

章二百二十五　你來我往

三日之後，十位戲伶又齊齊聚在了大殿中，準備迎接最後的挑戰。

五五相對，戲伶們互相都從對方的眼中看到了躍躍欲試、想要戰勝對方的慾望。畢竟這次比試關係到最後一個能夠自主挑選角色的名額，剩下的七位戲伶都卯足了勁，想要在這一場比試中成為那個幸運兒。

「好了，第一對出列。」

唐虞朗聲吩咐之後，便端坐在上位處，手中捧著一碗茶，安安靜靜地看著戲伶們的比試。

第一對正是金盞兒和唐箏兩人！

金盞兒擅青衣，唐箏擅花旦，兩個各自給對方出的題目都不算太難。金盞兒要挑戰唐箏【西廂記】中的「紅娘」角色，而唐箏則要演金盞兒在【牡丹亭】中的「杜麗娘」角色。

兩人之所以都未給對方出難題，一則大家來自同一個戲班，沒有必要爭得頭破血流；二來，唐虞之所以同意她們各自挑選的戲目和角色，實則因為「紅娘」和「杜麗娘」可以算是花旦和青衣旦中最有代表性的兩個角色。任何一個戲伶，只要唱好了這兩個角色，就算是站上了花旦和青衣中的頂端了。

毫不耽擱，金盞兒首先向唐箏頷首致意，率先出列。「唐管事，各位姊妹，我要唱的是【西廂記】中紅娘的一段獨戲，獻醜了。」

金盞兒說完，來到殿中央的紅毯之上，盈盈朝著唐虞和眾戲伶福了一禮，這便清了清嗓，臉上露出了傷感的表情，開口柔聲唱道：「只見他悶懨懨和衣而睡，臉兒黃、肌兒瘦、氣息低微。向門兒我這裡輕彈指背，散相思的五瘟使來叩柴扉。」

頓了頓，金盞兒一臉唏噓，唸白道：「好一封短柬多情致，還附上五言四句詩。紅娘我權做青鳥使，管叫她來看你一遭兒。」

一個轉身，金盞兒換上了帶有幾分愉悅的表情，唱道：「風靜簾閒麝蘭香散，啟朱扉我這裡搖響雙環。絳台高金荷小銀釭猶燦，賢小姊擁繡衾春睡方酣。玉釵橫寶髻偏烏雲亂綰，夢沈沈哪知道日上三竿？趁早兒尋一個酒闌人散，從今後月暗西廂雲斂巫山。」

唱到「雲斂巫山」這兒，金盞兒蘭花指一揚，臉上似嗔還嗲的表情，還真有幾分紅娘那種活潑精明的樣兒！

見金盞兒收了勢退下，唐虞又示意唐箏上場。

唐箏走到先前金盞兒獻唱的地方，同樣頷首福了一禮。「唐管事，各位姊妹，我就唱【牡丹亭】裡頭〈步步嬌〉和〈醉扶歸〉兩段吧。請多指教！」語氣中竟有幾分把握贏過金盞兒的樣子！

「嫋晴絲吹來閒庭院，搖漾春如線。停半晌整花鈿，沒揣菱花偷人半面，迤逗的彩雲偏。我步香閨怎便把全身現……」

唱著，唐箏那江南水鄉女子所特有的柔軟嫵媚之情流瀉而出，再配上軟糯的唱腔，聽得眾人都覺得極為舒服，不禁都將目光投向了她一人身上。

「你道翠生生出落的裙衫兒茜，豔晶晶花簪八寶鈿。可知我一生兒愛好是天然？恰三春好處無人見，不提防沈魚落雁鳥驚喧。則怕的羞花閉月花愁顫。畫廊金粉半零星。池館蒼苔一片青。踏草怕泥新繡襪，惜花疼煞小金鈴……不到園林，怎知春色如許？」

這最後一句「春色如許」，唐箏拖長了尾音，來了個綿柔迴腸的轉音，將那杜麗娘十二分的嫵媚風致演繹得淋漓盡致、入木三分！

唱畢，唐箏收起了過於冶麗的表情，走到金盞兒旁邊端然而立，下巴略微抬高了些，那表情似乎已經篤定自己勝券在握一般。

唱完第一組，該輪到唐虞點評並決定哪一方勝出。大家不禁都把目光又投向了首座的位置，想知道唐虞到底如何取捨金盞兒的「俏麗」和唐箏的「柔媚」。

起身來，唐虞看了一眼前方站立的兩人，這才開口道：「先前金盞兒和唐箏的演出都不乏出彩之處。金盞兒擅青衣，大氣穩重的閨秀演繹是她的專長。而唐箏擅花旦，唱功也是以靈巧柔媚而見長。她們互相要取對方所長，確實不易。」

頓了頓，唐虞似乎在認真地權衡絲毫，半晌之後才開口決斷道：「剛才的一場，金盞兒勝！」

乍聞之下，唐箏臉色一變。「我不服！」

唐虞也不氣惱唐箏的突然開口，反問道：「妳為何不服？」

「金盞兒師姊雖然唱得不錯，但以花旦的角度來看，靈巧機敏略有不足，顯得有些放不開。紅娘一角，還得要添入幾分睿智聰慧，這一點，金盞兒師姊更是未能達到。」唐箏毫不忌諱地就指出了金盞兒演繹中的不足之處，並且理直氣壯地說：「所以，我覺得應該是我勝出才對！」

唐虞聞言，唇角微翹，淡淡道：「那妳告訴我，杜麗娘一角兒，妳如此演繹卻是為何？」

「杜麗娘深居閨中，卻和柳夢梅在夢中相會。女兒家的溫柔多情自然會流瀉而出，我稍微放開些來演繹，難道不對？」唐箏大聲地反駁道。

「師妹所言沒錯，但卻忘了【牡丹亭】中最重要的一點。」

唐虞正待接話，金盞兒卻開了口，語氣沈著，不帶著絲毫的情緒。「【牡丹亭】中情愛，都是在夢中實現的。生活中的杜麗娘，雖然在追求愛情上大膽而堅定、纏綿而執著，卻並不十分的表露。只有在夢中和她的柳郎相會時，她才會露出那種柔情百轉、纏綿悱惻的真性情來。」

說到這兒，金盞兒展顏一笑。「而妳剛剛唱的那一段，卻是麗娘醒來後遊園的段子，雖然有幾分慵懶嫵媚，可卻不至於如此風流冶麗。所以，相比我的拘謹放不開，妳的過於放得開也一樣都是不足的。所以，唐管事，我建議這場我和唐箏師妹打了個平手，如何？」

最後這句話，金盞兒卻是對著唐虞說的。

似乎早就料到了金盞兒會這樣來打圓場，唐虞也沒斷然否定，略一思忖，便點頭道：「各有瑕疵，便無勝者可言。也好，第一對，金盞兒和唐箏算是平手。繼續吧！」

下一對，卻正是花子妤和小桃梨。

令大家都覺得意外的是，這場竟然是花子妤不戰而勝！

首先上場的花子妤唱了一段小桃梨曾在貴妃壽宴上所唱過的佛音，那靜謐如水的表情，那輕柔綿長的嗓音，甫一開口就讓整個大殿的氣氛進入了一種無憂無擾、平安順逸的境界。

就連花子妤已經唱完了，大家都還沈浸在那種讓人無比平靜的氛圍當中，久久無法自拔。

所以當小桃梨上場時，她臉一紅，張口道：「罷了罷了，我認輸還不行嗎！子妤本來就有種雅致怡然的氣質，她唱佛音，便是水到渠成的。可我卻演不來那『花木蘭』！」

嘟著小嘴兒，小桃梨的主動棄權不顯得膽小，卻反而讓人覺得她真誠無比。「花木蘭一角兒，要融合刀馬旦、青衣旦，甚至還有生角的戲分在裡面。讓我嘗試青衣或刀馬旦還有幾分機會，要我唱生角兒，那可不行呢！」

「所以，我甘願認輸。」小桃梨向著唐虞福了福禮。「還請唐管事判定這局由花子妤勝出！」

花子妤被小桃梨的舉動弄得哭笑不得，偏偏她連嘗試都不嘗試一下就主動認輸，讓自己連謙虛的機會也沒有，只好望向唐虞，看他怎麼處置。

果然，唐虞對於小桃梨的舉動有些不滿，臉上表情越發嚴肅起來。「妳未曾嘗試就主動放棄，從態度上來說，就已經是不可取的了。這一局妳輸了是肯定的，但我也要罰妳！」

「弟子認罰。」小桃梨垂著頭，一副委屈的樣子。

「就罰妳練一百個刀馬旦的基本功——趺撲打！花子妤做監督，下去吧。」唐虞揮了揮手，唇角卻不自然地微微揚起，只有花子妤看得出，他其實是覺得好笑，不過忍住沒笑出來罷了。

而小桃梨先前聽到自己要練一百個「趺撲打」，嚇得腿都有些軟了。可聽見是讓花子妤做監督，而不是在唐虞面前練的時候，心裡頭一塊大石頭頓時落了地，趕忙就恭恭敬敬地福了個禮退了下去。

挨著花子妤站著，小桃梨俏皮地朝她眨了眨眼，那意思彷彿是在說：「我都主動棄權了，等會兒罰我的時候妳就睜隻眼、閉隻眼好了！」

子妤自然也明白唐虞安排自己來監督小桃梨的真實用意是什麼，只抿唇笑著，悄悄點了點頭，算是給小桃梨一個安慰。

因為金盞兒的失利，花子妤為第一組贏得一局勝利，同組的另外三個戲伶看向她都有些感激。小桃梨卻被同組的戲伶們瞪著眼，明顯是在責怪她不戰而敗的「怯懦」！

還好小桃梨性子單純，也不在乎，只睜著一雙圓溜溜的大眼睛看著下一對站在中央的戲伶，完全把自己當成了個旁觀者在看熱鬧。

第一組除了花子妤，珍珠也是占了優勢的，畢竟能夠挑戰刀馬旦戲分的戲伶實在太少，於是又給她們這組贏得了一局。

出人意料的是，接下來兩對都是第二組的戲伶勝出，形成了絕對的平局，這讓唐虞也未曾料到有此結果。

不過權衡再三，唐虞最後點出了「珍珠」的名字，讓她成為了第四個有優先挑選角色機會的戲伶。

珍珠的表現，眾位戲伶都是心服口服，唯有唐箏咬著薄唇，一副不甘心的樣子。

章二百二十六　把握全局

用過晚膳，子妤換上一身半舊的水蔥色衣裙，覺得外頭有些涼意，便披了件薄棉披風，一路向唐虞所居的院落而去。

走到半路，手上的行燈被夜風給不小心吹熄了，子妤也懶得再點燃，看著前頭不遠處就是燃了燈燭的院子，逕自而去。

「子妤姑娘，您又來找唐管事嗎？」守門的婆子有些促狹地笑了笑，看著將自己一身裹得嚴嚴實實，卻露出一張白皙臉蛋的花子妤。「可巧了，不久前唐箏姑娘也來找唐管事，可唐管事說了，除了您，他誰也不見，讓我擋駕呢！」

「多謝婆婆了。」說著，子妤上前一步，塞了個半兩重的碎銀子到這婆子的手裡。「還請婆婆幫忙開開門。」

恭順地趕緊過去將院門打開，婆子迎了花子妤進去。「姑娘放心，婆子我要在這兒守一夜，隨您什麼時候出來，叫喚我一聲就行了。」說完，還朝花子妤眨了眨眼，那神情跟意味，擺明是想歪了。

子妤倒是臉不紅、心不跳，只淡淡的點了個頭，這就閃身而入。

唐虞的屋門緊閉著，子妤上前輕叩了三下，不一會兒便聽得裡頭傳來問話聲：「誰？」

己。

「我。」子好答了之後，便看到屋門被打開，正是唐虞立在門後，一臉疲憊地看著自己。

「怎麼了，明兒個就要公佈新戲的內容了，還在糾結如何定角色嗎？」子好順勢而進，看唐虞案頭前的燭火已經燃得差不多了，趕緊拔下頭上的簪子，幫他挑了挑燈芯。

揉了揉眼，看到子好之後，唐虞下意識地放鬆了心境，笑道：「還是妳瞭解我，別人都以為我是神人，隨便大筆一揮就能把這齣群戲給寫出來。殊不知，群戲的角色安排、唱詞和動作的分佈，實在要比普通的戲難太多了。」

「若要照顧角色，則不能唱詞太少，可群戲的角色多，如果人人都唱上一段，那恐怕得演到天亮了。」子好附和著，順手斟了杯茶遞給唐虞。「你只管按你的思路來編排，無須顧慮到我們。」

搖搖頭，唐虞卻是不同意子好所言。「妳們十個，各有千秋，都是資質極好的人才。這次能聚齊如此優秀的十位戲伶，若不能讓妳們各盡其才，我將來一定會後悔的。」

「可若是要安排好咱們十個人，絕不是件容易的事。」子好就喜歡唐虞這點，做事認真，毫不妥協，充滿了魅力。

「先前我已經將構思告訴了妳，妳也幫我過目了戲文，添加了不少的唱詞。如今的角色分配，我心裡已大概有數，正好妳來了，幫我出出主意也好。」唐虞見子好托腮望著自己，伸手輕輕點了點她的鼻頭，親暱之舉毫不顯得生澀。

伸手一把將唐虞的手捉住，子妤作勢要咬下口。「你可得先告訴我，到底我的角色是什麼？」

「十個角色妳都是知道的，妳可有喜歡的？」唐虞反手將子妤的手輕輕拉住。「隨便妳選就是了。」

「我可不走後門。」子妤眨眨眼。

「走什麼後門？什麼意思？」唐虞不明白。

子妤岔開道：「你將八仙的角色重新編排了一番，又加入了麻姑和王母，正好十人。不過我看了看，哪個角色都差不多，沒有太大的區別。唯有麻姑和王母稍微戲分重些。所以……」

「妳明知麻姑的角色是我為妳準備的，還調皮……」唐虞放開了子妤的手，走到書案前拿起了戲本。「讓妳瞭解一下麻姑此角兒，可有心得？」

「麻姑，建昌人，修道於牟州東南余姑山。三月三日西王母壽辰，麻姑在絳珠河畔以靈芝釀酒，為王母祝壽。」子妤已經把麻姑的來歷背得滾瓜爛熟，卻是不解地反問：「子沐，你將皇帝比玉帝，讓麻姑和王母率八仙齊齊為玉帝獻壽，這個立意的確非凡。可我要演麻姑的話，她們會服氣嗎？畢竟除了王母，麻姑的戲分最重。除了我，金盞兒師姊、小桃梨，還有珍珠都有權利優先挑選角色，萬一她們也挑中了想要演麻姑呢？」

「放心，除了珍珠，不會有人去挑麻姑的戲分的。」

「這可難說了。」子妤蹙蹙眉。「雖然麻姑這個角色從頭到尾有許多舞蹈的戲分，但並不表示其他戲伶不能勝任呢。」

「丫頭，妳可別忘了，她們一個個都巴望著能在這次獻演中脫穎而出，可麻姑卻一句唱詞也沒有，全是舞蹈的戲分。就憑這一點，她們就絕對不會挑選的。」唐虞似乎極有把握。「而且，明天我放出角色來，只簡單寫明其在【十全十美】這齣戲裡的位置和簡介，讓她們憑藉對角色的理解和是否適合自己來演繹去選擇，並不會讓她們知道哪個角色輕、哪個角色重。說到底，八仙的角色都很均衡，唯有王母的唱詞多一些，還有麻姑的獨舞顯得特別些。」

「也好，且看看金盞兒師姊會怎麼選。」子妤心裡還是有些忐忑。

「我已經給她透過底，讓她選王母的角色。畢竟她是第一個挑選角色的戲伶，擁有很多優勢。而且她演王母，其他人才沒有話可說。」唐虞直言道。

「對了，麻姑的舞我已經練得差不多了，可有個轉身獻壽桃的動作老是不夠順暢，你且幫我看看。」子妤說著起身來，走到唐虞書案前的一塊空地，將裙襬一撩夾在腰間。「看看到底哪兒不對，是腰沒有下夠，還是肩轉得不夠？」

點頭，唐虞放下了戲文，來到子妤的身邊，含笑看著她，腦子裡卻不由自主地浮現出當初幫她下腰時的情形。

正當唐虞神思飄然間，子妤已經開始動作。柔柔一個轉身，下腰三寸，肩頭隨即一斜，雙手虛空往上一送，彷彿托著一個巨大的壽桃。

眼看子妤定在那兒，唐虞走上前，輕輕攬起她的纖腰往一側擺動，隨後又走到她背面，雙手伸出來幫她將肩頭微微一斜。「這樣才對！腰要軟，身子要柔，雙肩要放鬆，雙手要高舉過頭頂，雙掌面向上空，兩邊的尾指上翹……」

子妤感到背後的人語氣漸沈，在耳邊如呢喃細語，心裡頭癢癢的，趕緊收了勢，順帶著就轉身滑入了唐虞的懷中，抬眼看著他，腦子也同樣想起了當初和他一起對練木蘭從軍時的一幕幕……

眼前的人兒薄唇微啟，深眸含情，粉腮若桃，彷彿邀請一般，讓唐虞情不自禁地就輕輕落下了一吻在她的臉頰。

接受了唐虞飽含憐愛的一吻，子妤也大膽地湊上去，吻上了對方的唇。

兩人又是一番柔情密意纏綿不盡，許久才分開來，只覺得空氣中都充滿了甜蜜的氣息，讓人有些喘不過氣來……

還是唐虞率先清醒過來，將子妤帶到了茶桌邊。「麻姑的戲服，我準備用最素淨的月華色衣裙，以突顯她手中的那顆仙桃，妳覺得如何？」

「那麼多仙女，若麻姑一身清爽素服，會不會太過顯眼了？」子妤覺得有些不妥。「還是你故意這樣安排，確保那些戲伶不會對麻姑這個角色感興趣？」

伸手刮刮子妤的鼻尖，唐虞笑道：「還是妳聰明。那八位仙女的角色，我讓戲服師父極盡華麗地來準備，而王母更是極致！只有痲姑，一身月華仙裙，飄逸如詩，柔軟若風，手捧一顆仙桃獻壽，顯得雅然神聖之至。」

「如果我沒猜錯，明兒個戲服的圖樣你也會公佈出來吧？」子妤眨眨眼，手指輕輕沿著唐虞的眉眼滑到了下巴。「子沐，你可真是全都為我著想周全了呢。」

「因為我對妳有信心。」唐虞笑得很是坦然。「可不是因為妳我之間的關係才格外偏袒，實則那樣的角色只有妳才能勝任。就算是金盞兒，她再冷靜，可模樣長得太過招搖，也根本不適合痲姑那樣閒適淡然的角色。」

「有了你的雙重安排，我這下總算信了，應該不會有人對痲姑角色感興趣的。」子妤側著頭頸，神色俏皮，惹人憐愛。

「這是當然。」唐虞也笑了，神色間根本沒有在旁人面前的那種嚴肅和冷漠。

「對了，還有件事兒我沒問你呢。」子妤想著，忙道：「我來的時候，守門的婆子說唐箏來過？」

「嗯，不過我沒有見她。」唐虞點頭，神色坦然，毫不彆扭。

「我知道，那婆子嘴大著呢。」子妤盯著唐虞看，發覺他沒有隱瞞的意思，心頭對他更多了幾分信任，便問：「可是她向你提了什麼要求？」

「妳不用理會。」唐虞蹙了蹙眉，似乎對唐箏並不在意。

「可她是唯一一個明確知道你我關係的人。」子妤卻不這樣想。「萬一她說出什麼，我們就是有嘴也難解釋得清楚。畢竟，現在你我身處的位置有些敏感，雖然我不在乎，但你……」

「我更不會在乎。」唐虞柔柔一笑。「大不了，我帶妳離開京城，遊遍本朝的大好河山，何須在乎那些紛紛擾擾、閒言閒語呢。」

「子沐，我相信你會處理好的。可是，有時候女人的嫉妒心不能小看，或許她會做出你難以猜測出的事情來呢，到時候也是個麻煩。」子妤癟癟嘴，對唐箏的存在始終有些不放心。

「她不過是想得一個重要些的角色，我會看著安排的。」唐虞點點頭。「我力所能及之內，會幫她一把。畢竟她的天分也不差，在京城應該能夠闖出一個屬於她的天地來。」

章二百二十七　各取所需

今天的司教坊排練大殿異常安靜，十位戲伶都屏住了呼吸，默默等待著唐虞的到來。

不一會兒，唐虞便帶著十位內侍一起進入殿內，指揮著內侍將畫有十個角色的畫像和記錄了她們角色簡介的圖紙貼在了一面牆上，唐虞這才點了點頭，示意大家可以去看了。

得到唐虞的允許，戲伶們自然按捺不住心裡頭的激動，急急地便湊了上去。有人從左到右仔細看，有人從右到左認真看，也有心情焦急的，從中間看了又跑到兩邊去瞧，真是巴不得一個人長足十雙眼睛，一次看完才好。

這裡頭，卻只有金盞兒和花子妤顯得要稍微冷靜些。

金盞兒已經得到了唐虞的暗示，讓她直接挑王母的角色，況且她又有第一個優先挑選角色的權利，自然態度悠然，絲毫不著急。

而花子妤雖然心裡略微有些緊張，但已經對自己的角色有了譜，看看其他角色也不過是做做樣子而已，自然顯得平靜安逸，一副泰然處之的模樣。

「大家仔細看每個角色的畫像，裡面不但畫了角色的戲服、妝面，下面還有每個角色的簡單介紹。各人根據自己所喜所長，一炷香之後過來把自己所挑選的角色名字寫下來便可。另外，金盞兒、小桃梨、花子妤、珍珠，妳們四人率先挑選，選好之後便取走畫像，剩下的，才讓其餘戲伶來選。」

小桃梨看著看著，便覺得有些眼花繚亂，見花子妤正好在身邊，便一把拉住了她。「子妤，妳說我選哪個角色好？」

子妤卻搖搖頭。「這我可不敢為妳作主，要是拿了戲本發現角色戲分不算重，妳豈不是要怨我。」

「哎，唐管事只放出來角色，戲本卻要稍後才給我們看，真是心思狡猾呢！」小桃梨小聲地湊到子妤耳邊埋怨了起來。

「若是先放出來戲本，那豈不是人人都照著戲分重的去挑角色了？唐師父這樣做才是最好的呢。」子妤伸手輕輕揪了揪小桃梨的耳朵。「妳還是快仔細看吧，妳可是第二個挑選角色的呢。」

「那妳告訴我妳中意哪個角色？我好避開了讓給妳！」小桃梨倒是一臉的真誠。

子妤想了想，也不隱瞞，便湊到了小桃梨的耳邊悄悄地道：「我倒願意演麻姑一角兒。」

「麻姑……」小桃梨聽了，趕忙找了起來，結果在最右邊的倒數第二個看到了。

畫像上，一個素衣常服的女子端然而立，手中托了一個紅彤彤討喜的壽桃。這麻姑既無其他角色的妖嬈豔麗，也無其他角色的華貴繁複，只是如此簡簡單單；而看介紹，竟是舞蹈的戲分最多，讓小桃梨連連搖頭。「子妤啊，就這樣子的角色妳還喜歡呢，不如我挑的這八寶仙子中的葫蘆仙呢！」

子妤順著小桃梨所指看過去，那葫蘆仙子的畫像確實看起來就討喜。綠藤繞身的戲服突顯出角色窈窕曼妙的身形，特別是她手上所托著的那個白玉葫蘆，看起來白中沁綠，瑩瑩誘人。

「倒是挺適合妳的扮相，可妳看看下邊兒的表述，似乎不太適合妳呢。」子妤看著，搖搖頭。「妳再看看其他的。」

「我覺得那個也不錯。」小桃梨猶豫了一下，指了指畫像當中的「王母」！

「妳讓我研讀【八仙獻壽】的故事，可裡面並沒有麻姑和王母這兩個角色。可妳既然挑了麻姑，我相信定有道理，所以這王母肯定是這十位角色裡面毫無疑問的主角了！」

小桃梨並不笨，分析起來頭頭是道。

「可妳看看，王母扮相高貴，需要身量超過五尺六寸的戲伶方能勝任，妳在這第一關就過不了呢！」子妤知道這個角色是唐虞為金盞兒量身訂做的，除了自己和珍珠，就只有金盞兒是身高足夠，特別是小桃梨這樣嬌小的個子，是絕不可能勝任的。

嘸嘸嘴，小桃梨無不遺憾地道：「也是，唐管事列出下面的條件並非隨意為之，定然是有道理的。那我還是挑這個角色吧，至少是我所擅長的。」說著，小桃梨拉了子妤來到「拂塵仙子」的畫像前。「這個角色是從佛蓮幻化而來，表演時也要唱一段佛音，我想，這應是唐管事專門為我安排的！」

子妤笑著，總算點了頭。「妳倒是清醒。妳看看下邊兒說的，此角色較為安靜，沒有太多的動作，需要高腔極優者和能擅佛音者方能勝任，豈不是只有妳才有這個資格！」

「也對！總要以己之長來攻他人之短才行。我就挑這個了！」

其餘戲伶也各自找了相熟的人來商量著，基本上第一時間就找到了適合自己的角色。

一炷香時間一到，唐虞就走到了上首。「好了，首先由金盞兒先挑選，請。」

金盞兒聞言，向唐虞點點頭，之後便逕自走到了最中間的那幅畫像處，伸手將其摘了下來。「弟子願扮『王母』一角。」

唐虞並沒有太多的表情，只直接道：「好，過來領戲本吧。」

眼見金盞兒領走了「王母」的角色，有人眼紅，有人嫉妒，當然也有人無所謂。

「下一個，小桃梨。」唐虞接著道。

「唐管事，我就挑拂塵仙子一角。」小桃梨倒也爽快，既然已經下了決定，便直接走過去摘下了拂塵仙子的那個畫像。

唐虞將戲本遞給了小桃梨，卻對她露出了一個柔和的笑容，似是鼓勵，讓小桃梨暈了一下，一時沒回過神來。

「下一個，花子妤。」唐虞沒有再理會小桃梨，直接又道。

花子妤也逕自走到麻姑的畫像面前，伸手摘了下來。「弟子願飾演麻姑一角兒！」

「麻姑？」

「麻姑！」

「她怎麼挑了那樣一個角色？」

「是啊，唱詞沒半句，全是舞蹈的戲分。而且戲服、扮相那樣樸素，一看就不會是什麼重要的角色啊……」

對於花子好的選擇，其餘的戲伶們都充滿了不解。按花子好排第三的位置，本可挑選一個看起來戲分頗重的角色，她們卻怎麼也沒想到她會挑中那個看起來毫不起眼的麻姑！

「妳們可就不知道了，子好這才叫慧眼獨具呢！」拿著戲本就開始看的小桃梨總算明白了花子好為何要選麻姑一角兒，從戲文看，這個角色簡直就是為她量身訂做的啊！而且戲分之重，甚至在「王母娘娘」之上，因為最後，「麻姑」要托著壽桃直接獻給當天的壽星皇帝！

聽見小桃梨這一嘟囔，大家就更加好奇了，巴不得前頭四個人趕緊挑完，好讓她們來挑剩下的。

「好了，稍安勿躁。下一個是珍珠。」唐虞伸手示意大家安靜，又向著急不可待的珍珠點了點頭。

珍珠也毫不猶豫，直接走過去就摘了「笛仙子」的畫像。「笛仙子似男非女，身長玉立，一支玉笛在手，能吹奏縹緲仙音……正好適合我來扮演，唐管事，就這個了！」

「好，戲本給妳！」唐虞對珍珠的挑選也非常滿意。

唐虞沒有耽擱，又對著其餘六個戲伶吩咐道：「如此，只剩下六個角色，想必大家都心中有數，各自取了紙筆，寫下妳所挑選的角色和能勝任的理由。若有重合的，我會酌情考慮。開始吧！」

這裡頭最糾結的就數唐箏了。她沒把握唐虞到底會不會偏幫她，所以猶豫著不好下筆。從那些畫像來看，她最中意的就是「花籃仙子」的角色，因為這「花籃仙子」的扮相華麗程度是僅次於「王母娘娘」一角的，毫無疑問也應該是分量較重的角色，而且花籃仙子下面的說明條件，是要柔軟的水磨腔方能勝任，豈不正好是自己所長的？

想了想，唐箏咬了咬唇，便寫下了「花籃仙子」四個字以及自己挑選的原因，最後落下了名諱，這便將宣紙一摺，放入了信封之中。

不一會兒，六位戲伶都把自己所選的角色挑好了。

看著眼前一一擺放的信封，唐虞拆開來仔細看了下去，戲伶們也就屏聲靜氣地等待著最後的結果下來。

其實唐虞在改編這齣【十全十美】的時候，就是按照十位戲伶不同的特點和所擅長之處來量身訂做的，除非有人腦袋不清醒，否則，這信封裡就不可能有重合的名字。

所以當唐虞一一看下去的時候，臉上也逐漸露出了滿意的表情，隨後起身道：「看來大家對自己和對角色都已經有了十二分的瞭解，所挑選的角色也分別是最適合自己的。」

頓了頓，唐虞暫時還沒有宣佈結果，只解釋道：「【八仙獻壽】裡，八仙各自所對應的仙器便是檀板、扇、楞、笛、劍、葫蘆、拂塵、花籃。很顯然，像小桃梨最適合的就是拂塵仙子一角兒，而珍珠也找到了她最適合的笛仙子一角兒。其他，我相信妳們也各自看明白了我對角色的注解，並未被表象所迷惑。」

「好了，接下來我便宣佈剩下六個角色各歸其主……」唐虞從檀板開始，一一唸出了每個角色對應的戲伶名字，再分發了戲本給她們。

等唐虞全部唸完，戲本也就發完了，大家捧著戲本看得入神，大殿中一時間竟變得呼吸可聞，極為安靜。

除了王母和麻姑，其餘戲伶的戲分可以說都相差無幾，大家找到自己所扮演的角色，細細看了，都同時鬆了口氣。

只是當看到最後的結尾竟是麻姑托舉壽桃獻給皇帝祝壽時，眾位戲伶一時間都抬眼齊齊望向了花子妤，那眼神裡的情緒，可就不僅僅是「複雜」二字可以囊括的了……

章二百二十八 點破迷障

有了戲本，接下來自然就是排戲了。

唐虞特意讓各戲伶拿了戲本子下去背熟自己的角色唱詞，足足給了兩日時間，直到第三日才召集了眾人來到大殿，吩咐排練的事宜。

十個戲伶要合在一起排戲絕非容易的事，但唐虞卻很有把握地看著下首眾人，開口道：「從今日起，妳們十位戲伶將分為三組，前十日分別排練，和同組的戲伶磨合好，後十日，我再視妳們排練的情況安排合一次大戲。若合得好，之後再按原組分開排練，若合得不好，只有臨時再修改一下出錯多的角色。妳們可聽明白了？」

「弟子明白！」

唐虞這招果然精妙，讓戲伶們一下子就沒了任何顧忌，紛紛猜測著自己將會被分到哪一組。

「首先是第一組。」唐虞說著看了看金盞兒和花子好，便點了她們兩人出列。「妳們的戲分在所有人中是最重的，同樣也是這齣【十全十美】的核心所在。故而今後這十日，我要親自指導妳們。」

「遵命！」

大家也都料到了金盞兒所扮演的王母娘娘和花子妤所扮演的麻姑應該在一組，畢竟她們角色的類型雖然不同，卻是整齣戲的重心所在。

「另外，小桃梨，妳作為第二組的主軸，帶上檀板、扇、花籃三位仙子的角色一起排練。最後一組，珍珠妳來領頭，帶剩下的三個角色一起排練。」唐虞又極為俐落的將剩下八位仙子給分了組，還分別任命了小桃梨和珍珠為各組的頭兒。「既然兩個組交給妳們，就要負起責任。最後，若我看到只有妳們兩人唱得好，其他人唱得不好的話，我會另有責罰。」

「弟子領命！」小桃梨和珍珠俱是神色嚴肅地上前領了命。

唐虞點點頭，便又吩咐道：「好了，金盞兒和花子妤跟我來，其餘人各自按分組開始排練吧！中間若有任何不懂或不明白的地方，都可以直接來司教坊樂師的院落找我。」

說完，金盞兒和花子妤都自動地跟在了唐虞身後往大殿外走去，留下了八個戲伶神色各異地看著他們三人的背影。

唐虞帶著緊跟在身後的金盞兒和花子妤，來到了位於樂師居所旁邊的一片芭蕉林內。

入秋，芭蕉樹上已經結滿了青澀成串的果實，纍纍墜墜，看起來就有豐收的感覺。

「這十日，妳們就在此處排練吧！應該無人會來打擾的。」

唐虞指了指芭蕉林當中的一片空地，地上鋪了青石板，大小倒也合適，特別是角落處還用芭蕉葉蓋了一個低矮的涼亭，裡面桌椅俱全，甚至還有個泥糊的小火爐擱在亭外一角。

「此處極好。」就是金盞兒這樣見慣了大場面的女子，看到此處如此景致別具野趣，也忍不住開口稱讚了起來。

「我讓宮女來泡壺茶吧。」唐虞正要邁步出去，子妤卻一把攔住了他，下意識地道：「我自己來吧，又不是什麼麻煩事。」

說著已經逕自走入了涼亭，熟練地從一邊的木櫃中取出銅爐一柄。「我先去打水，順帶再去唐師父屋子裡取些杯盞、茶葉過來，給我鑰匙吧。」

唐虞點頭，將腰間別著的鑰匙取下來，伸手交到子妤的手裡，順帶小聲地說了句：「取雨前龍井吧，是前日裡太子賜下的，還新鮮著呢。」

「我倒喜歡茉莉香片些。」子妤知道唐虞是特意為自己留的，還給他一個夾雜著感激和柔情的小眼神，這才回頭朝金盞兒頷首算是打個招呼，便提步而去了。

若有所思地看著花子妤的背影消失在蕉葉林中，金盞兒這才回神過來，朝唐虞拋去一個意味不明的笑容，裡頭含了兩分苦澀、兩分瞭解。

唐虞臉上還留存著一絲面對子妤的輕鬆和柔和，此時回頭過來看到金盞兒用如此眼神看著自己，一時有些不明白。「可是我臉上有東西？」

「唐虞，你知道嗎？你變了……卻又沒變……」金盞兒的話說得有些隱晦不明。

唐虞搖搖頭，表示自己不懂金盞兒所言。

金盞兒走到涼亭裡，伸手輕輕點過那張黑木茶桌，發現竟無一點兒灰塵，不禁唇角翹起。「你和子好常在此處相見吧。」

雖然是問句，卻是以肯定的語氣陳述出來，不等唐虞回答，金盞兒已經施施然坐下，用著柔和的眼神看向唐虞。「你們到了哪一步了？可是已經私訂終身，還是只停留在互表衷情的階段，並未開誠佈公？」

被金盞兒這近乎直白的質問給弄得一愣，但唐虞瞬間便反應過來，收起了含笑的臉色。「這些都不是妳該關心的。」

看到唐虞態度上的拒人於千里之外，金盞兒不知為何，心角覺得微微抽疼。「剛才我說你變了，又說你沒變，你想知道為什麼嗎？」

唐虞見她一副頗有些失魂落魄的樣子，心中有些淡淡的不忍。「妳不如趁這個空檔翻看翻看戲本吧，等子好回來就能開始了。」

彷彿沒有聽到唐虞的話，金盞兒只自顧說了起來。「你面對著子好時，會流露出難得的柔和表情，甚至，還有一絲愉悅和歡快的意味，這和你平時冷峻嚴肅的模樣簡直有著天壤之別，所以，我說你變了；這樣的你，和當年的古竹公子卻是如出一轍，對任何人都含著那樣溫潤暖煦的笑容，明朗得讓人挪不開眼，只願深陷在那一片燦爛之中，哪怕被灼傷了，也絲毫不會在乎……」

金盞兒說著這些話的時候，眼角竟有些微微的潮濕。「可現在，恐怕除了子好，再也沒有人能夠有幸得到你如此溫柔的對待了。」

唐虞不知道該怎麼說，只蹙緊了雙眉，盼著子妤能早些回來，化解由金盞兒製造出來的莫名尷尬的氣氛。

「放心吧，自從你斷然拒絕了我，我就知道我這一輩子，除了『大青衣』能去爭取之外，其餘的都不可能再擁有了。」金盞兒自嘲地笑了笑，那容顏清麗如雨後嫩荷，悠然矗立，盈盈若一縷幽香縈繞不斷。

「妳今日怎麼無端多了許多感慨？」唐虞不解，他所瞭解的金盞兒是個隱藏自己感情極深的人，不會輕易說出如此感性和感慨的話語來。

抬眼，投給了唐虞一個淡淡的卻含著幾分無奈的微笑。「因為我從你的戲本裡看到了一個秘密。」

「秘密？」唐虞更加摸不著頭腦了。「什麼秘密？」

「花子妤……是花無鳶前輩的女兒吧……」

金盞兒徐徐將這句話說出口來，雖然聲量並不大，卻惹得唐虞睜大了眼，張口不知該如何回答她。

而接下來，金盞兒所說的這些話，卻更加讓唐虞無法應對。「前輩當年入宮半年，曾和皇上做過一段時間的露水夫妻。所以，我想子妤能得了皇上親自拔擢為一等戲伶，還能在福成公主府獻演，這些，都是因為她也同樣是皇上的女兒。我……猜測得對嗎？」

一股冷風從蕉葉林間吹送而過，帶動了大片蕉葉「沙沙」作響，讓人無端感到一陣不應有的寒意來。

「放心吧，這些都只是我的猜測而已。」金盞兒步出涼亭，有些悵惘地笑了笑。

「妳剛才的猜測，請不要洩漏一句給旁人聽見。」唐虞死死地盯著金盞兒，心底有些緊張，手心兒也有些冒汗了。「這樣的流言，若從妳口中說出來，或許會招致殺身之禍也說不定。」

金盞兒搖頭，步步走近了唐虞，看著他那張冠絕天下小生的俊美容顏，嘆息道：「我很喜歡子妤，她的美好，連我這個冰塊都能感受到，更何況是你呢？實話告訴你吧，有她陪在你身邊，我真的很為你們高興。」說著這話，金盞兒的眼角卻又浮現出了一抹潮濕。「有時候，我真的希望也能像她那樣，可以時時刻刻停留在你身邊，帶著無比明媚的笑容喚你一聲『唐師父』。」

見唐虞還是沒有任何回應，金盞兒臉上露出釋然的一笑，彷彿是真的放下了。「好了，子妤差不多該回來了，放心吧，我今天和你說的話，絕不會透露半句給第三個人聽的。畢竟，只有你才能讓我敞開心扉，不是嗎？」

她話音剛落，子妤果然提著一應茶具回來了。

雖然是第一次和金盞兒對戲，但花子妤卻並不顯得生澀。反倒是兩人一來二去，竟將王母和麻姑的戲分對得差不多了，很有默契。

「子妤，妳的天賦極高，只是跳而不加入唱詞真是可惜了。」金盞兒覺得有些累了，抬袖擦擦額間，示意兩人一起休息一下。

子妤卻是一邊笑著擺擺頭，一邊往涼亭而去。「師姊，有妳在臺上主唱，其餘的聲音都是多餘的。我覺著唐師父這樣的安排的確是精妙無比呢。」

走近涼亭，子妤朝唐虞眨眨眼。看到她如此俏皮可愛的樣子，唐虞還是忍不住笑了。「還是妳知道分寸，曉得道理。」

一邊為三人沏茶，唐虞一邊徐徐道：「金盞兒，妳一開口，這戲臺上便容不下別的聲音了，所以我才為子妤安排了麻姑這個角色，既能發揮出她的所長，也與妳正好有個應對。」

金盞兒捏起杯盞，輕啜了一口，笑道：「你們這是抬舉我罷了！子妤的嗓子條件極好，若能細心打磨，將來的唱腔音潤絕不會輸於我的。」

「妳練了多少年？她又練了多少年？在沒有十足的把握之前，還是暫時不要露短的好。」唐虞笑笑，雖然話裡在嘲笑子妤，可那語氣卻是滿滿的愛護之情。

「唐師父，剛才看了我和金盞兒師姊對戲，你覺得如何？」子妤被兩人說得有些不好意思，忙轉移了話題。

「很好。金盞兒，妳下去把詞兒都背熟了，下次我不會讓妳再看著戲本唱了。」唐虞卻先對著金盞兒吩咐了起來。

「弟子明白，請放心。」金盞兒態度悠然地答道：「本來我的唱詞兒也不算多，一晚上就應該能全記住的。」

唐虞看著子妤，發現她眼底略微洩漏了一絲緊張的情緒，便放軟了語氣道：「妳先前所跳，雖然大致按照了我給妳的本子，可一些細節之處卻有些生澀和不完全。這樣吧，等下金盞兒先回去，妳留下來，我們再好生設計一下舞步，畢竟妳的戲分全在這個『跳』字上，要跳得好、跳得出色，可是要比金盞兒她們只唱的戲伶多下十二分功夫的。」

明白唐虞是在拐著彎兒的送客，金盞兒將手中杯盞一飲而盡，便起身來。「那弟子就先告退了，明日再來此處請唐師父指教。」

說完，似乎帶著一縷香風，金盞兒便徐徐而去了。

子妤看著金盞兒的背影消失了，這才回首突然向唐虞道：「怎麼了，先前金盞兒師姊說了什麼嗎？」

「妳如何得知？」唐虞很是意外。

子妤指了指唐虞。「你的表情……即便只是金盞兒一人在，你也不該對我露出如此溫柔的眼神和笑容，好像是在掩飾什麼，感覺怪怪的。」

「什麼都瞞不過妳。」唐虞甩頭笑笑。「她先前在妳離開的間隙，的確說了一些話。」

「什麼話？」子妤很是好奇，以她對金盞兒的瞭解，癡戀唐虞這麼多年卻並沒有洩漏出一絲半點的情緒，應該不會趁著自己不在場的那短短時間表白才是！

「是關於妳的。」伸手替子妤添了茶，唐虞語氣變得沈重了幾分。「她從小在戲班長大，曾經見過妳母親花無鳶。」

子妤睜大了眼。「難道她猜到了我是花無鳶的女兒？」

唐虞用點頭代替了回答，沈默了一陣，才徐徐道：「她是個極聰明的女子，不但猜到了妳是花無鳶的女兒，還猜到了妳……和皇帝之間的關係！」

猛地從位置上站了起來，子妤臉色突變。「怎麼會?!她再怎麼聰明，也不可能會猜到那個地步去啊。為什麼會……」

「我想，但凡見過妳母親，也見過皇帝的人，再聯想到當年的事，恐怕都會有所懷疑吧。」唐虞倒是冷靜不少。「只是金盞兒心思特別細膩，她能察覺到什麼，或許含了九分猜測，一分肯定而已，妳也不要被嚇到了。」

「她為何會對你說？」子妤想到了一個關鍵之處。「她如果真的說出那些話，若走漏半句，恐怕也會招致殺身之禍的，她難道就不知道私議皇帝的風流債是一件根本不被容許的事嗎？」

唐虞看著子妤，總不好說因為金盞兒相信他才說那些話的吧。

可子妤卻腦子一轉。「因為她喜歡你！所以，她才說了那些話……她難道也知道了我們之間的事兒？」

雖然很無奈，但唐虞還是點點頭。「我們之間偶爾的親密舉動，只要是有心人，或許並不難發現吧。至少妳不再是我徒弟之後，我也沒有當初那樣謹慎而收斂了。」

點點頭，子妤抿了抿唇。「她會那樣說，是不是想當作什麼籌碼，畢竟她對你可是……」

「她是唯一一個妳不需要擔心的人。」唐虞抬手阻止了子妤接下來的話。「我瞭解她，她的驕傲不會允許她自己採取任何下作的手段去做任何事，包括感情，她也從來都不會主動，只等著對方向她傾訴，她才會放下身段。」

「你倒是很瞭解金盞兒師姊嘛。」子妤心裡泛著淡淡的酸意，噘了噘嘴。

「因為有段時間我很討厭她。」唐虞想起了當初的不愉快，臉色有些淡淡的不悅。「好了，不說其他。她答應了我，不會把她的猜測告訴其他人半句，我也相信她不會食言。我瞭解在她心裡除了『大青衣』，別無旁騖，所以才選擇相信她。而且我也告訴了她，一旦這流言從她那兒洩漏出去，結果只能是一死。我想她應該會聰明地選擇閉嘴的。」

章二百二十九　成為對手

唐虞知道已坦蕩蕩地說開了，便走過去輕輕將她拉起來。「好了，說了這麼久，該開始咱們的特別練習了。」

「什麼特別練習？」子好懵懂不知。

「且看看我為妳準備的東西吧。」唐虞帶著子好來到蕉葉林的另一端，此處要比先前那個地方狹窄許多，勉強有半個戲臺大小。

「妳看吧。」指了指前面，唐虞放開子好的手，卻有些捨不得一般，拇指輕輕滑過了她的手背，子好只覺得一陣熟悉的溫暖由指尖而上。

遲疑地步步而進，繞過一株低矮的芭蕉樹，子好這才看清楚原來空地上立了不少極低的樹樁，排列得很整齊，行六列八，中間的空隙正好能容一個人的跨步。

「子沐，你不會是讓我站在這些樁子上練舞吧！」子好的表情有些不可思議。看著子好穿得單薄，纖細的身段被一身月牙銀的衣裳包裹得越發羸弱，唐虞走上前去，用身體擋住了從後面吹來的陣陣涼風。

感到耳後傳來溫熱的呼吸聲，子好扭過頭。「子沐，我又不是江湖俠女，可以在梅花樁上如履平地！而且這兒如此狹窄，根本不適合我來練舞啊！」

唐虞並不作聲，只笑笑，輕輕托著她的腰身，往前一步，指了指那佈滿樁子的空地，表情刻意變得嚴肅起來。「這裡的確狹小些，但如果妳能在如此狹小的地方好好跳完屬於妳的獨舞，那放到更大的戲臺上，妳就能更加游刃有餘，而且……」

說到這兒，唐虞伸手輕輕攬住子妤的腰肢，低首在她耳邊淺吟道：「誰說妳不是俠女，妳一身俠氣可不輸任何一個江湖女子！而且這樁子可比梅花樁簡單多了，不但一樣高低，而且排列緊密，要是妳能在這上面跳得好，相信我，在皇上壽宴那天的戲臺上，妳絕對能一如鶴舞蹁躚一樣，讓所有人再次為妳驚豔的！」

斜斜一抬頭就能看到唐虞的下巴，子妤有些癡迷地從這個角度看著自己心愛的男子，喃喃道：「只要你一人能為我驚豔，就足夠了……」

唐虞略微低首，清澈的眸子映出了子妤有些迷離的眼神。「妳要做大青衣，這是最好的、也算是唯一的機會了；加上妳又要和金盞兒公平競爭，這是我所能想到幫妳的方法了。」

「以我之長，攻金盞兒師姊所擅，你覺得我有勝算嗎？」子妤卻有些不太確定了，轉過身來面對著唐虞，略微抬眼，便只離得他呼吸相聞的距離了。

伸手輕輕捧著子妤白皙卻泛著紅潤光澤的臉龐，唐虞唇角微翹，一副確信不疑的樣子。「只要妳依我所言，好好地在此練習舞步，到時候，一定會給妳自己、給所有人一個驚喜的！」

「我信你……」主動地投入了唐虞的懷抱，感受著他熟悉的氣息，子妤只覺得心裡頭安穩無比。

戲伶們各自分組，認真地練習著，用廢寢忘食四個字來形容都不為過。

但大家都非常好奇，到底金盞兒和花子妤是怎麼合練的？為什麼每次看到她們兩人回西苑，前者一副悠然輕鬆的姿態，後者卻好像累到不行的樣子。

不過想到金盞兒只用唱的，花子妤卻要用跳的，大家也就釋然了。

梳洗完畢，子妤關上窗，也不顧此時才剛剛天黑，就直接躺到床上，拉了被子準備蒙頭大睡一覺。

因為這幾日的練習實在太累了，花子妤先要搭配金盞兒對練兩人的合戲，之後還得練唐虞為她準備的「加班」。說實話，子妤只覺得練那「椿上舞」實在是太累了，腰痠背痛到她連吃飯的力氣也沒有。

誰知剛躺下，子妤就聽得門響，只好拖著一身快要散開的骨頭，爬起來開了門。

正是金盞兒立在門外，臉色有些泛白。

「大師姊，有事兒嗎？」子妤側身迎了她進屋，用手試了試茶壺的溫度，感覺茶水還是熱的，便將就斟了一杯給她。

抬眼，金盞兒沒有接過杯盞，半晌後從嘴裡憋出了一句話來：「青歌兒走了……是昨兒夜裡的事。」

「走了？」子妤一時未能反應過來，等腦中一閃，才突然明白過來，雙手捂住了嘴唇，喃喃道：「她終於還是去了嗎……」

「我覺得心頭煩悶不堪，卻找不到人可以傾訴排解，所以來敲了妳的門。」眼中有些許的潮濕，金盞兒卻並未哭。「班主派人送了信來，只說她家裡人不來殮屍，戲班也不好處理，便把她的遺體送去了驛館火化……」

被金盞兒這副樣子給感染了，子妤倚著桌邊緩緩坐了下來。「她有親人等於沒有親人，落得這樣一個下場，著實可憐。」

「連一坏黃土也不剩，只被燒成了灰燼，不知為何，我總覺得感同身受一般。」金盞兒捏起杯盞，下意識地喝了一口茶，並未察覺茶水的溫度已經涼了。

子妤有些被她的樣子嚇到了。「大師姊，您和青歌兒不一樣，她是被她舅舅賣到戲班的。您還有不到一年就能榮養歸鄉，到時候享著朝廷對一等戲伶的俸祿，誰也不敢小瞧您一眼。而且，憑藉您的容貌品性，不知道有多少男子要排著隊為您贖身迎娶呢，您又何必如此悲觀呢？」

勉強一笑，金盞兒吐氣如蘭，嘆息道：「唐師父說得沒錯，要論蕙質蘭心、體貼入微，著實非妳莫屬。」

聽得金盞兒的語氣，感覺她和唐虞之間彷彿極為熟悉的樣子，而且金盞兒明知自己和唐虞之間關係非比尋常，她還如此說話，讓子好打心底有著些許的反感，只淡淡道：「唐師父過獎了，我只是不願意看到大師姊太過傷春悲秋罷了。」

「唐師父曾經告訴我，青歌兒給我用的清喉湯有些不妥，雖未明說，但我卻看出來了，青歌兒其實是想害我的嗓子越來越差。」

不知為何，金盞兒卻突然提起這一樁往事來，讓子好有些措手不及。

金盞兒話鋒一轉，神色柔和地看著子好。「他也告訴我，是妳最先發現不妥，然後想辦法拿了藥渣去給他查驗的。」

子好正不知道如何開口才好，金盞兒卻又繼續道：「從那時起我就打心眼裡很喜歡妳，青歌兒會那樣做，使那些手段，其實我都能理解。可這明明和妳不相干，也是對同為青衣的妳有利的，妳卻管了這檔閒事兒。」

「大師姊此話差矣！」子好微笑著，表情逐漸沈穩了起來。「君子行事，有所為，有所不為。青歌兒走入歧途，大師姊不記恨是您寬宏大量罷了，卻並不代表她是對的。我起了懷疑，自然要查清楚，這事兒是落在了您的身上，或是落在戲班任何一個同門身上，我都是要管一管的。所以，大師姊也不必謝我什麼，這只是身為一個堂堂正正的戲伶應該有的氣節！」

「好一個戲伶的『氣節』！」金盞兒眼中閃過同樣的一抹激動神色。「好一個花子好！」

站起身來，緩步走到子好的面前，金盞兒一字一句地道：「從今天起，我會把妳當作真正的對手，我們各自努力，到時候看誰能獲封『大青衣』！」

「大師姊，您……」子好再次被金盞兒的話弄了個措手不及。

「唐師父能透露給我聽，難道就不會對妳全盤托出嗎？」金盞兒收斂起了嚴肅的表情，笑容好像細軟如絲的扶柳。「我很少會把其他戲伶當成我真正的對手，這是我的驕傲，卻也是建立於我的真本事之上。我明白唐師父為何要安排麻姑的角色給妳，一句唱詞也沒有，卻能在我唱的時候讓妳在前面翩翩舞動，妳的舞可以烘托我的唱，而我的唱，同樣也可以昇華妳的舞……在我看來，唐師父沒有偏頗任何一方，只是讓我們互相幫忙，發揮出最大的優勢罷了。所以，我真的很期待，期待與妳的合作，更期待能夠與妳分出勝負的那一天。」

說完這些，在花子好有些複雜的眼神中，金盞兒優雅地略微頷首，便轉身離開了。

章二百三十　花園偶遇

青歌兒的離世雖然在花子妤的預料之外，卻也在情理之中。

同為戲伶，子妤的心情或多或少還是被影響了，這幾日排練時都顯得有些沈默。金盞兒和唐虞也對青歌兒的死有些唏噓，大家都靜靜地守著彼此間的默契，除了排練，其他什麼都沒有提及。

只是從唐虞的眼神中，子妤看到了溫柔的關心，很快便將心情調整了過來，因為十日的分開排練已經到了最後一天，明天起，十位戲伶就要合戲了。

一大早，戲伶們並未和往常一樣急急起床來用過早膳就去排戲，而是齊齊聚在了排練大殿中。

唐虞早就等在了殿內，見大家都齊齊而來了，便開口道：「今日起，三組人馬要合在一起排戲了，不過合戲之前，我要現場先檢驗一下妳們各自的排練結果是否讓人滿意。從第一組開始吧。」

金盞兒和花子好聞言後便主動來到大殿中央。唐虞則取下腰間配笛，吹奏出簡單的旋律為她們擔任臨時的伴奏樂師。

一個嗓音清妙如仙，一個舞動絕倫若蝶……金盞兒和花子好的配合恰到好處，行雲流水，看得其餘八位戲伶都暗自佩服，此時才真正覺得這兩個角色給她們來扮演是再合適不過的了！

有唐虞的親自指點，兩人自然順利過關。接下來小桃梨和珍珠的兩組分別上場，出人意料的是，兩組也各自配合得極好，雖然四人一組難免會有些搶位和默契上的問題，但看得出，她們都是經過努力認真的練習，不然，十日之內根本很難達到如此效果。

唐虞看得清楚明白，滿意地點點頭，臉上終於露出了一個多月來第一次微笑。「很好，妳們每個人都極努力，既然角色方面都能各自駕馭得很好，我也就不用修改了，接下來的這一個多月時間是關鍵，每天都要在一起合戲。大家先回去收拾東西，午時之前我們要搬離司教坊，去紫遙殿暫居。因為是內宮，所以大家一定要注意好自己的言行舉止，行差踏錯一步，皆有可能失掉性命。可聽明白？」

「弟子明白！」眾人齊齊答了，又互相看了一眼，眼中並無懼怕之色，反而多了興奮的神情，沒想到這就要搬到內宮去了，大家都有些好奇，齊齊向唐虞福了一禮便趕緊各自回去收拾東西了。

不一會兒，內務府就派人來了，將十位戲伶的箱籠統一裝車，由一眾內侍和宮女伺候著往紫遙殿而去。

紫遙殿緊鄰御花園，佔地不大，但卻是皇帝最喜歡流連的一處宮殿。

此殿並無主子，平常時候主要用來供皇帝午歇或飲宴時的更衣之處，所以整個宮殿佈置得並不奢靡華麗，反倒透出幾分閒適和輕鬆來。

一下子容納進十位戲伶、六位樂師、三個管事嬤嬤，外加伺候的四個宮女、兩個婆子，讓平日裡十分安靜的紫遙殿突然變得熱鬧了許多。

十位戲伶按照唐虞的吩咐，被安排在同一處院落住下。兩、三個人住一個屋子，彼此間倒是能夠更瞭解對方，也顯得更加親密無間了，好處不言而喻。

安排妥當，唐虞讓一個管事嬤嬤帶戲伶們前往紫遙殿搭建好的戲臺去熟悉走場。戲伶們都顯得極為興奮，連箱籠都來不及整理，便直接去了。

紫遙殿的花園精緻小巧，比起御花園的華貴大器更顯人情味兒。子妤步過那條綴滿了拳頭大小渾圓雨花石嵌就的小徑，只覺得心情舒暢，完全沒有一絲一毫的緊張，也逐漸將青歌兒之死造成的心裡陰影拋到了腦後。

不多時，前頭領路的管事嬤嬤已經停下腳步。「各位姑娘，過了這條廊橋，轉過彎便是御花園了。這個時候雖然是午歇，但說不定會有娘娘們在園中賞覽。還請各位姑娘謹守禮則，垂目噤聲，莫要打擾到貴人。」

「是！」一齊齊點頭，戲伶們自然明白宮中規矩大如山，若衝撞了任何貴人，對自己對戲班都是不利的，自然不會有半點猶豫。

眼睛掃了一遍眾人，這位管事嬤嬤才繼續領著大家往前走。果然，穿過廊橋往左一轉，眼前便豁然開朗起來。

御花園極大，單單是當中的人工湖便佔地近千畝，圍繞著湖水，岸邊多是亭臺樓閣，竹榭木棧，還有一簇簇盛放的各種繁花，一層層綠意盎然的蔭萌，一派富貴祥和的華麗景象，絲毫不見任何蕭瑟的秋意徘徊。

雖然嘴上不說，戲伶們都被這御花園的美給震懾住，即便垂目噤聲，也忍不住斜著眼盡情的打量著皇權中心最為華美瑰麗的花園景致。

「前頭的，是些什麼人？」

眾人正往戲臺那邊而去，冷不防聽見背後傳來一聲頗為嚴厲的喝問。

領頭的管事嬤嬤一聽，趕緊停下腳步，轉身穿過戲伶們的身側，急急過去行禮。「稟淑妃娘娘，帝誕日獻演的戲伶們要去搭戲臺子的地方走場，打擾到娘娘休息，實在是罪過，罪過！」

「杜鵑，算了。」淑妃這才懶懶開了口，一眼望去，見十位戲伶各個身段窈窕，面容姣好，心裡頭不禁有些彆扭。「不過，既然見了本宮，是不是也該上來請個安再走呢。」

「對對對，奴婢疏忽，奴婢疏忽。」管事嬤嬤連連點頭，屈著身子忙退開來，手一揮，示意戲伶們一一上來見禮。

神色冷傲地看著戲伶們各個上前見禮，淑妃一眼瞥到了花子好。「妳看著眼熟，可是曾經參選過的秀女？」

子好沒想到這個淑妃還記得自己，只好乖乖地答話道：「小女子正是上屆秀女，落選後便回到戲班繼續唱戲。」

「看著是要懂禮些。」淑妃點點頭。言下之意，是說其他人都有些不懂宮中規矩；也難怪，花子妤可是花了好一段時間待在敏秀宮學規矩的，自然比她們更入淑妃的眼。

「娘娘過譽了。」雖然明顯感到芒刺在背，但子妤除了領受，也沒有其他的法子。

「這大晌午的妹妹怎麼有空來花園子逛呢？哦，皇上前兒個才解除了妹妹的軟禁令，想來妹妹也是憋得慌了。」

說話間，竟是諸葛敏華到了，一開口就帶了幾分嘲弄，讓淑妃臉色明顯一變。可面對身分地位都超越自己的貴妃娘娘，淑妃並不能怎樣，只好匆匆一福禮便藉口要午歇離開了。

「見過貴妃娘娘。」在管事嬤嬤的暗示下，十位戲伶齊齊向諸葛敏華請了安。

「免了。」身穿大紅喜鵲登枝錦服的諸葛敏華徐徐上前，一招手便免了眾人的拜禮。「大家可是準備去戲臺子那邊看看？正好本宮也要去看看有沒有要再作修改的地方，不如同路吧。」

諸葛敏華有命，戲伶們自然不敢拒絕，齊齊讓開中間一條路，讓她先走。

來到子妤的面前，諸葛敏華略微停頓了一下。「子妤，不如陪本宮走這段路，順便說說話敘敘舊吧。」

「遵命。」子妤知道被大家關注的命運在所難逃，便乖乖的穿過一眾戲伶迎了上去，來到離諸葛敏華一步的距離才停住。

「來，別拘禮了。」伸出手，示意子妤過來，諸葛敏華笑容清淺，卻極為溫和。「妳離得這麼遠，咱們又如何說悄悄話呢？」

感覺到諸葛敏華待自己至少有七成是發自真心，子妤也就不再顧忌了，一步上前，輕輕托住了她的手。「這次也是娘娘負責帝誕日的獻演嗎？」

「除了本宮這勞碌命，還有誰會去管這一攤子事兒呢。」諸葛敏華笑笑，伸出另一隻手輕輕拍著子妤的手背。「倒是妳，聽內務府說，那兩個月妳收的例銀簡直占了戲班收入的三分之一呢，足見受捧程度有多盛。本宮真心為妳高興啊！」

「那是因為娘娘和皇上的抬舉。」子妤這謙虛倒是不假，世人都愛「追捧」，越是有名聲，就越多人去為她造勢，有了皇帝的親自提拔為一等戲伶，自己想安安靜靜地回戲班都不可能了。

「這次皇上要在壽宴現場欽點『大青衣』的事兒，唐虞給妳透露了吧？」諸葛敏華側眼看著多日不見的花子妤，覺得她柔和笑容的背後，似乎成熟了不少。

點頭，子妤壓低了聲音：「多謝娘娘提醒，子妤會盡力的。」

「當初妳和皇上一席話，讓本宮感慨良多啊！真沒想到世上還有第二個不愛榮華富貴，只願追求夢想的女子。」諸葛敏華話中有話，似乎隱忍了一下，才又緩緩道：「而且，這兩個女子偏巧都姓『花』，妳說這是緣分，還是宿命呢？」

第一百三十二章　之蓮佛

抬起眸子，看著諸葛敏華略帶探究的眼神，子妤終於還是明白了。

她之所以對自己如此和顏悅色，如此關懷備至，說到底，也早就猜出來自己和皇帝的關係了吧，但諸葛敏華無疑是精明的，她沒有點破，卻讓子妤漸漸知道她是瞭解實情的；之後於情於理，自己和皇帝都會感覺欠了她一個人情！

「娘娘，無論是宿命也好，緣分也好，身為戲伶，追求『大青衣』的封號永遠都是最高的夢想和目標。我，也不例外……」子妤收回了略帶意外的眼神，臉上的表情恢復了如常的沈靜安逸。「若是此次得以蒙封，我的願望也就達成了，說不定就此退下戲臺，去追逐人生的另一個夢想也說不定。」

諸葛敏華看出了花子妤單純眼神背後的複雜思緒，便也不再旁敲側擊，直接問道：「聽唐虞說，妳不願讓皇上直接欽點妳，要憑真本事去和那些戲伶們競爭？」

「各憑本事，各取所需，不然到時候就算我得了封號，也不過是鏡花水月自欺欺人罷了。」子妤覺得這樣很好，放開了所謂的戒心，兩人如此開誠佈公的談話，實屬難得。

伸手輕輕拍了拍子妤的肩頭，諸葛敏華含笑道：「放心吧，十年一次由皇帝欽點的『大青衣』已經歇了近二十年的時間了。『大青衣』的分量對於妳們戲伶來說貴比黃金；對於朝廷來說，更是一件十分謹慎重要的事情。畢竟成為一代名伶，就已是舉國都會追捧的指標人物，皇上一定會理智地按照本心來挑選的。」

「對了，娘娘，有一事子妤不知。」想起了什麼，花子妤忙道：「是否每次都只能欽點出一位『大青衣』呢？」

「妳這倒是問倒我了。」諸葛敏華苦笑著。「雖然沒有明文規定，但『大青衣』畢竟是享受朝廷俸祿的超品夫人，多了肯定不行，至於是不是只能一人，這還是要看皇上自己的意思。」

「子妤懂了。」點點頭，花子妤抬眼看到前頭不遠處就是一片開闊地，猜想此處過去肯定就是戲臺了，便不再多言。

諸葛敏華這時候也向身邊的黃嬤嬤示意，讓後面遠遠跟著的戲伶們上前來，一起向戲臺方向而去。

四周開闊，毫無遮擋，這方巨大的戲臺下座，用著紅綠二色的填漆，勾勒出一朵水嫩欲滴的蓮花造型，而層層蓮瓣開放之中便是戲臺了，上面鋪著厚厚的猩紅絨布，正中央由墨綠色絲線勾勒的團團蓮葉簇簇而生，無比鮮活。

從花子妤她們的角度一眼望去，這戲臺彷彿是從天而降的佛祖蓮座，被其身後凌空灑下的陽光照耀得異常鮮豔，甚至有著七彩的虹光蔓延在戲臺的周圍，讓人無法不屏住呼吸！

「哇！」

「天哪！」

「真美呀……」

有沈不住氣的戲伶，已經發出了類似的感嘆聲，大家都被眼前巨大而又精美的蓮花戲臺所深深吸引，甚至忘記了要在諸葛敏華面前垂目噤聲的規矩。

臉上有兩分得意，諸葛敏華滿意地將戲伶們的表情收在眼下，出言打破了大家的震懾氣氛。「大家覺得這戲臺還算入眼吧？」

「娘娘，這豈只是『入眼』二字能概括的！這簡直就是所有戲伶夢想的最終舞臺啊！」子妤身為戲伶，任是性格再沈穩安靜，也是無法抑制住看到這樣美輪美奐戲臺時的興奮和上臺去舞動一番的衝動！

有了花子妤主動開口，再加上諸葛敏華和藹的笑容鼓勵，戲伶們的膽子也大了起來，紛紛朝她們兩人站的位置圍攏過來，也開始七嘴八舌地討論起來。

「有了這樣美妙的戲臺子，相信妳們也會好好地完成自己的任務，對嗎？」諸葛敏華略微抬著下巴，神色間含著幾分傲色，環視了周圍的戲伶們，最後，卻將眼神落在了一邊並未怎麼作聲的金盞兒身上。

「金盞兒，聽唐虞說，這次是妳和子妤唱主角兒，怎麼樣，有信心駕馭這樣的戲臺嗎？」

戲伶們紛紛為金盞兒讓開了與諸葛敏華之間的距離，並帶著幾分羨慕看著被諸葛敏華主動問話的金盞兒，同樣期待著她的回答。

「小女子只知道，再美的戲臺，賓客們看的也是戲臺上獻演的戲伶。」金盞兒略微頷首，語氣恭敬平和地答道：「所以，在我看來，無論是什麼樣的戲臺，也只是讓我站在上面的一個工具罷了。只要做到無憂無擾、無悲無喜，這樣便能守住本心，發揮出屬於自己的最佳水平。」

「好一個無憂無擾、無悲無喜，不愧是本朝一等戲伶中的頂尖人物。」諸葛敏華帶著毫不掩飾的欣賞稱讚了金盞兒，便又點點頭道：「好了，妳們今日既然來了，不如就上去合一次戲吧。我可是答應了唐虞的，讓妳們先感受感受這戲臺，免得到了獻演的時候出差錯就不好了！」

諸葛敏華戲謔輕鬆的口氣讓戲伶們聞言都笑了，再加上金盞兒那番話的「點醒」，讓大家的心境都輕鬆了不少。畢竟各人俱是見過不少大場面的著名戲伶，很快便明白了什麼才是最重要的。

齊齊恭送了諸葛敏華離開，負責戲伶的管事嬤嬤才讓人抬了一個鋪著厚厚帕子的腳凳來，為每個戲伶擦乾淨了鞋底，這才讓她們緩步而上，站到了巨大的「佛蓮座」之上！

回到紫遙殿的住所，大家都還沈浸在無比的興奮之中，雖然僅有這一次機會可以在「佛蓮座」戲臺上面走場，但就算如此，也足夠讓大家明白了當晚的獻演需要她們如何來配合、如何來走位。

用過晚膳，子妤換上了一身水蔥綠的裙衫，準備找唐虞問一下關於自己舞步的疑問。因為，之前唐虞曾經吩咐過，讓她和金盞兒合戲還有與其他戲伶一起合戲的時候，都按照在平地上的舞蹈來表演，不要洩漏自己在木樁上練習的成果。

今日看了戲臺，又和大家一起合了一遍戲，子妤覺得是時候該問問唐虞為何如此了。

唐虞所居之處離子妤她們住的院落有些距離。

院子不大，只一進，但此處花木扶疏，假山嶙峋，而且只有唐虞一人單獨居住，實在讓子妤有些羨慕。

「妳來了，看到戲臺之後感覺如何？」唐虞一身白衣常服，此時正端立在院中欣賞那株在深秋還綻放著的玉蘭盆栽，看到子妤推門而進，朝她溫和一笑，直接就問道。

轉身關上院門，子妤走到唐虞的身邊，也看著那株開著碩大花朵的玉蘭盆景，嘆道：「很震撼、很驚豔。不過站在臺上，我實在有些想不通。」

「想不通什麼？」唐虞知道子妤很聰明，也不點破，反問道：「難道覺得戲臺有什麼不妥？」

「我總覺得中央那些蓮葉有些……」子妤抬眼，有些撒嬌地伸手拽著唐虞的衣袖。「有些讓我覺得熟悉。」

「是它們的排列方式讓妳熟悉吧。」唐虞勾起唇角，清澈的眸子中閃過一絲難得的狡黠。

子妤似乎馬上就明白了過來，捂著唇，目色閃閃，驚訝之情溢於言表。「難道……不可能啊，我踩上去明明就是如履平地一般！可是，可是，你讓我在木樁上練習舞步，絕無道理只是訓練我而已……」

見子妤有些語無倫次了，唐虞這才伸手輕輕捧住子妤的小臉蛋，用大拇指封住了她還翕動不止的唇瓣，低首道：「玄機正在此處！我知道妳一直忍著沒有問我，為什麼不讓妳在其他戲伶面前按照木樁上訓練的舞步來合戲，聰慧如妳，現在應該知道了吧？」

「我知道！」眼中仍舊閃著激動的光彩，子妤連連點頭，一手拉開了唐虞摩挲著自己唇瓣的手指。「你告訴我，那戲臺當中蓮葉的位置是否有機關？」

「妳都已經猜到了，還需問我嗎？」將鼻尖貼近了子妤的額頭，唐虞感受著屬於子妤身上獨有的幽香縈繞，喃喃道：「我就曉得，只要妳一踏上那座戲臺，就能看出我所有的機關設計。」

「所以你想保密，不讓其他戲伶知道？」子妤不經意地在唐虞的臉頰上輕輕啄了一小口，耳畔略有紅霞暈染。「怕她們曉得了這樣的設計，會嫉妒，會不配合？」

「畢竟妳最後要獻壽桃給皇上，這機關設計也正是為了這最後的一步，她們不知道比較好，因為到時候就算看到了，也只有乖乖配合的分兒。如此，也免得提前曉得了對妳有其他心思。」

「你已經機關算盡，我也只好遵命行事了。」

子妤笑得有幾分孩子氣，溫熱的氣息拂在唐虞的臉上，逗得他也不顧男女禮教什麼的，只埋頭含住了那張有著花瓣一般色澤和觸感的輕軟唇瓣。

二百三十二章　嚴陣以待

進入臘月，天氣一天天轉為寒凍。

不過子妤卻很喜歡這個節氣，因為有臘梅迎風而立，幽香獨放，讓人一呼吸就會有馨香入鼻、滿腹清新的感覺。

眼看第二天就是帝誕日的壽宴，戲伶們雖然已經把這一齣【十全十美】合得無比純熟默契，但一想到要在那樣美輪美奐的戲臺上為皇帝和文武百官、皇親貴冑們獻演，免不了還是會覺得緊張。

戲服已經送來了，此時大家正聚在紫遙殿的一處暖閣中，一一按照自己的角色領取。

為了避免意外，唐虞讓繡房的師傅們把戲服做好後直接送過來，在這最後一個時刻分發給戲伶，讓她們各自保管，各自回去穿上適應一下。畢竟這些戲服都是極珍貴的，除了金絲銀線之外，還綴了不少寶石珍珠，還好是量了各人尺寸專門訂做的，根本不用修改，不然若是發下來後要改也有些來不及了。

其中金盞兒的戲服最為華麗高貴，竟是用孔雀尾翎的七彩羽毛編製而成，有種光彩奪目、輝煌耀日的美。

當然，最樸素的就是花子妤的衣裳了。

雖然用銀絲線在月華裙上勾勒了流蘇細穗兒，但乍看之下，卻平淡無奇，比起八仙們色彩斑斕、無比絢爛的戲服，實在過於簡單了些。

但就是這樣一身清清淡淡、毫不花稍的衣裳卻讓花子妤很喜歡，而且她也能預料到當晚若是月色清朗，此戲服一定會給大家帶來極大驚喜的！

「子妤師姊，妳這戲服怎生如此簡單？」唐箏對自己的戲服倒是很滿意，畢竟她所扮演的花籃仙子也算是個分量較重的角色，因為壽桃就是從她手裡的花籃道具裡取出來由花子妤敬獻給皇帝的，對於唐虞的這個安排，她也算滿意。

「簡單才好，妳沒看到咱們都是大紅大紫，獨子妤能素顏如玉，如此才能出挑嘛！」小桃梨笑咪咪地走過來，揚了揚手中的拂塵。「到時候我一揮拂塵，花籃仙子就得將壽桃奉到麻姑的面前呢，就是不知道這拂塵到了夜裡能不能看清楚。」

「妳這拂塵全是用銀絲金線編製而成，若是入夜，在燈火的照耀下定然閃亮無比的。」子妤伸手輕輕挑起一截拂塵的尾羽。「看來這次宮裡頭可是花了大把銀子跟心思來打造皇上的壽宴。就連咱們獻演的戲服都如此考究無比，真真讓人咋舌。」

「金絲銀線？」小桃梨順著拂塵的紋路仔細地摸了下去，點點頭。「果然，怪不得手感那麼涼沁沁的，和普通馬尾毛所織的不一樣呢。」

「好了，我們先回去試穿吧，離明日晚宴的獻演還有些時候，得好好熟悉一下這戲服的感覺。」子妤將衣裳放回了扁盒中，不想多作停留。

「妳是應該好好適應一下，畢竟要穿著跳舞，不像咱們只是穿著唱戲，動作也不大，看看有沒有礙手礙腳的地方便罷。」小桃梨自嘲地將她的戲服抖開在身上比了比，滿意地點點頭。「這些『卍』字不斷頭的紋樣繡得還真是精細，每一字的筆劃都是一模一樣，一針不差！」

「那我先下去了。」子妤想到唐虞要她去他的院子裡穿上戲服再好好練習一下，心中惦記著此事兒，便提前離開了。

來到唐虞的居處，子妤一眼便瞧見了庭院中擺放的木樁。

「妳也有多日沒有練『樁上舞』了。」唐虞背著雙手，目色柔和地看著子妤。「換上戲服，看看還記得舞步嗎？」

「當然記得，我每天夜裡入睡前都會溫習一遍呢，在腦子裡……」子妤抬手點了點側額，朝唐虞莞爾一笑。「不過我也的確需要再實地練習練習。」

「妳先在這木樁上試試，今晚深夜的時候，我親自帶妳過去戲臺上再走一遍場，啟用機關讓妳熟悉一下。」唐虞拋出一個十分誘人的提議出來，讓子妤一驚之餘又是一喜。

「那我先借用你的屋子更衣。」子妤揚了揚手上的扁盒，不等唐虞點頭，便逕自入了他的屋子，準備更衣。

換上了戲服，一如想像中那般合身，子妤將長髮高綰，這便推門而出。看到唐虞迎向自己那驚豔的眼神，略有些不太好意思。「我覺得戲服有些緊了，你覺得呢？」

「只是貼合身形，突顯了妳的曲線而已。」唐虞讚嘆著點點頭。「到時候月色正濃，妳起舞時這滿身的流蘇就會隨之飛揚而起，一定美極了。」

「謝謝你。」子妤朝著唐虞羞澀地一笑，隨即便不再耽擱的踏步上了木樁，神色收斂起來，變得慎重而莊嚴……

唐虞在一旁仔細觀看著，又不時地提點子妤兩句，時間很快就到了晚膳時候。

只覺得身上有些微微發汗，子妤不敢再穿著戲服怕會染上汗漬，忙又回屋去脫了下來。唐虞還很體貼地讓人先準備好了熱水，讓子妤在此沐浴之後再回去。

過了一會兒，唐虞隔著門，柔聲地道：「子妤，晚膳送來了，妳就在這兒用吧，我已經讓人過去給管事嬤嬤說了一聲。」

子妤的神思被唐虞喚回，才察覺水已經微微有些涼了，便起身來擦洗換好衣裳，出去尋了唐虞。「我知道了，這就出來。」

剛走出來，子妤便嗅到淡淡一股清冽的酒香。「怎麼，難不成你允許我今夜飲酒嗎？」

「適度飲酒，可放鬆身心，解乏祛疲。」唐虞親手為兩人斟了酒，示意子妤坐下。「鑒於妳先前的表現，我很滿意，所以我讓人準備了妳喜歡的兩樣小菜，犒勞妳這段時間的辛苦練習。」

「多謝。」這兩個字是發自子妤的真心，很少有人會像唐虞這樣，淡漠冷峻的外表下有著這樣一顆無比柔軟細膩的心，這一點，是最讓子好難以割捨，無法自拔的。

「嚐嚐吧。」唐虞替她挾了菜，又添了酒，對明日獻演的事情不再提一個字，當真只想讓子好好好地放鬆一下。

子好能理解唐虞，知道他不想讓自己對明日的獻演太緊張，更是不想讓自己放太多的心思在自己和皇帝之間的關係上，便也順著他，兩人只談風月，無關其他。

「你說，我唱完這一場，無論能不能成為『大青衣』都退下戲臺怎麼樣？」

清酒易入喉，子妤喝下兩杯，除了臉稍微有些發紅之外，倒是不覺任何醉意，只捏著酒杯，透過橘黃的燈燭看著唐虞，想知曉他真正的想法。

唐虞卻是不忍，語氣柔和道：「妳夢想的舞臺如今離妳那麼近，只需要繼續唱下去，所有一切和名伶有關的東西都會向妳靠攏而來。到時候，妳可捨得？」

「以前沒有得到的時候，覺得那是一種奢望，更覺得是我的宿命。」子妤搖頭，淡淡地笑著。「可越是靠近曾經的夢想，越是要達到目標，就越覺得這些不過是浮雲罷了。曾經的花無鳶是這樣，金盞兒也是這樣，她們得到了最後的輝煌，卻彷彿只是給自己戲伶的生涯劃下一個完美而圓滿的句號罷了，好像『大青衣』只是她們戲伶生涯的一個精緻棺槨罷了。」

「妳真這樣想？」唐虞倒是覺得極為意外，沒想到子妤會突然一下就看開了，不再執迷於「大青衣」的稱號了。

「不然要怎麼想？」子妤斜著頭，笑得有些無奈。「雖然你讓我扮了麻姑這個戲分極重的角色，但我看到了金盞兒的唱功及扮相，要和她一決高下，我實在沒有什麼把握。」

「妳何必妄自菲薄呢。」唐虞可不想子妤不戰先敗，鼓勵道：「妳和金盞兒是完全不同的兩種戲伶，她有她的古典之美，也有著如天籟般無人能及的嗓音。可妳也有屬於妳的利器，那就是真誠！」

「真誠？」子妤不解。

「相信我，戲伶在戲臺上的真誠，戲臺下的賓客是完全能夠感受到的。即便妳的演出會有瑕疵，會有不完美的地方，可只要妳帶著一顆真誠的心，將自己完完全全投入到角色之中，他們會領受到的。」

唐虞一口飲盡了杯中的清酒，看著時辰差不多了，正要起身來帶子妤去御花園一起試試場子，卻聽得外頭有異動。

庭院外一聲叩門聲響，緊接著有人低聲喊道：「唐管事，請問子妤姑娘可在您這兒？」

「是誰？」

唐虞蹙了蹙眉，望向了子妤。

子妤卻一下子就聽出了來人的聲音，竟是皇帝身邊的貼身侍衛長歡！

章二百三十三　深夜召見

院門口幽暗的燈燭將長歡英挺的身影斜斜投在青石地上，配上他那張從來不曾有過笑意的嚴峻臉龐，讓人一眼就感覺難以接近。

「是長歡，在右相府見過的那個侍衛。」子好只聽聲音便猜出了來人，對著唐虞解釋後，就趕緊主動去開門。

一身夜行衣的長歡立在院門外，精幹俐落的樣子不像是侍衛，倒有幾分江湖俠客的感覺。

長歡面無表情地拱手作禮道：「姑娘，在下奉命前來，請姑娘去御花園一敘。」

子好本想拒絕，但長歡一副「妳不去我就打暈妳扛過去」的表情，讓子好拒絕的話又吞了回去。「我本來就要和唐師父一起去走一下場子，那就一併走吧。」

「對不起，主子吩咐，只請姑娘一人過去敘話。」長歡說著，抬眼看了看子好身後表情警惕的唐虞，發覺此人雖然面貌極為英俊，卻含著比自己還冷了三分的眼神，讓他覺得極為不舒服。

被長歡婉言拒絕了，唐虞蹙了蹙眉，上前半擋住子好，冷眼直視著眼前一身黑色勁裝的男子。「既然不許我前往，可否告知在下，要讓子好過去幹什麼？」

長歡原本沒有什麼耐心和唐虞周旋，只想接了花子妤就去覆命，可面對唐虞如此態度，若是鬧大了肯定會壞了皇帝的事；畢竟他接到的任務就只是悄悄帶了花子妤過去，而非大張旗鼓地搞得人盡皆知！

「子妤姑娘，不然您向唐管事解釋一番。」

長歡適時地將難題拋給了花子妤，知道她一定能勸得住這個唐虞的。

輕輕拉住唐虞的手臂，子妤卻並沒有對他說什麼，反倒迎著長歡冷冽的眼神，直言道：「唐師父與我關係匪淺，如果你家主人要見我，那就由唐師父送我一起去吧，只是他會直接去戲臺那兒等我，不會耽誤什麼事兒的。」

長歡有些猶豫，可眼看著唐虞毫無退卻的意思，只能點點頭。「那就請唐管事一起吧。」話音有些勉強，但好歹還是妥協了。

「走吧。」子妤朝唐虞眨眨眼，兩人心照不宣。

長歡極守規矩地半屈身讓子妤先行一步，待唐虞經過身前時，卻一個踏步不著痕跡地將他擋在了後面。

唐虞蹙著眉，盯著長歡的背影，總覺得有種不好的預感。

子妤看著滿綴紅燈籠的御花園，覺得夜風吹過寒意沁人，拉了拉有些單薄的衣裳，回頭看了一眼跟在後面一句話也沒有說過的長歡。「皇上呢？」

「敢問姑娘，唐虞是否知曉內情？」長歡沒有回答子好的問題，卻提出了另一個問題。

子好一愣，臉色突然變得有些慘白，咬著唇，停下了腳步。「你想怎麼樣？」

「此事不容其他人知曉，主子……曾向屬下下過封口令，一切知情人，必須清除！」長歡一字一句說著，表情極為嚴肅。

子好閉上眼，深呼吸了幾下，才睜開眼，表情卻比長歡看起來更加嚴肅。「你要是敢動唐虞一根頭髮，我絕不會甘休！」

「妳跟他是什麼關係。」脫口而出之後，長歡才發覺自己似乎沒有任何資格問花子好這個問題。

「他是我所敬所愛之人。」子好揚了揚下巴，直言道：「你放心，他絕不會洩漏半句關於我身世的秘密。」

長歡看著花子好清澈的眸子，只覺得頭頂被烏雲遮蔽的月華似乎悉數落在了她的眼中，甚至還要更美、更皎潔、更耀眼。「姑娘，此事絕不能讓皇上知曉。否則，唐管事只有一條路可走，那就是『死』！」

勾起唇角，子好笑得很是不屑。「我不會讓他死，更不會看著他死。如果這個秘密的代價如此之大，不如讓你的主子先把我清除了，這樣一來，死無對證，還怕什麼呢？」

雖然對花子好有一定的瞭解，長歡卻沒想到她會這麼決絕，態度這麼強硬。「我不會讓主子知道的，也請您不要露出任何馬腳。」

盯著長歡，確定他是真心說那些話，子妤這才點點頭，緩緩道：「多謝了。」

長歡被那雙清澈的目光看得有些晃眼，別過頭，指了指右前方的位置。「走吧，主子在觀月臺，前面不遠處便是。」

觀月臺位於御花園的西北角，是一座由白玉石砌成的高臺，站在上面，會感覺離夜空極近，放眼望去，也能將整個皇城後宮盡收眼底。

拾階而上，子妤只覺得越來越冷，耳旁竟有「呼呼」的風聲響起。

走著走著，子妤突然發現風小了不少，一回頭，才對上了長歡清冽的雙眸，原來竟是他往自己身後靠攏了些，擋住了後面吹來的寒冷夜風。

對著長歡淺淺一笑表示感謝，子妤不著痕跡地又拉開了兩人之間的距離，加快了步子，往觀月臺頂上而去。

月色被烏雲遮蔽，只有一團行燈散發出的幽暗燭火勉強照亮了這觀月臺。

披著紫龍披風的皇帝背對著花子妤，聽見後面的動靜，這才轉身過來。「來了……」

回頭看了一眼守在階梯下方的長歡，子妤這才徐徐朝皇帝走了過去，福禮道：「民女見過皇上。」

「這裡沒有別人，妳不必拘禮。」皇帝的聲音響起，略微帶著幾分和藹的態度。

抬眼，子妤勉強地點點頭。「不知皇上深夜召見，所為何事？」

「明日的獻演準備得如何了？」皇帝藉著並不明亮的燈燭之火，仔細打量起花子妤來。

見她身上單薄的衣裳，皺了皺眉頭，直接取下了紫龍披風，走過去罩在了她的肩頭。

「我不冷。」子妤想躲開，卻被皇帝一雙大手按住了雙肩，只得任由他幫她繫上披風。

皇帝微微一笑。「朕可不想明兒個戲臺上缺個人。」

子妤本來還想再推辭，可看著他眼中不經意流露而出的慈祥神色，只好妥協。

「明日的獻演，妳可知道朕準備欽點一位『大青衣』？」皇帝開門見山地直接說出了單獨召見花子妤的原因。「可朕聽敏華說，妳並不願意領受？」

「不是不願領受，而是希望公平競爭。」子妤見皇帝眉頭蹙起、不怒而威的樣子，只覺得有些好笑。「或許貴妃娘娘沒有把話說清楚，我只想和其他戲伶公平競爭罷了，不想讓皇上因為覺得對我及對我生母有所愧疚而得了這個便宜。」

「可據朕所知，明日獻演的俱是全國挑選出來的頂尖名伶，妳若和她們公平競爭，可有機會？」皇帝搖搖頭。「而且，若這次妳失去了機會，就沒有下一次了。」

「若不是靠自己真本事得來的，也就不會值得珍惜了。」子妤神色誠摯地看著皇帝。

「雖然我很感謝皇上如此為我著想，但我未必沒有一爭之力。」

「好！」皇帝的眼眸閃了閃。「朕相信妳！」

子妤腦子裡突然閃過一絲念頭，當即便開了口：「還有一事，請皇上應允。」

「何事？」皇帝此時心情不錯，看著子妤越來越覺得和花無鳶幾乎是一個模子印出來的，不！還夾雜了幾分自己的脾性在裡面！

調整了一下心緒，子妤這才道：「請皇上為子妤賜婚！」

「賜婚？」皇帝驚訝之後隨即釋然，伸手輕輕拍了拍子妤的肩頭。「說吧，妳看上誰了？無論妳想嫁給誰，也不過是一句話的事。」

「求皇上為我和唐虞賜婚。」子妤大著膽子，紅著臉，終於還是說出了口。

「唐虞?!」皇帝愣了一愣。「妳看上他了？」

子妤點點頭，耳畔不經意地燒紅了起來。「嗯，我自小和唐師父在戲班一起長大，情分深厚。此生願與君攜手，只羨鴛鴦不羨仙。」

「好一個只羨鴛鴦不羨仙……」皇帝用著幾分探究的眼神仔細看著花子妤，好半晌才點了點頭。「給朕一個理由，妳看上他的理由。」

發現了皇帝唇角不經意的笑容，還有那眉梢略微揚起的愉悅，子妤已然不懼，莞爾道：「皇上豈不是比我更知道唐師父的好處？」

「怎麼說？」皇帝反問道。

「他文采風流，淡泊明志，是一個十足的謙謙君子，況且……」子妤略微垂目，光潔的前額被幽幽燭火照出幾分光暈。「他知我、懂我、瞭解我，也無比的疼愛我……」

「好了。」皇帝忍不住唇角揚起的笑意，打斷了子妤充滿甜蜜柔情的絮叨呢喃。「只要妳明日能靠著真本事獲得朕欽點妳為『大青衣』，朕就一併當場為你們賜婚，算是給帝誕日討一個好彩頭！如何？」

「多謝皇上！」子妤猛地抬眼，似乎不敢相信，眸子中還閃著明亮的光彩。「我一定會盡全力去爭取，爭取屬於自己的幸福！」

「別高興得太早。」皇帝看到她如此高興，忍不住打趣了起來。「到時候若有人比妳更優秀，這『大青衣』可就旁落他人了，連帶著朕也不會為妳賜婚。」

「子妤對自己有信心。」那種沈沈夜色也無法遮擋的光彩流轉在花子妤那張白皙如玉的臉龐上，雙頰緋紅，顯露出了她無比激動的情緒。「也請皇上對子妤有信心！」

「那朕就拭目以待了！」皇帝仰天笑了一聲，眼角的皺紋也隨即浮現出來，可那樣輕鬆的姿態，無端讓人覺得他似乎年輕了十歲般。

章二百三十四　弦外之音

按捺住無比激動的情緒，子妤回到了紫遙殿的居所。

腦子裡還不停地閃過那華美戲臺上所設置的機關，是那樣的精巧無比，讓人驚嘆！難怪唐虞要自己練習「椿上舞」那樣高難度的動作，原來，一切都是有原因的。

不過子妤還是對唐虞保密了一件事，那就是她和皇帝之間的「約定」。

一想到這個約定，子妤原本還興奮的心情無端帶了幾分緊張。

若能如願，自己不但能問鼎「大青衣」的封號，同時還能獲得皇帝的賜婚。如此一來，有了皇帝的金口玉言，哪怕自己曾經和唐虞之間有過師徒關係，誰還敢非議半句呢？

可前提是，自己一定要超越所有的戲伶，用真本事去贏得一切。

「子妤，妳怎麼這麼晚才回來？」

正神思遠遊間，子妤聽得耳邊柔柔一聲輕喚，一抬眼，竟是金盞兒端立在門前，只著了中衣，外頭披著鋪棉的披風，好像是專程在等自己似的。

子妤下意識地望了一眼屋門，發現裡頭的唐箏還沒睡，正點著燈似還在看書，便迎上前去，語氣恭敬地道：「剛剛在唐師父那兒，敢問大師姊是否有什麼要事？」

聽見花子妤自然而然地就說出自己先前在唐虞那兒，金盞兒有些悵惘地笑了笑，低聲道：「有些話，想趁這個時候和師妹說說，不知妳願不願意聽我一言？」

子妤盯著金盞兒的眼眸，發覺除了有些澀意流露之外並無其他心思，便點了點頭。「您看去哪兒說比較方便。」

「只要師妹不覺得站在院子裡會冷……妳身上的披風？」金盞兒先前因為天色太暗，尚未看清楚子妤的穿著，此時覺得夜風拂過，下意識地仔細一打量，卻發現了特殊之處。

絳紫的錦緞為底，上面用金線繡了龍紋圖案，這件披風看起來華貴異常，再加上用色和紋樣，分明是皇帝專屬的！

子妤這才發現自己竟把皇帝的披風給穿回來了，暗道了聲「不好」，卻偏偏沒法解釋，只得顧左右而言他：「在唐師父那兒披了件戲服就回來了，也沒仔細看。倒是大師姊，您一直身子不舒坦，站在這兒吹夜風，要是兩口寒氣入腹，豈不影響明日的獻演？咱們還是找個避風的地方吧。」

金盞兒扯了扯領口的繫帶，似乎也覺得有些冷意了，便同子妤點頭道：「也好，那邊的茶水屋無人，咱們順便過去喝杯茶吧。」

兩人攜手過去，雖然時候不早了，但子妤發覺戲伶們幾乎都沒有睡，好幾個還穿著戲服在院子裡練自己的戲分，四處瀰漫著些微緊張的氣氛。

原本在茶水屋裡守著爐子燒水的宮女退了出來守在門口，將空間留給了金盞兒和花子好兩個人。

因為有爐火，感覺屋裡有些熱，子妤解下披風，迅速地疊好放在身後，不想讓金盞兒再看到什麼。

但那紫緞和金線繡的龍紋是如此耀眼，加上屋裡火燭明亮，金盞兒想不看清楚都難。不過對於金盞兒來說，花子妤和皇帝之間的關係自己早已有了猜測，並不覺得意外，便沒有再多說什麼，只主動斟了兩杯茶，遞給子妤一杯。「明日妳我必有一人能得償所願，可我卻不知道，妳有幾分把握？」

金盞兒的語氣，加上眼神，子妤一下子就明白了，於是坦然一笑。「大師姊可是擔心明日之事會有不公之處？」

「這個世上從來就沒有絕對的公平。」金盞兒淡然一笑。「可『大青衣』的封號是我志在必得之物，所以，我想求個明白，以免所有努力付諸流水，不過空歡喜一場。」

「大師姊不相信我？」子妤其實很能理解金盞兒的想法。她既然猜到了自己和皇帝之間的關係，加上唐虞對自己的「偏愛」，任她再有自信，恐怕也會覺得心慌，畢竟，「大青衣」三個字對於她來說比什麼都更加重要。

「說到底，我只是不信我自己罷了……」金盞兒目色如水，像是一滴滴的雨露傾灑而出，雖然帶著幾分涼意，卻讓人覺得極為舒服和清新。

子妤被金盞兒的目光所感，不禁也隨之放鬆了些。「大師姊，您若是沒自信，那剩下的咱們九人就無一能夠自認為有足夠實力去爭奪『大青衣』的封號了。」

「面對別人，我從不曾有過這樣的心境。」金盞兒展顏一笑。「唯獨妳……子好，或許妳自己都沒有發現，妳一旦登上戲臺，就有種致命的吸引力，這樣的吸引力，可以讓人忽視妳的唱功、妳的身段、妳的扮相、妳的容貌……只深深地沈醉在妳所營造的戲曲故事之中，無法自拔。」

「大師姊過譽了。」子好眨眨眼，有些意外，能夠被對手肯定，才是一個戲伶技藝的最高境界吧，更何況對手是冠絕天下青衣的金盞兒！

看著花子好表面鎮定，眼神卻洩漏了內心的喜悅，金盞兒不經意地也笑了起來。「特別是妳的心態，我總覺得，妳好像對一切事情都極有把握，我不知道這樣的自信源自於哪裡，但我卻知道，一個深信自己能夠征服任何舞臺的戲伶，就一定能夠征服臺下的每一位賓客。」

聽到這兒，子好才真正領悟到了金盞兒找上自己單獨說話的原因！

「多謝大師姊一番教誨，子好感受良多，銘記在心！」子好有些感動，金盞兒句句肺腑，皆是開導和鼓勵自己之言；她多半是怕自己太過緊張，所以特意挑了帝誕日前一夜對自己說出這些話，給自己打氣。

「聰明鎮定如妳，其實這些話我本沒有必要說。」金盞兒說著，起身來，目光意味深長地看著花子好。「這些年來，我獨立頂峰之上太久太久了，能夠有妳這樣的對手和我競爭『大青衣』之位，說心裡話，我很高興。期待著明日與妳的合作，更期待明日妳我一決高下，看誰能如願……」

說完，金盞兒將手中一滴未飲的杯盞放下，朝著子妤拋去一個鼓勵的微笑，便轉身離開了。

捧著微涼的杯盞，子妤看著金盞兒的背影，心裡頭突然有種臨戰前的興奮感覺遍佈全身。

她有些理解金盞兒的心態了。

身為四大戲伶之首，金盞兒佔據一等戲伶頂尖的位置已經有近十年的時間了。這十年，幾乎從未遭逢過對手。

自己的出現，挑起了金盞兒的求勝心，自然也挑起了她最初對戲曲的熱愛之情；就像是死灰復燃，有了自己這樣的對手，就有了讓她去爭勝的動力。

不是都說高手寂寞嗎？或許和獨孤求敗是一樣的，金盞兒求的不過是一場痛快無比的戲曲盛宴罷了。最後的結果，應該都已經沒有當初那麼重要了吧……

想到這兒，子妤才將杯中已經半溫的茶液一口飲盡，起身來，看到一直被自己藏在身後的紫龍披風，蹙了蹙眉。

這披風是個燙手山芋，得趕緊送回昭陽殿才行，可是自己卻不方便單獨進出紫遙殿和御花園的範圍，到底該怎麼辦才好呢？

正躊躇之時，子妤聽得旁邊窗戶一陣「窸窣」的響動，下一刻，窗戶就被人從外面給撬開了。

子妤大驚，以為有賊人之類的，剛要開口叫喊，卻看到長歡一張冰冷的俊顏從窗隙間透了出來。

長歡透過燭光看著花子妤，壓低聲音道：「姑娘，披風給在下吧。」

點頭，子妤有些警惕地回過頭去看門邊，見守在外面的宮女正在打盹兒，這才放輕了腳步，將披風裹起來拿到窗邊。「勞煩了。」

「更深露重，姑娘還是回房好好休息吧。」長歡不冷不熱地拋下這句話便轉身提氣而行，瞬間便一如來時，消失在窗外的夜色之中。

章二百三十五 千秋萬壽

臘月十五，帝誕日。

群臣一早就齊聚昭陽殿外，面對皇帝行三十三拜禮。即便是正旦和冬至這樣的節慶之日，群臣都只是朝賀十九拜和十二拜，可見此節日特別之處。拜禮過後，由首府宰相捧觴祝皇帝萬壽，之後皇帝再賜百官茶湯。

這早上的儀式算是過去了，接下來便是壽宴。

因為是五十歲大壽，又配合著「男子做十不做九」的俗禮，所以這一年的帝誕日場面要比以往任何一次都盛大得多。

內席擺在御花園，外席擺在昭陽殿，除了流水般不停獻上的各類珍饈佳餚之外，佛蓮戲臺之上，隨時有教坊藝人以歌舞雜藝助興。

在紫遙殿內，子妤聽著御花園傳來的喜慶樂音和喧囂的人聲，理了理身上的戲服，這才想起了唐虞曾經對自己說過的一段話。

為何本朝戲伶身分崇高，與雜藝伶人天差地別，單看獻演時候賓客們的反應就知道了。

飲酒作樂時，可以聽曲、賞歌舞、看雜技，但聽戲時，必須正身直視戲臺，除了喝彩之外不得隨意發聲，更不能在戲伶演出時飲酒吃菜……這些，都是對戲伶獻演最基本的尊重；

當然，這也同時表現出了本朝民眾對戲曲之道的尊崇。

「子好姊，妳在想什麼呢？時間到了，唐管事在外面等著呢！」耳邊傳來小桃梨清脆的聲音，一回頭，果然是她笑盈盈地立在邊上。

「小桃梨，妳穿上這身戲服，真叫人一下子認不出來了。」子好仔細一打量，見她手執拂塵，改良的道袍戲裝將其嬌小的神采襯托得玲瓏有致，清甜淡雅中透出一股子靈動韻味。

「別淨說我！」小桃梨倒是拉了子好上下仔細看了看，點點頭。「果然是鎏銀紗這種稀罕物！」

「什麼是鎏銀紗？」子好雖不明白，但卻猜到了幾分她說的是自己身上的戲服料子。

伸手抹了抹子好的戲服衣袖，小桃梨一臉的羡慕。「鎏銀紗就是妳身上穿的衣裳，觸手如銀沙過隙，柔軟如絲，飄逸如魅……再加上咱們是入夜之後登臺獻演，到時候妳一起舞，一定會讓天際的皎月都為之失色的。」

「哪有妳說的如此誇張。」子好低首看著身上的戲服，雖然式樣簡單，可那層層流蘇點綴的裙襬，走動間已是極盡飄逸嫵媚了，若是舞動起來，倒真會一如小桃梨所言。

「哎，各自有命，咱也羡慕不來啊！」小桃梨眉眼一彎，笑著就拉了子好的手一併往外走。「別說那麼多了，去晚了可要被唐管事那張冰山臉給凍著！」

「就妳話多！」子好沒好氣地笑了笑，只得被小桃梨拖著一起往前走。

眼看著夜幕降臨，帝誕日的晚宴也差不多要結束了。

宮女們撤下酒水菜餚，端上來香茗和瓜果茶點，也預示著為皇帝賀壽而排演的新戲【十全十美】即將上演。

齊聚後臺，這十位戲伶即便一句話也不說，那七彩斑斕的戲服，閃耀無比的各色釵環佩飾……就像是一幅絕色美人圖般，讓人光是看著就覺得大飽眼福。

唐虞一一檢查了每位戲伶的戲服，確認萬無一失之後，才伸手拉響了垂在後臺的一根細繩。

只聽得「叮咚」一聲響，御花園裡原本輝煌的燈火變得更加明亮如晝，一盞盞緋紅若霞的燈籠接連點燃，圍繞著筵席和戲臺，好像一條從天而落的火龍，將這個夜晚照耀得蜿蜒旖旎至極。

燈火點燃之後，樂師們也啟動了。

舒緩中略帶歡快的樂音頓時響遍了整個御花園，讓賓客們都屏息靜氣，只期待著聚集了全國頂尖戲伶的這一齣【十全十美】會有多麼令人驚豔！

「金盞兒，花子好，妳們稍等。其餘八仙子，上場！」

唐虞在後臺，聽得樂曲演奏到了開場的時候，表情嚴肅地一聲令下。緊接著，八位戲伶便由小桃梨領頭，通過臺階，魚貫而入登上了這座巨大華美的佛蓮戲臺。

「蘭殿千秋節，稱名萬歲觴。風傳率土慶，日表繼天祥。玉宇開花萼，宮懸度會昌……」

華美的衣飾，清妙的合唱，八仙子甫一入場，就引得席間賓客們忍不住喝起了頭彩！齊唱之後便是一一上前單獨獻唱，由小桃梨開始，節奏緊湊無比，看得臺下眾人只覺得眼花繚亂、目不暇接；可偏巧這樣的安排不但不會顯得凌亂，反而將帝誕日壽宴的氣氛一下子就推向了第一個高潮！

聽得樂曲聲一變，唐虞這才點點頭，示意金盞兒和花子妤攜手上場。

繁華喧囂過後，賓客們發現那華美無比的戲臺突然間就安靜了下來，八位仙子齊齊退到了後面的位置，擺出一個花團錦簇的造型後便一動也不動，好像精緻的人偶，讓人恍然間覺得先前在臺上獻演的，是否是從天而降的真正仙女附身在了這些戲伶的身上？

「衣冠白鷺下，纖暮翠雲長。」

當身著七彩孔雀羽翎衣裳的金盞兒開口時，所有的人都屏住了呼吸。

那清甜通透的嗓音，猶如天音降臨，帶著幾分讓人沈醉的誘惑力，幾乎讓賓客們無法自拔地直接陷入了那種迷幻而不真實的狀態中。

此時，花子妤也步步而上，衣袖一揮，開始舞動了起來。

如銀蛇穿梭，又如月華傾灑，只見一抹柔軟到讓人無法想像的身影蹁躚而動著；掠舞之處，花子妤甚至會留下一個讓人難辨虛實的影子，可見其舞步的複雜和迅速。

「獻遺成新俗，朝儀入舊章。月銜花綬鏡，露綴彩絲囊。」金盞兒立在戲臺之上，只靜靜地唱著，雖然她看不見花子好在一旁的舞動，卻能看得出臺下賓客們眼神流連之處。

果不其然，原本作為配合的舞，如今卻讓金盞兒的唱成了配角，只襯托著花子好翩然如蝶般的舞步。

突然間，戲臺中央的蓮葉動了，由下至上，徐徐升高，每一片蓮葉都是碧玉所雕，遠遠看去，好似花子好真的舞動在蓮池碧葉之上，整個場景虛幻得讓人感受不到半分的真實。

「三月初三春正長，蟠桃宮裡看燒香；沿河一帶風微起，十丈紅塵匝地颺。」王母扮相的金盞兒眉眼間俱是讓人如沐春風般的笑意，她絲毫沒有因為花子好的奪目而顯露出半分情緒，只等到樂曲進入高潮，收住了嗓音，才將眼神投向了花子好。

與此同時，從金盞兒手中無端拋出一顆碩大的白玉仙桃，由唐箏所扮演的花籃仙子接了在手，神色恭敬地半屈膝遞給了身在蓮葉高臺上的花子好。

一身素白如玉，猶如月色裹身的花子好端然而立，手捧玉桃，笑顏如醉。

下一刻，只見她蓮步輕移，竟不顧那方蓮葉高臺只有一丈見方，眼看就要步入空中……

正當大家嚇傻了眼，以為花子好要從空中摔落而下時，樂師們一收，全場安靜得竟能聽見賓客們倒抽一口涼氣的呼吸聲。

而一直密切注視著花子好的皇帝也向前傾了傾身子，身邊的長歡更是眉頭一皺，看那樣子，似乎一有不對勁就要縱身飛過去相救似的。

隨著一曲如天籟般清揚優雅的簫聲響起，臺下幾乎所有人才發現自己先前的擔心和驚訝實在是多餘的。

那戲臺之中原本聚在一起的蓮葉高臺竟然就這樣散開了，隨著花子好一踏步，便自動有一株葉臺出現在她的腳下，一株株接連過來，好像變戲法似的匯成了一條碧葉小徑。

而花子好自始至終臉色不變，連看都沒有看一下，好像閒庭信步般，讓人幾乎要以為她是施了什麼仙術，讓原本定在她後面的一株株蓮葉都有了生命，會主動接住她每一個步子。

此情此景，有仙樂繞耳，有仙女降臨，沒有人記得擊掌喝彩，也沒有人記得這只是一齣精心設計過的戲曲；好像那含著柔軟微笑徐徐踱步而來的女子就是傳說中的長壽之仙「麻姑」，而非只是一個由戲伶扮演的角色罷了。

腳踩蓮葉，子妤儘量讓自己看起來優雅自得。

眼看離得臺前首座的皇帝御席越來越近，子妤不著痕跡地深吸了一下，一個縱身飛躍，手捧玉桃翩然而落，穩穩地從戲臺上站到了御席之中。

略微側身，身為「麻姑」的花子好並未跪地，只雙手送上了那顆由赤暖白玉雕成的壽桃獻給今日的壽星……

這一下，大家不再驚訝了，只用著幾分癡迷的目光緊緊追隨這花子好柔若扶柳的身影，哪怕一瞬也不願意挪開眼。

有了這一幕讓人驚訝難忘的景象，所有人好像都把另外九位仍在臺上的戲伶忘記了，腦海裡只深深地印下了剛才的每一個畫面，或許終此一生都不會遺忘！

章二百三十六　請求賜婚

寒冬臘月，連呼吸都帶著幾分寒氣白煙，人們恨不得將領口、衣袖都束得緊緊的，以免夜風沁入身體。

可此時此刻，在皇宮的御花園內，氣氛卻火熱得彷彿是一條流動的紅龍，迎著那盞盞輝煌的火燭，將每一個人的臉龐都照映得如霞如虹。

端立在皇帝的面前，花子妤纖細的身形被紅豔豔的燭火勾勒得越發清冷如素，面對著皇帝，未曾有一絲半點的卑怯之相，反而露出幾分難掩的高貴氣質，正好符合了《神仙傳》裡頭對長壽之仙麻姑的描述：「麻姑至，年十八、九許。於頂中作髻，餘髮垂至腰。其衣有文章，而非錦綺，光彩耀目，不可名狀……」

而最為難得的是，花子妤眼中的神韻，將這位長壽仙子「已見東海三為桑田」的神髓也體現得淋漓盡致，纖毫畢現。

「好好好！」皇帝抑制不住眼中的興奮神采，一連說了三個「好」字，一手接過子妤奉上的壽桃，朗聲朝著眾人道：「古有麻姑獻壽，今有子妤奉桃！依朕看，咱們的花子妤姑娘絲毫不輸麻姑氣勢啊！」

有了皇帝的親口讚賞，下頭附和之聲便絡繹不絕起來。

而遠遠立在戲臺之上的金盞兒表情有些淡淡的疏離冷落。就連她，也是在剛剛花子妤表演的時候才親眼所見了唐虞口中的機關。

之前，唐虞也曾透露一二，卻未曾說得那樣詳細，親眼所見之後，才知道這樣的奇妙心思，襯托出了花子妤婀娜如詩的舞步，也使得她們九人最後都只成了花子妤的襯托罷了。

金盞兒雖然心境平和，早知會有這個結果，但總覺得辛苦一場，有種為他人作嫁衣裳的感覺；不過金盞兒也無法不承認，換了她們九個人中的任何一個，肯定都無法像花子妤所表現的那樣完美無缺。所以，除了羨慕，心裡頭連一絲一毫的嫉妒都沒有。

其餘在後面排成一排的戲伶們，當然多多少少也有著同樣情緒，只不過這樣的情緒比金盞兒要顯得濃烈許多；雖然大家都端立不語，可那不言而喻的氣氛，即便是連離得有些遠的花子妤，也能感到背上射來了許多讓她不舒服的質疑目光。

可一個人的突出，總是需要無數人的襯托，這個道理花子妤早就懂得了。各憑本事，這個世界上沒有任何便宜可以占，就算有唐虞幫忙，若非自己有能力勝任，一切也只是虛空罷了。

所以即便是感受到了其他戲伶的情緒，子妤也昂著頭，靜靜地看著皇帝，等待他下最後的決定。

「快二十年了……」皇帝語氣有些感慨，手裡揚著酒盞。「自朕欽封花無鳶為『大青衣』之後，將近二十年不曾有一個戲伶能引得朕如此激動，想要將這玉冠戴於她的頭頂。」

說著，一手將酒盞傾斜，酒液順勢就灑在了地板上，好像是在祭奠已經逝去的花無鳶。

旁邊伺候的太監見狀，趕緊上前來，將空酒盞接過，並遞上另一個紅布托盤到皇帝的面前。

那托盤上靜靜地躺著一頂玉雕的花冠，上頭綴滿了蓮子大小的東珠，看起來華貴非常。

盯著那頂巴掌大的玉冠，子妤禁不住暗自感嘆，多少年來，戲伶們你爭我奪，不就是為了這個代表著「大青衣」榮譽的桂冠嗎？最終能夠戴上它的人，會不會覺得有些過於沈重了呢？

正當花子妤出神地盯著那頂玉冠之時，皇帝已經站起身來，走到花子妤的面前，高舉著代表「大青衣」的玉冠，輕輕戴在了她的頭上。「今日，朕要再次冊封一位本朝的『大青衣』，她就是——花子妤！」

沒有意料中的沈重感，反而是如釋重負的輕鬆感，子妤抬手扶著玉冠，略微側身，福禮敬謝了皇帝的賜封。

「等一等！」

正當大家準備擊掌恭賀時，卻聽得來自戲臺那邊一聲清脆的叫喊。「小女子不服！」

順著聲音的方向看去，眾人的眼神聚集之處，竟是一直站在戲伶中毫不起眼的唐箏開口說話。

皇帝略微皺眉，正要開口，卻被花子妤央求的眼神所絆住，只好勉強道：「妳是誰？為何竟敢質疑朕的決定？」

「小女子唐箏，只是花家班的一個普通戲伶。」唐箏臉色有些泛白，顯然此時心情異常激動。

只見她挪著步子來到前方金盞兒所立之處，朝著皇帝的方向一下子跪了下去。「皇上容稟，小女子覺得『大青衣』賜給花子妤，有所偏頗不實！」

「哪裡偏頗，何處不實？妳且說來聽聽。」皇帝耐著性子，語氣已經有了淡淡的不悅。

可沒想到唐箏竟顫抖著仍舊開了口：「歷來『大青衣』都是頒給正旦的戲伶。若論先前的獻演，花子妤的確堪為驚豔，但她從頭到尾卻連一句唱詞也沒有，根本就不算是一個真正的青衣旦。所以，小女子覺得，無論唱功還是扮相，無論經驗還是資質，本朝都只有金盞兒一人才堪配『大青衣』的桂冠！」

聽到這兒，皇帝看向了一直都一言不發的金盞兒。「妳覺得唐箏所言是否正確？」

金盞兒的表情有些無奈，她本已放棄了一切爭勝之心，因為輸給花子妤她是心服口服，可偏偏皇帝這樣一問，自己卻不能不遵循本心來回答：「從前朝開始，『大青衣』的確是一直頒給演青衣旦的戲伶，子妤雖然也是青衣旦，可今日演出並未開口也是事實。但『大青衣』的賜封全憑皇上的喜好，若皇上覺得誰能勝任，那便賜封予誰，作為戲伶，本無權利干涉的。」

被金盞兒一席話說得有些氣悶，皇帝哪裡聽不出來其中的玄機。「罷了，若是朕堅持，豈不是讓天下人都認為朕是在偏頗自己的喜好！不如就找一個可以有絕對發言權的人來品評……唐虞何在？」

唐虞聽見皇帝召喚，便踱步從後臺的位置出來，鞠身福禮道：「微臣在此。」

「唐虞，這齣戲是你一手安排。剛才唐箏所言，你覺得如何啊？到底花子妤這個『大青衣』的封號是不是實至名歸？」

皇帝眼底閃過一絲不明所以的神采，看得子妤心頭一凜，便知曉了他為何要召唐虞出來，對於這個「準女婿」，皇帝要親自測過才放心吧。可這個問題一拋出來，子妤就敏銳地嗅到了「陷阱」兩個字。

無論唐虞回答「是」還是「否」，對於皇帝而言都是錯誤的，因為他和自己的關係特殊，若他回答「是」，則未免有偏幫的嫌疑，顯得小性兒了；若是回答「否」，那就更加不對了，在一個父親眼裡，如果女婿連女兒都不幫的話，豈不更沒資格來娶自己的女兒？

想到這兒，子妤忍不住回頭向唐虞望去。

身著靛藍常服的唐虞立在金盞兒身邊，面如冠玉，身姿如松，一下子就讓人將視線都聚在了他的身上，絲毫不輸旁邊兩位盛裝打扮的戲伶。

見他神色如常，沒有絲毫的情緒波動，子妤不知為何一下子就放鬆了下來。

唐虞不是常人，他有著常人難以企及的冷靜和智慧，既然他能夠如此淡然以對，相信應該已經有了答案吧。

「回皇上，臣以為，『大青衣』以前固然是只賜封正旦青衣的，可天下戲伶又豈只有一個行當，除了青衣旦，花旦、武生、小生，甚至老生和丑角都不乏驚豔才絕之輩。而朝廷只冊封『大青衣』未免顯得有些不足。」

唐虞不疾不徐，一字一句，顯得相當鎮靜。「今日，花子妤以一場完美無缺的舞蹈獲得皇上青眼，就證明了世上並非只有青衣旦才能問鼎戲伶中的最高榮譽；只要有真本事，誰都能成為萬中選一的傾世名伶！言盡於此，還是由皇上親自定奪為好。」

眼看著時機成熟，還是花子妤開口打破了僵局。「皇上，可否聽小女子一言？」花子妤甫一開口，壽宴上的焦點頓時又匯集到了她身上。

立於皇帝身側，旁邊還有鳳冠霞帔、貴氣逼人的皇后與各宮妃嬪，花子妤一身銀裝素裹的長裙卻絲毫未顯簡陋，反而流露出一種風華正茂的美態來。

緩緩跪下，花子妤卻抬眼直視著這位自己的「生父」，用著清朗無比的聲音，一字一句地道：「僅從『大青衣』三個字來說，子妤的確不如金盞兒師姊那般實至名歸。機緣巧合，讓小女子能站在這個戲臺上為皇上獻演，為皇上的壽辰盡一分自己綿薄的微力，這一切已是圓滿。所以，懇請皇上將『大青衣』的封號賜予金盞兒師姊，子妤想要求得另一個恩典。」

皇帝神色深沈地看著跪在眼前卻挺直了腰背的花子妤，只覺得她一雙眸子晶亮得好像月落凡塵，纖塵不染，卻偏偏讓人覺得璀璨耀眼至極。

「妳說吧，只要不是太過分的要求，朕都答應妳。」

話雖如此，皇帝對子好的要求已了然於胸，無非是要求自己為她和唐虞賜婚罷了。而看唐虞剛才的表現，皇帝已經對這個「準女婿」有了七分的滿意，再加上之前對他三分的瞭解，可以說心裡早就完全同意了花子妤的這個要求。

臉色微紅，但子妤還是啟唇，大聲說出了自己的要求：「求皇上為子妤賜婚。人生在世，有事業可追求，但身為女子，終身幸福卻比一切更重要。藉這個機會，子妤求皇上賜婚，為子妤的人生劃上一個完美的句號！」

章二百三十七　心想事成

雖然本朝民風開放，男女大防並非老百姓們耳提面命的要緊之事，但像花子妤這樣，當著如此多朝廷百官、後宮妃嬪的面，向皇上主動請求賜婚，卻絕對是一件驚人之舉。

對於這個「民間遺珠」，皇帝心裡自是有所愧疚的，所以只要花子妤的要求不太過分，他都一定會答應。可主動要求賜婚，如此驚世駭俗之舉，在皇帝看來卻是有損自己女兒的閨譽，因而上前親手將花子妤扶了起來。「子妤，妳若想求得一段好姻緣，求得一個好夫君，其實不用求朕，因為朕早已有意為妳指婚！」

「多謝皇上。」看得出皇帝是真心想要幫自己，子妤也放下了有些忐忑的心情，任由皇帝牽著自己的手，來到了首座賓席的前端，面對著下首百官眾臣。

「朕收回賜予花子妤的『大青衣』玉冠。而基於補償，為其指婚！」皇帝用著略帶威儀的語氣朗聲說著，最後把眼神落在了戲臺中央的唐虞身上。「花子妤身為一等戲伶，才貌兼備，德藝雙馨。朕酌情考慮良久，賜其予太子親師唐虞為妻，擇吉日完婚！」

皇帝一言，自然重如九鼎。

眾人的反應都只覺得這對才子佳人堪為良配，紛紛朝著皇帝所立的位置下跪，高呼「萬歲爺聖明」！

沒有料到子妤會這麼大膽，竟在帝誕日上找到機會解決了這麼久以來兩人擔心的問題。唐虞一直以來沈靜如水的眼眸終於也漾起了波瀾。

直接來到戲臺前，唐虞也朝著皇帝的位置雙膝跪地，伏地磕頭謝恩。「臣謝皇上隆恩，臣以人頭擔保，今後會視子妤姑娘如珠如寶，生死共存！」

「很好！」皇帝對於這個「準女婿」是說不出的滿意，眼底也透露出濃濃的笑意轉頭看向花子妤。「怎麼樣，朕欽點妳為『大青衣』妳不要，那欽點這個夫君，妳可願意？」

「謝主隆恩，小女子自然是願意的。」盈盈一笑，子妤謝禮之後便起身來立在一邊，唇角揚起的愉悅弧度，是怎麼遮也遮掩不住的。

大大方方，毫不矯揉造作，花子妤這副姿態完全顛覆了大家對閨閣未嫁女子的嬌羞印象，也讓大家驚奇地發現，原來女子也是可以主動追求幸福婚姻的；不需要羞於開口，也不需要難以啟齒，竟是如此的水到渠成！

眼看皇帝已經為自己指婚，子妤抬手取下了頭上佩戴的玉冠。「這玉冠，還請皇上賜予應得之人。」說著，眼角餘光掃向了還在戲臺中央端立無言的金盞兒。

既然子妤有意讓出，皇帝也順勢而為成其好事。「既然如此，朕便欽點金盞兒為『大青衣』，過來接受賜封吧。」

帶著幾分複雜的眼神，金盞兒越過了花子妤來到皇帝前面跪下，雙手接過了玉冠自行佩戴。

見金盞兒接受了賜封，皇帝也不再多言，點點頭，大聲吩咐道：「貴妃聽旨，著內務府將金盞兒的『大青衣』之位登記造冊，今後按超品夫人的俸祿。另外，花子妤也一併享受同樣的待遇，視同『大青衣』！」

「臣妾遵旨。」諸葛敏華對於皇帝這樣的安排毫不意外，自然穩穩當當地接下了旨意。

如此一來，眾人更清楚明白了皇帝對花子妤的偏愛，對於這位未曾加冕「玉冠」的戲伶，心中的敬重甚至超過了頭戴玉冠的正牌「大青衣」金盞兒。

喧囂漸落，所有的一切悲歡離合也就此劃下了句號。

有了皇帝的賜婚，無論是花子妤還是唐虞，兩人心裡頭都好像一塊大石落了地，就只等內務府將賜婚的文書辦好，兩人便準備回到江南唐家舉行婚禮了。

成為未婚夫妻，很多事情也隨之明朗了起來。

以前戲班裡針對花子妤的種種猜測，答案已在各人心中了然於胸。從最初的新戲【木蘭從軍】到轟動一時的【十全十美】，戲伶們除了羨慕，對於皇帝賜婚的這一對璧人，連嫉妒的資格也喪失了，只能遠遠看著他們沈浸在即將到來的幸福。

帶著豐厚的賞銀回到戲班，花夷在門口親自迎接。

對於獲得「大青衣」封號的金盞兒，花夷都沒有那樣上心，只略表達了幾句關心祝賀，就召了花子妤到無華樓一敘。

喝著花夷珍藏的大紅袍，子妤臉上的表情有著說不出的輕鬆愜意。

用實力贏得了皇帝的肯定，被他屬意為「大青衣」，又藉著讓出的機會，將自己和唐虞的關係堂而皇之地公諸於世，即便是花夷一副「有話要說」的央求樣子，在子妤眼裡都覺得異常可愛。

「師父召弟子前來，可有何吩咐？」子妤放下杯盞，看著花夷只笑咪咪地望著自己又不說話，只好主動地開了口。

「子妤姑娘，您可是皇上看中的人，在下不敢再領受姑娘這一聲『師父』了。」花夷趕忙站起身來，白面上神情一抖，略微屈身，竟是恭敬至極。

子妤也順勢站起來，對花夷如此態度很是惶然，忙道：「師父如此，豈不是折殺弟子了，都說一日為師終生為父，雖然弟子與師父的緣分尚淺，可弟子心裡謹記著您對弟子的教導，半點不敢懈怠和遺忘。還請師父上座，莫損了弟子的福緣。」

「既然如此，那為師就忝受一回了！」花夷雖然有七分是真心，卻還是帶了三分的試探，眼見花子妤一如既往的看待自己這個半路「師父」，心底很有幾分歡喜。

「子妤，恭喜妳了。」花夷看著她這麼輕鬆的笑意，也不拐彎抹角，直接道：「有個不情之請，可否聽師父一言。」

「師父直說便是。」一面對花夷，子妤心裡還是有幾分感激的。至少他知道了自己和唐虞的事之後並沒有做什麼阻擾之舉，雖然他的出發點只是為了戲班，但另一方面卻保護了他倆暫時不受非議。

「皇上已經為妳和唐虞賜婚，這實在是花家班百年來頭一遭最最榮耀的事。師父我……想為你們在戲班舉行盛大的婚禮儀式，不知妳可願意？」

花夷一邊說，一邊用著無比慈祥的目光看著花子妤，盼著她能當即點頭答應。

「多謝師父厚愛。」子妤卻輕啜了一口濃香撲鼻的大紅袍，笑道：「可此事還是得與唐師父商量商量，弟子才能作決定的。不過，依他的性子，多半是不會答應的。」

「所以為師才來求妳。」花夷笑咪咪地上下悄然打量著花子妤，只見她不施粉黛卻臉色紅潤，粉唇染霞，眉若遠黛，目若星辰，雖然身材略顯纖細，但走動間卻顯得窈窕如柳，無比曼妙。

眼中的欣賞神色越發濃郁起來，花夷又接著道：「唐虞對妳有情，可不僅僅是這兩年的事，為師我看在眼裡，哪裡還有不明白的。所以……」身子往前傾了傾，花夷又道：「為師這才找妳說這事兒，由妳去和唐虞說，豈不就成了！」

「師父可否告訴弟子，在戲班舉行大婚儀式對我和唐師父來說有何好處呢？」子妤抬眼看著花夷，臉上笑容依舊，卻帶了幾分疏離和成熟。

「妳不問對戲班有何好處，卻只是問對你們有何好處，子妤啊，妳一如為師所料，是個聰明至極的女子啊！」花夷似有些感慨，笑起來眼角顯露出幾縷深刻的魚尾紋，彷彿帶了幾分疲憊。「就算沒有好處，難道花家班不是妳的家嗎？妳要出嫁，難道不應該從花家班嫁出去嗎？再說了，戲班是妳和唐虞相識相知的地方，若是在此舉行婚禮，應該是順理成章之事吧！」

「可我畢竟是外嫁，除非招贅，否則豈有在娘家舉行婚禮的說法呢？」子妤起身來，理了理略有些縐的裙襬，含笑福了福禮。「況且我和子紓二人都未曾與戲班簽訂賣身的死契，唐師父更是自由之身，隨時可以走人，班主也無權留我們二人。」看著花夷臉色有些僵硬，子妤又放軟了幾分語氣。「實話告訴您，弟子和唐師父已經商量好了，今年過年的時候就回江南唐門成親，之後還回不回來，要看情況再說。」

花夷大驚，臉上一副「肉痛」的樣子。「難道妳捨得這一切？好不容易掙來了一等戲伶的位置，成為京中頂尖的紅伶，若就此遠走，豈不可惜?!」

面對花夷的急切，子妤卻閒適如常，笑道：「以前我的確很在乎這些，認為『大青衣』就是我的一切，只為了這個虛名而生。可現在，我找到了比這些虛名更為重要的東西，自然，也就不覺得可惜了。」

說完，子妤只略微頷首算是告辭，便轉身不再理會猶在發愣的花夷，離開了無華樓。

第二百三十八章　留書離京

回到海棠院，子妤望著空蕩蕩的院子，腦子裡不時回想起青歌兒還在這裡養病的情形。

曾經花一般的女子，那麼美好的年華，那麼精緻的容貌，還有在青衣旦上那麼難得的造詣……只因為想要往上爬，想要成全自己的驕傲，就那樣誤入歧途，最後香消玉殞，無人送棺。到底是值得，還是不值得呢？

長長地舒了一口氣，空氣中掠過一道白煙轉瞬即逝，子妤不想感嘆所謂的物是人非，但想著自己在這個時空裡還不到十八歲的年紀，卻感覺比前世裡二十四年所經歷的事情還要多得多。

一抬步，腳下傳來「沙沙」的聲音，原來隔壁院子高高聳立起的梧桐樹已經禿了，隨風飄落許多枯葉，鋪在地上薄薄的一層，踩在上面感覺異常的踏實。

推開門，兩個多月未曾回來，家居擺設一應俱是乾乾淨淨，子妤含笑著點了點頭，知道多半是阿滿或者茗月每天都來幫她打掃。

正想著，就聽得門邊有動靜，一回頭，子妤就看到子紓笑呵呵地大跨步進來了。「姊，恭喜妳終於嫁出去了！」

「你難道不覺得意外？」子妤看著子紓笑得不像摻假，卻還是有些不信這小子會放棄撮合她和止卿的想法。

「因為止卿哥說他從來都把妳當成親妹子一樣看待，並無其他心思。」子紓撓了撓頭。「他早早就告訴我，如果將來有一天妳和唐師父在一起了，那是水到渠成再自然不過的事情。還說妳和唐師父在一起才會真正的幸福，讓我不要再亂說話，因為妳現在已經名花有主了。」

「止卿呢，在哪兒？」子妤側眼看了看後面，並沒有看到止卿的身影。

「止卿哥離開京城了。」子紓說著迎上來，從袖口掏出一封信遞給子妤。「他讓我帶給妳的，說是沒來得及告別，卻不能『不告而別』，特地留書一封權作離別感敘。」

一把扯過信封，子妤有些著急地打開來，想知道止卿為何會匆匆離開京城。七年的時間都過了，為何短短兩個月的時間卻不願意等自己回來再告別呢？

子妤，在妳看到這封書信的時候，我應該已經快要到達大漠深處了。

看到這開頭的第一句，子妤就心頭一顫，抬眼質問子紓：「他去了西北？你為什麼不找人帶信給我，我也能找機會出宮送他一程啊！」

「止卿哥說妳在宮裡頭排練新戲，還要和另外九位頂尖戲伶競爭，若告訴妳他要離開的消息，豈不讓妳分心？所以要我發了誓，等妳回來再告訴妳。」子紓自顧自來到海棠樹邊上坐下，身量極高的他一抬頭就頂到了上頭垂下的海棠花。

也不理會子紓了，子妤拿著信繼續讀了下去。

十一歲入戲班，其實我並不太熱衷於戲曲之道，不過是想躲開家族裡的紛亂，找個能讓自己沈澱安靜之處罷了。不過能在花家班遇見你們姊弟，也算是我人生當中最大的驚喜了。父母早亡，叔嬸不親，我一直以來都把妳和子紓當作親人一般看待。特別是妳，在妳身上，我總能找到亡姊的一些影子，讓我覺得特別溫暖。

看著看著，子妤的心情已經稍微平復了一些，不再像剛開始那樣埋怨止卿的「不告而別」和子紓的「有意隱瞞」了。

後來，唐師父做了我的親師，在他的身上，我找到了如師如父的感覺，讓我對花家班也更多了幾分眷戀；本該早早就離開，實現我雲遊山河的夙願，可我捨不下你們姊弟，也放不下唐師父對我的恩重如山。不過眼看著妳已經長大，子紓也能夠獨挑大梁了，唐師父更是入宮做了皇子師，甚至是太子師，將來有一天說不定就是帝師……我才徹底放下了曾經放不下的種種一切。並且用我這些年唱戲所得的例銀、賞錢贖了身。

原來，他早就想要離開……子妤看著信紙，有些怔怔地出神了一般。

那個總是出現在自家姊弟身邊，保護著自己的男子真的已經離開了嗎？

想到此，子妤又急急看了下去，想知道信上有沒有說他什麼時候會再回來！

其實我早就發覺了妳和唐師父之間情愫暗生、心意相通。說實話，妳和唐師父算是天作之合了，他嚴肅冷峻的外表下，總是有著一顆細膩包容的心，而妳表面堅強，其實內心卻異常軟弱。像青歌兒的事，妳都能夠容忍並原諒她，換作另一個人，都不可能如此；可這樣的妳，卻偏偏讓人很敬佩、很欣賞。但一般而言，軟弱的人會不時地受到傷害，如今有了唐師父保護妳，我相信，妳以後一定會非常幸福的。

最後，別掛念我。雖然我學的是小生，但有妳弟弟常在身邊，我也跟著學了不少拳腳功夫，在外闖蕩，自保是絕無問題的。倒是妳，若有機會就繼續堅持學刀馬旦吧，妳在青衣上的造詣，若融合了刀馬旦的功力，將來一定會開闢出一個嶄新天地的！

兄 止卿 拜別敬上

看完了這封信，子妤只覺得眼角有些濕濕的，卻並非被離別的悲傷所染，而是心底濃濃的感動讓她無法不流淚。

「姊，別哭了，止卿哥說，他在外面待得累了就會回來，讓我們別掛念他。」子紓見子妤落淚，想起從小一起長大的兄弟，心情也跟著低落。「他還說，如果我們經常念叨他，他在外面也會感受到，反而會不痛快。要我們每天都高高興興的，他同樣會感受到咱們的高興，心情也就跟著愉快了。」

子妤看到弟弟也傷心起來，便收住了無限的感慨，隨口開起玩笑來。「笨蛋，他又不是神仙，哪裡能苦咱們的痛苦，樂咱們的快樂？」

「止卿哥就像咱們的親哥哥，不是有血脈相連一說嗎？」子紓盯了盯子妤手中的信紙。「他除了告別，還說了些什麼沒有？」

子妤點頭，將信紙摺好放入懷中，一副小心翼翼極其寶貝的樣子。「他還說，讓我好好撮合你和茗月呢。」

子紓一時沒反應過來，好半晌才從凳子上蹦了起來。「他怎麼那樣說？我和茗月沒什麼啊！我就是給朝元師兄說過，有需要花旦的戲讓茗月試試罷了。」

「其他呢？」子妤側眼看著子紓臉色脹紅的樣子，有意逗他。「就沒有其他讓止卿誤會的了？」

「就是請她吃了幾回窯雞罷了。」子紓雖然說得理直氣壯，眼神卻有些躲閃。「還有……還有送她回家幾次而已，那都是因為晚上下戲太晚，她娘突然病了，我總不能讓一個大姑娘半夜三更獨自在街上走吧……」

抬手一揮，止住了子紓的「碎碎唸」。「你自己好好想想，這些事可是普通男女之間的交往！茗月心思單純，你對她這樣好，若無求娶的心思，豈不是害了人家一輩子？你若不喜歡人家，就不要對人家好，若是對人家好，就要負起責任來！」

子紓足足高出了子妤一個頭，此時聽了姊姊的訓斥，卻撓著腦袋，一副「我知道錯了」的樣子。

卻說金盞兒從皇帝壽宴回來後就閉門謝客，連花夷為她舉辦「大青衣」的加冕慶功宴都缺席了，只讓南婆婆帶來玉冠給師兄弟妹們開開眼界。

一開始，子妤以為金盞兒是覺得這「大青衣」的封號是自己讓給她的，所以不願正視。

可後來唐虞從宮中趕回來，才從他口裡知道，金盞兒病了。

她的肺咳之症拖了那麼久，早就該歇下來不唱的，可金盞兒為了「大青衣」，強忍這病痛和嗓子的不適入宮參加了【十全十美】的排演。雖然過程不那麼一帆風順，她還是得了夢寐以求的「大青衣」玉冠，所以一回到戲班，人就病垮了。

可是在花夷的封口令下，戲班幾乎無人知曉金盞兒的病情，只當她受封了「大青衣」，便身分不同，不再輕易出現在戲臺上了。

站在落園的門口，子妤看了看唐虞，發覺他神色有些落寞，帶著幾許難言的惆悵，便出言安慰道：「大師姊求仁得仁，如今就算不唱了，也算圓滿。」

側眼看了看子妤，唐虞覺得或許不該對金盞兒流露出這樣傷感的情緒，勉強一笑。「對不起，我並非是掛心金盞兒，只覺得她這一生就如此謝幕了，實在有些感慨。」

看到唐虞對金盞兒的傷懷，子妤沒法嫉妒，只覺得唐虞會有這樣的感觸也是人之常情，畢竟當年他和金盞兒一同出道，對於金盞兒一路走來很是瞭解，自然會有些感同身受。

唐虞躊躇半晌，最終還是開了口：「其實妳不該把『大青衣』的封號讓給她的。像她那樣的女子，心氣是極驕傲的，施捨來的東西，她或許並不太願意接受。」

蹙了蹙眉，子妤張口想說什麼，最終還是忍了下來。「走吧，眼看天要黑了，去探望了大師姊還要去班主那裡呢。」一說完，子妤便提步上前準備叩門。

或許是察覺出了子妤的不高興，唐虞伸手在她叩門之前拉住了她。「對不起，我不該那樣說的。」

回過頭，子好只勉強道：「我知道你只是關心大師姊罷了，我不會計較你所說的話。不過……你並不是大師姊，你怎麼知道她不願意接受？無論是出於我的好意，還是出於本身的實力，她都絕對是『大青衣』的不二人選；難道僅僅因為皇上先屬意與我，她就要嘔氣而拒絕？如果真是這樣的話，那她的心胸就太狹隘了，根本不配戴上『大青衣』的玉冠！」

說完，子好再次轉身，將院門叩得「砰砰」直響，明顯帶了幾分力氣。

有些出神地看著子好的背影，唐虞自嘲地揚起了嘴角的弧度，來到子好身後再次伸出手將她攬住，扳過她的身子來面對著自己。「子好，妳生氣了？妳可知道我為何在意這件事？」

「我不想知道。」側過頭不想看他，子好還半噘著嘴，一副發了小脾氣的模樣。

「就算妳不想知道我也要說。」唐虞的眼底卻漾出了一絲笑意。「因為我擔心妳。金盞兒在戲班的地位之重，妳根本無法想像，有了她這塊金字招牌，花家班就不會輕易被另外兩家戲班給超越，所以花夷將她看得比什麼都重。如今妳讓了『大青衣』的封號給她，若她心中不樂意，花夷會怎麼對待妳？我在皇子所又鞭長莫及，所以才會這樣擔心。」

聽了唐虞的話，子好心裡頭好過了許多，緩緩抬眼，看得出唐虞眼中的真誠和為自己擔心的焦慮，感覺有股說不出的感動從胸口湧了出來，只點點頭。「我也明白你的擔心。前些日子班主央求我和你在花家班舉行婚禮，可我拒絕了。看得出，他有些不太高興……」

「妳拒絕是對的。」唐虞表情有幾分嚴肅，也放開了子妤，盯著她的眼。「花夷的所有打算都是為了戲班。妳還不到十八歲，正是戲伶最黃金的年紀，他會要求妳我在戲班辦婚禮，為的就是拴住妳，至少讓世人都知道花家班除了金盞兒，還有個被皇帝親自指婚的一等戲伶。」

子妤這才有些明白了，只堅定地搖搖頭。「可我想的是能夠回江南與你完婚……之後或許在外遊歷一、兩年，再看情形回到戲班，唱戲也好、收個弟子來教教也好，總之，現在並沒有任何其他的打算。」

「妳所想的，也正是我所想的。」唐虞頷首，表示明白子妤的心意。「可花夷卻不願意就此放手，一下損失了兩個當紅的名伶，夠他焦頭爛額好一陣子了。」

「不是還有唐箏嗎？」子妤想了想，笑起來。「她也參演了壽宴，你從旁提點一下班主，讓他今後捧她不就成了。」

「狡猾鬼！」唐虞伸手刮了刮子妤的鼻尖。「不過這倒是個好辦法，至少可以讓他不那麼焦慮。」

「喲，你們兩口子說完沒有，打情罵俏的沒個完，連我這個老婆子都覺得臉紅了！」

隨著「吱嘎」一聲門響，南婆婆面帶著慈祥的笑意站在了院內。「快些進來吧，這天就要黑了，冷風沁人得很。正好簦兒剛用了晚膳，正在書房休息。」

有些尷尬地放開手，唐虞正了正臉色，當作什麼事也沒發生就直接踱步而進。偏偏南婆婆是看著子好長大的，讓子好有種親近的感覺，臉紅紅的，只將頭埋低了，加快腳步就跟了唐虞一起進屋。

看著這一對的背影，南婆婆甩頭笑笑，腦中卻浮現出了金盞兒獨自一人倚在書房看書的樣子，只覺得心疼到不行。

微黃的燈燭將金盞兒的面色襯托得越發清冷如玉，若非那幾近透明的唇色出賣了她此時的病況，任何人看到她，都不會覺得她是一個病入膏肓的人。

可偏偏唐虞和子好都知情，此時對望一眼，都從彼此的眼底看到一絲感慨和不忍。

「你們來了，快坐。」金盞兒說著，從頭上取下銀釵，挑了挑燈芯使得屋裡看起來更亮些。「你們也不是外人，都知道我的病況，我就不下來了，免得受了地下的寒氣。」

「大師姊，我幫妳倒杯茶吧。」子好主動走到屋中的茶桌邊，摸一摸茶壺卻已經微涼了，便道：「我去找南婆婆要些熱水吧。」說完，看了一眼唐虞，便轉身提了水壺離開屋子。

唐虞本想阻止，可他似乎讀懂了子好離開時的那個眼神，知道她不過是想讓金盞兒能夠有機會私下對自己說些心裡話罷了。

「子好真是個善解人意的好姑娘，難怪你會喜歡她。」金盞兒有些感慨。「其實我已經看開了。各人的命都已經注定好了，咱們能做的不過是按照命運去活罷了。你和子好在一起，我看在眼裡只有喜歡，並無半點嫉妒，可其他人總是會覺得我在意，會用這悲憫的目光看著我，這才是讓我覺得更加難受的。」

「妳不要多想，好好養病。」唐虞看著她有些無力的笑容，心中除了同情沒有其餘半點感覺，所以說出來寬慰的話也顯得有些軟弱無力。

「我知道你這些年來對我不過是盡一個醫者照顧病人的義務罷了。」金盞兒水眸微閃地看著唐虞，笑容越發地流露出來幾分淒迷。「我也未曾幻想過任何結局。能夠得到『大青衣』的封號，我是感謝子妤的。你轉告她吧，讓她不要有任何的心理負擔，認為是她讓給我的，會有損我的驕傲。」

「妳果真這樣想？」唐虞有些意外，苦笑了一下。「看來子妤是足夠瞭解妳的。連我也有所不及。」

「答應我，好好待子妤。你能找到一個可以攜手到老的女子不容易，別負了她。」金盞兒的笑容終於暖了起來。

章二百三十九　不情之請

到了臘月下旬，眼看就要過年了，京中雖然天氣越發的寒冷難耐，但人人臉上都堆滿了喜樂融融的笑意，因為每到這個時候，在外遠遊的舊友親朋都會紛紛歸家，是個團聚的時節。

看著窗外堆著厚厚的雪層，子妤朝著雙手哈了哈氣，這才又繼續收拾起細軟來。

自從拒絕了花夷在戲班舉行婚禮的提議，唐虞就開始著手安排兩人南下的事宜；一方面要為子妤離開花家班和花夷好生周旋，一方面自己也要向皇子所告假。

也不知即將前往的江南會有什麼樣的境況在等待著自己，子妤低頭，看著自己曾經穿過的三件戲服，眼裡有些迷茫和不捨。

迷茫的是對自己的未來有些捉摸不定，不捨的是難以捨棄這裡的親人朋友，還有靠自己努力而在京城闖出來的名聲。

可是這些和唐虞相廝相守比起來，都顯得不重要了。

人活一世，若能找到一個可以攜手到老的伴侶，應該就算完成了這一生最大的目標了吧。剩下的，只是用有限的時間來享受人生而已。

想到此，子妤唇角勾起，臉上露出一抹會心的微笑，腦子裡突然出現了一首熟悉的詩詞，不由啟唇，邊唱邊收拾起東西來。「洞房昨夜停紅燭，待曉堂前拜舅姑。妝罷低聲問夫婿，畫眉深淺入時無？」

唱著，臉上幸福洋溢的笑容是怎麼也收不住了，子妤眉眼彎彎，星眸如月，活脫脫一個待嫁小娘子的樣兒！

「喲！還沒嫁人呢，就已經唱起洞房花燭了！嘖嘖嘖，我們家那個青澀的丫頭什麼時候變這樣大膽的小娘子了？」

說話間，子妤原本虛掩的屋門被應聲推開，一襲紫貂裘服、妝容精緻的塞雁兒俏立在院中，手裡揣著個琺瑯鑲金手爐，任憑身後紛紛飄散的雪花將她襯托得好似雪中仙子，美豔不可方物。

「子妤，沒打擾妳吧。」幫塞雁兒開門的是茗月，一張圓圓的小臉凍得有些通紅，身上雖然是半舊的棉襖，但用料講究，繡工精緻，顏色也新鮮豔麗，一看就是先前塞雁兒賞給她的。

知道塞雁兒對待伺候她的師妹雖然面上嚴厲，可吃穿用度從來都極好，子妤心裡頭也對茗月放心了幾分，趕緊拉了她進屋，又朝著塞雁兒福了福禮。「四師姊可別凍著了，師妹這裡有熱茶和火爐，進來暖暖身子吧。」

露出皓齒，塞雁兒卻緩步而行。「這下雪天別人要躲著，我卻喜歡得緊，看漫天飛雪，總覺得有種詩意蘊含在裡面。」

「四師姊是個雅人，子好等自愧不如。」說著，子好卻還是順手拿起門邊的一柄油紙傘，不顧身上只著了薄棉中衣，親自出門來到院中迎接塞雁兒。

看著塞雁兒梳了富麗高貴的婦人頭，子好恭敬地道：「師妹不在戲班的時候，聽說四師姊已經嫁了人，只可惜未能送您，心裡頭正惱著呢。卻沒想到四師姊竟會回來戲班走動，著實讓師妹驚喜萬分。」

「妳這張嘴兒還是那麼甜，說的話還是那麼讓人舒心。」塞雁兒伸出塗了鮮豔蔻丹的手輕輕拍了拍子好。「那四師姊這次回來，妳可有準備好的賀禮送上？」

側眼瞧著自己從小看大的花子好，塞雁兒眼中閃過一抹溫情。

要說只是利用她會小詞、小曲兒，那不過是浮於表面的理由罷了。那些年，子好在沁園把自己伺候得極好，既懂規矩，又細心體貼。六年過去了，當初眼神清澈的小姑娘已經長大成人，雖然只是一身洗得有些發白的素色雲紋中衣，頭上也只是隨意綰了個髻兒，可渾身上下都透出一股子女人的嫵媚和清麗；只是眼神裡仍舊不帶一絲雜塵，乾淨得好像那天山上的一汪湖水，讓人看在眼裡，心也跟著舒坦起來。

被塞雁兒這麼一說，子好一時語塞，只好笑著將她親暱地挽住。「四師姊就別打趣師妹了，師妹答應師姊，要怎麼補償都行，可好？」

「這可是妳說的。」塞雁兒一副計謀得逞的樣子，笑得很是風情萬種。「還有幾天是我夫君的壽辰，想請了妳過去唱一場，如何？」

臉上表情不變，子妤替塞雁兒推開屋門迎了她進屋，讓茗月關上門，這才親自替她斟了杯茶奉上。「師姊可折殺子妤了，您派人送個帖子過來，我自然會準時到場，又何須大雪天親自跑一趟呢。」

「好好好！」看到花子妤這麼俐落地就答應了，絲毫不推辭忸怩，塞雁兒很開心地笑了笑。「還不是聽說妳已經閉門謝客小半個月了。而且還要準備南下和唐虞成婚，若師姊我不親自來，怕請不到妳這個炙手可熱、聲勢絕倫的當紅名伶呢！」

「四師姊當紅那會兒，師妹還是個什麼都不懂的小屁孩兒呢，哪裡敢拿喬？」子妤被塞雁兒的直接和爽朗感染，也開起了玩笑。「如今四師姊一句話，子妤自會全力以赴的。子妤可不會忘記那些年在沁園，所受四師姊的恩典。」

「要說恩典，我可不敢當。」塞雁兒將紫貂外裘卸下，這才接過了子妤遞上的熱茶，抿了一口，紅唇勾起，眼梢露笑。「妳有今日的成就，全靠自己努力得來。師姊我雖然臉皮厚，可卻不敢居功呢。」

「哪裡是！」子妤卻乖巧地接了話。「師姊待我親如姊妹，吃穿用度哪一樣不是費了心的呢？而且，若沒有師姊的提拔，子妤能不能學戲還是難說之事，更別提現今的成就了。」

茗月在一旁看著塞雁兒和花子妤妳一言我一語沒個完，也大著膽子插了嘴：「好了好了，四師姊、子妤，妳們若是再這樣客套下去，我耳朵就要聽出繭來了呢。」

「小妮子，妳什麼時候也活潑起來了？」塞雁兒媚眼一勾，上下打量著同樣許久不見的茗月，發現她滿月似的臉龐上洋溢著以前從未有過的自信和淡淡的幸福。

子好自然知道茗月性情轉變的緣由，打趣兒道：「這些日子和我那個弟弟走得近了，看來，等我從江南成親回來，就要多個弟媳婦兒了呢！」

臉紅得像熟透的水蜜桃，茗月卻忍耐著沒有扭頭就跑，只嬌嗔著舉起粉拳作勢要追打子好。「好妳個子好，自己要嫁人了就口沒遮攔地調笑別人！看妳得意！」

雙手將茗月攬住，子好撒嬌似的賣乖道：「好茗月，好茗月，最多我讓弟弟以後不敢欺負妳，可好？別生氣了啊，生氣就不美了！」

「子紓那小子愣是愣了點兒，可長得倒是不錯，性子也純良。」塞雁兒卻極為認真地點了點頭。「茗月若是跟了他，算是個好歸宿。」

子好和茗月調笑完親事，心底不免帶著幾分疑惑地看向了塞雁兒，發覺她只是笑盈盈地喝著茶看自己和茗月打鬧，似乎並未流露出一丁半點兒對自己和唐虞訂親的不悅，讓子好心下安穩了幾分。

「不過妳倒是有些自討苦吃。」子好剛剛定下心，卻聽得塞雁兒語氣一轉。「那唐虞是個什麼性子，我可是清楚明白，冷漠如冰不說，還一點兒情趣也沒有。子好啊，妳以後跟了他，除了能時不時有新戲可以唱之外，恐怕無趣得很呢。」

聽了塞雁兒一番「言外之意」，子好笑了笑。「皇上賜婚，子好哪敢說個『不』字。不過唐師父雖然嚴厲，私下卻不乏有趣之處，只是旁人不容易體會罷了。子好能夠嫁予他為妻，心中甚為感激，自不會埋怨什麼的。」

「有趣之處？」悶哼了一聲，看來塞雁兒對唐虞的偏見還是未能消除，只用著幾分探究的眼神看著神態自若的花子妤。「皇上可不是亂點鴛鴦譜的人。不過既然是御賜指婚，妳和唐虞之前的師徒關係應該就無人會提及了吧。」

「此事已有定論，當初不過是班主讓唐師父暫時帶我一下，也未正式行過拜師禮，所以算不得是師徒關係。」子妤從容應對，笑意優雅，絲毫看不出不悅之處。

「那就好。」塞雁兒點點頭，雖然看不出花子妤的情緒波動，但卻也敏感地察覺出她笑容裡頭的一絲不悅，便也不再追問下去了，轉而道：「我夫君的生辰就在臘月二十八，雖然日子有些湊巧，可希望妳能提前一天來府裡。」

「沒關係，二十七那天我在戲班祭過祖就過來。」子妤琢磨了一下，自己和唐虞要吃過團圓飯之後才啟程回江南，時間上應該來得及。

「那到時候我就派了司徒府的輦車過來接妳。」塞雁兒滿意地點點頭，對子妤也是越看越喜歡了。

不知為何，子妤在聽到司徒府幾個字的時候，腦子裡閃過了唐虞那個同窗王修的身影，好像他就是和什麼王司徒之間略有親戚關係，還曾想說服自己嫁給王司徒的「病兒子」！

臉色微變，看著塞雁兒一副春風滿面的樣子，子妤蹙了蹙眉，若塞雁兒嫁的正是那個王司徒的兒子，應該不會有如此興致來為他辦壽宴吧？想到此，遂拋開了腦子裡的猜想。

章二百四十 此彼司徒

帶上樂師和化妝師父，還有茗月在跟前幫忙，花子好登上了塞雁兒派來的輦車，準備前往司徒府。

環顧這輦車，鋪的是猩紅羔羊絨毯子，靠墊也俱是蜀錦絲繡為面的，看來塞雁兒所嫁之人也並非升斗小民，應該是個大富大貴之家。

想到此，子好看到身邊的茗月正微掀了簾子往外看街景，便伸手拍了拍她。「妳可知四師姊所嫁何人？是不是當初傳言的那個一品大官？」

茗月放下簾子，回過頭來想了想。「妳這一問，我倒是真不曉得呢。我只曉得四師姊還未到退下的年紀就出嫁，班主好像有些不滿意，因為有一次夜裡班主竟親自前來，和四師姊秉燭夜談，最後卻冷著臉不歡而散。後來四師姊還是按照她計劃的時間出嫁了，班主就下了封口令，讓戲班上下不得議論。」

「原來如此。」子好點點頭，想著塞雁兒的性子，或許耐不住戲班的寂寞，讓那一品官員給花夷施壓了吧。不然，以花夷精於計算的性子，又怎麼會白白放棄塞雁兒還有足兩年的時間呢？

「怎麼了，妳關心這個做什麼？」茗月看著子好垂目沈思，有些不解。「妳不會不願意嫁給唐師父，反而羨慕四師姊能有個豪門歸宿吧？」

抬眼，子妤搖搖頭。「我可一點兒也不羨慕，只是關心四師姊罷了。」

「昨兒個妳不是看到了嗎？」茗月卻不放在心上。「四師姊面色紅潤，身量也豐腴了不少，通身的貴氣，怎麼看都知道日子過得心滿意足，妳就放心吧。」

子妤可不是擔心塞雁兒，只是有些不好的預感罷了，卻不方便與茗月細說，笑笑便岔開了話題。「阿滿姊怎樣了，還吐得厲害嗎？」

「虧得妳去司教坊的這兩個月裡阿滿姊懷孕了，不然，還得被四師姊帶去司徒府上呢。」茗月小聲地嘀咕了兩句，這才回答子妤：「大夫說了，再過一陣子就會好些。她現在胃口極差，我看了都不忍心呢，便借用了海棠院的小灶房時常煲湯和做小點心送過去，不然她一定會臉色更差。」

子妤有些感慨，腦中浮現起阿滿既幸福又害喜嚴重的臉色。

兩人唏噓感嘆了一陣，兩炷香後輦車終於停下了。

車簾子一掀開，映入眼簾的就是兩扇偌大的黑漆門，上頭掛了個匾額，書有「司徒府」三個蒼勁有力的大字，兩邊的青磚圍牆足有三丈高，左右綿延開來，幾乎看不到盡頭，頗具豪門深宅的派頭。

抬眼望著緊閉的大門，子妤蹙了蹙眉。

一般戲班子入府都是走側門，不入正堂，可花子妤身為一等戲伶，身分地位自然同普通戲伶有所不同。而這司徒府竟然大門緊閉，擺明了讓子好走側門。

「子好姑娘，您稍等，在下先去叫門。」

但凡一等戲伶出堂會，戲班都會派一個二等的管事跟著，一來方便和賓客府裡打交道，二來也負責收取數額不菲的例銀，順帶幫著戲伶打理一應事宜。而這次跟著花子好來的正是一位姓陳的管事，不過二十一、二歲的年紀，看起來斯文清秀，卻極精明。他瞧著司徒府大門緊閉，立即上前敲響了銅門扣。

不一會兒，厚重的大門旁邊一扇小門被拉開了些許，從裡面探出一個頭。「誰？」

「在下花家班管事，本班花子好姑娘前來出堂會，請開正門迎客。」陳管事挺直了腰身，在提及「花子好」的時候，細長的眼中有著不經意流露出來的驕傲。

「原來是花子好姑娘駕到，稍等，稍等！」

這門房倒是個識貨的，一聽是名冠京城的「花子好」，忙將小門一關，趕緊跑去使勁兒拉開大門。

「吱嘎」一聲響，在寂靜的街道上迴響著，頗有些深幽閉鎖的意味。

「姑娘安好，少奶奶說了，要是姑娘到了，趕緊請到正廳奉茶休息。」門房低著身子，臉上表情恭敬無比，眼中又透出幾分對花子好的探究和興趣，卻掩飾得恰到好處，絲毫不會讓被打量的人感覺不舒服。

子好點點頭，身邊的陳管事就順勢塞了些碎銀子給他當作賞賜。

門房高高興興地收下了，腰也彎得更低了，伸手迎了一行人等進入司徒府中。

端坐在正廳的雕花紫檀扶手闊椅上，子妤接過丫鬟奉上的茶。

白瓷細胎染百蝶圖案的杯盞，子妤托在手中便知價值不菲，再看堂中俱是有些歷史的家具擺件，子妤便愈加確定這司徒府定然有些來頭了。

奉茶的丫鬟見子妤只小口抿著茶，趕緊上前福了福。「姑娘可是不喜歡這雨前龍井？要不奴婢給您沏杯御賜的大紅袍？」

「御賜？」子妤一抬眼，看著眼前的丫鬟，十五、六歲的年紀，生得極為乾淨整齊，梳著丫鬟的雙髻，卻一邊佩戴了一支六瓣桃花綴碧玉的釵子，一身丫鬟常服雖然看起來平常無奇，卻是上好的織錦緞子所裁……這渾身的氣派、不俗的談吐素質，又豈是尋常富貴人家的下人！

不動聲色地放下了杯盞，子妤臉上帶著幾分柔和的笑容。「敢問這位妹妹，此處可是王司徒大人的府上？」

「姑娘說得是，當朝一品大員王司徒大人正是這宅院的主人，也是奴婢等的主子。」丫鬟一提到「王司徒」三個字就屈膝福一下禮，面色恭敬中帶著幾分固有的矜持。

手中捏著白瓷杯盞，子妤輕輕地轉動著，腦子裡也跟著轉了起來。

聽唐虞說，王修入京乃是為了科舉，距離當初他來找自己已經過去大半年了，想想，不論科舉結果如何，他還留在司徒府上的可能應該不會太大。

當初因為自己拒絕嫁過來，他們才會把主意打到塞雁兒的身上吧……

子妤也不知道塞雁兒在其中扮演了什麼樣的角色，若她知曉此事那還好，若她不知曉，自己這樣前來，萬一有流言傳出來，豈不讓塞雁兒失了面子？

左右躊躇一番，不知不覺杯中茶液已經微涼，花子妤抬起頭來看了看身邊垂首端立的丫鬟，問道：「不知你們少奶奶可是有什麼要緊的事兒？」

正小心翼翼地守在花子妤身邊，趁著她沈思的空檔偶爾打量一、兩眼，這丫鬟只覺得傳聞中頗為驚豔的當代名伶，看起來不過是個普通的女子罷了，雖然有著清秀而精緻的眉眼，可卻和她平日裡接觸的那些所謂名伶有些不一樣。

她眼神裡只有清澈柔和的微光，沒有一絲的浮躁和閃爍，笑起來沈穩淡然猶如一株搖曳開放的蓮花，玉潔無瑕，不染半分塵埃；再看她的穿著打扮，俐落簡潔，大方優雅，不像是名伶，倒像是一個高門權貴之家嬌養的千金小姐……

被花子妤的話喚回了神思，這丫鬟趕緊福了福禮。「回姑娘，少奶奶要先伺候少爺用早飯，然後才能抽出空過來見姑娘。如果姑娘坐在這兒無趣了，不如奴婢陪您一起去看看明兒個壽辰獻演的戲臺子？」

其實子妤是想先安頓下來，好好梳洗休息一下，畢竟身上穿著出門見客的正式衣裳有些不舒服。可她多少也知道這些高門大戶的規矩，主人沒下令，下人是不能隨便收留外客的，即便是早就交代了要住下來的客人，也必須得由主人接見後再作安排。

看著一眾樂師、化妝師父都坐在那兒百無聊賴，子妤蹙了蹙眉，一旁陪坐的陳管事也看出來了子妤有些不耐，便開口問那丫鬟：「不知大約要到什麼時候，若是一盞茶的工夫，我們還是就在此等著比較好，因為東西也多，搬來搬去怕給府上添麻煩。」

看得出來花子妤有些淡淡的不悅，這丫鬟謹記塞雁兒吩咐的要好生招呼客人，於是也有些急了，便道：「不如這樣，奴婢去少爺的韶華院看看情況，若少奶奶差不多收拾好了，就趕緊過來通知一聲姑娘。這會兒勞煩姑娘再喝杯茶等等。」

說著，丫鬟向後面守著門口的兩個婆子招了招手，示意她們殷勤些奉茶，再拿些糕點過來給後面的戲班師父們用，這才屈身退下了。

「子妤姑娘，您也別不耐。聽剛剛那丫鬟的說法，這可是王司徒的宅邸府上，王司徒在朝中地位極高，咱們等等也是應該的。」

陳管事主動替子妤斟了茶，又挾了一塊芙蓉軟糕在她的碟子裡。「再說，是塞雁兒牽的線，咱們也不要計較太多，您說呢？」

柔柔一笑，子妤不置可否地品嚐了糕點，只覺得這陳管事有些太過現實和沒有原則，先前他還因為這司徒府沒有給自己開正門而惱怒，如今知道了此司徒府乃是朝中一品大員的府邸，態度立馬就變得如此卑恭了，真是……

不過子妤自然不會和他多作計較，便沈下了心思，仔細思考著先前還未能想到應對之策的問題。

「咦，子妤姑娘！」

正喝了口熱茶，子妤卻聽得門邊傳來一聲驚疑的喊聲，抬眼一看，果然是「熟人」。

看著一身管家服飾的王修，雖然還是一如既往的玉樹臨風，但卻沒有了那種屬於讀書人的意氣風發。

「今兒個聽人說花家班來了戲伶，卻沒想到竟是子妤姑娘。」王修不請自進，臉上堆著無比和煦的笑意。若非子妤知道他曾經動過自己的主意，還真會以為這是個極好相處的人呢。

起身來略微頷首算是打過招呼，子妤便給身邊的陳管事示了個意，讓他去應付此人。

身為一等戲伶，花子妤的地位不同，至少朝中官員見了也要以禮相待，尊稱一聲「子妤姑娘」。所以王修以一身下人服飾出現的時候，子妤當然可以不用理會，只讓陳管事來和他應酬便可。

陳管事是個機敏的，趕忙上前半攔住王修直直打量過來的眼神，和顏悅色地道：「這位管家，請問怎麼稱呼？」

王修大概沒料到花子妤會無視於自己，一時愣住了，半晌才反應過來自己是今時不同往日了。如今人家可是皇上都極為欣賞的一等一戲伶，也是謝絕了「大青衣」封號的當世名伶，自然不會降低身分與一個管事下人應酬了。

想到此，王修眼底閃過一絲陰鷙，這才和陳管事拱手道：「小人以前和子好姑娘有過相交，此番相見，著實有些激動而忘形了。還請姑娘多包涵、多包涵！」

花子好看著他，覺得若要安安心心地在這司徒府上完成獻演的任務，從他嘴裡套套話也是有必要的，便讓陳管事退下，親自開口詢問道：「王管事，您現在在司徒府上司職為何？」

「小人司職外務，具體也沒有個說法。」王修這才將規矩擺在了面上，垂首回答：「不過姑娘若是有任何疑問都可以找小人，小人定會知無不言、言無不盡。」

說著，王修還抬眼對著子好眨了眨，其中蘊含之意，讓子好一下就明白了。

既然是面對著聰明人，子好也不說繞彎的話，直接起身來到正廳一側的屏風前。「還請王管事替我介紹介紹這屏風出自哪位大家之手，如此瑰麗壯闊，讓人一見就挪不開眼。」

王修順勢跟上，在子好身後半步的地方停下，鞠身道：「姑娘可真是只想問這屏風出處？」

子好側眼瞧著他，再望向那邊的眾人，知道離得遠了他們都聽不清楚兩人的對話，便放心道：「王公子可不是個糊塗的，既然跟來了，自然知道我想要問什麼。」

聽見「王公子」三個字，王修不覺抬了抬半屈的身子，眉眼間好像也亮了不少。「子好姑娘，在下有筆交易，不知您想做還是不想做？」

子好眉梢一抬。「什麼交易？」

王修見子妤問，當即就開口道：「前些日子我讓人帶信給子沐兄，他卻一直未曾回信，沒想到能見著姑娘，所以，想通過姑娘給子沐兄轉達一些話。」

子妤點頭，眼看著屏風裝作仔細欣賞。「你們是昔日同窗，自然使得。」

王修也識相地抬手來指了指屏風各處，似是在為花子妤作介紹。「姑娘真是個體貼的，難怪子沐兄身為您的師父，都寧願捨了人倫禮教，也要迎娶妳這個嬌人兒。」

只覺得背後一陣涼風吹過，子妤極不舒服地蹙了蹙眉，語氣一冷。「王公子，以您的聰明才智，應該不會只想抓住機會說這些話吧。」

見子妤並未拒絕，只是態度轉變而已，王修也不客氣了，冷笑一聲。「子妤姑娘，妳和子沐兄暗中通姦可不是三兩個月內的事情了吧。在下知道外面的人都以為妳是花夷親徒，只當子沐兄以前是整個戲班的師父。可在下記得清楚明白，當時他為我介紹妳的時候，可是說妳是他的『親徒』！何謂『親徒』？那是亦師亦父的關係！一日為師終生為父，這個道理連三歲的小孩兒都懂，更何況是身為皇子師的唐虞呢！」

聽到「皇子師」三個字，子妤才發覺自己所猜想的果然正確。

這王修當初為了巴結王司徒，竟然會把主意打到自己身上來，根本不顧和唐虞的同窗之情。如今他看來極不得志，為了留在京城，還願意貶低身價做司徒府的管事，可見此人是那種為達目的絕不甘休的性子。

剛才他看到自己的興奮表情，還有回神過來的恭敬殷勤，都不過是為了一個目的，那就是讓自己和唐虞以為他握住了兩人的把柄，而可以利用一下罷了。

可自己是什麼人！

且不說這婚乃是皇帝親指，他一張嘴說得天花亂墜也難以改變什麼；就算沒有皇帝和自己的這層關係，他想要威脅自己、利用唐虞，也根本就是不可能的。

對待這種不入流的人，子妤自然也懶得與其周旋了，只淡淡地轉過身，揚起如常的微笑。「真沒想到，這竟是前朝的古物。看來司徒大人涉獵極廣，也是個雅人，等會兒可要讓你們少奶奶代為引薦，親自拜訪才好……」

花子妤這樣無視於他，王修臉色一變，只半埋著頭跟著轉過身來，死死地盯著她隨腳步飄然而動的裙角，眼神像是一把利刃，陰冷而可怖。

章二百四十一　司徒少卿

「子妤，妳來啦！」

一聲嬌俏軟糯的問候將正廳中略微安靜的氣氛給打破了，一身明亮大紅錦服鑲白狐裘邊兒衣裳的塞雁兒匆匆而來，白皙的肌膚、殷紅的粉唇，渾身上下都透著一股神采飛揚。

「見過少奶奶。」子妤起身來，對著塞雁兒福了福禮，在司徒府上不方便稱呼她為四師姊，只按照她的身分叫聲少奶奶。

「別介意，還是叫我一聲師姊就行了。」塞雁兒不掩其爽朗個性，也毫不顧忌過去的戲伶身分，大大方方地上前挽住了花子妤。「少奶奶少奶奶的，那是給外人聽的，子妤，妳可是師姊看著長大的，像是一家人，何必拘泥於這些俗禮。」

子妤咧嘴一笑，露出一口白玉般的皓齒，點點頭。「師姊既然這樣說了，子妤自然恭敬不如從命！」

「走走走，耽誤了你們休息，趕緊去看看師姊為妳安排的院子。」塞雁兒又回頭朝著一眾跟隨在後的樂師和戲班師父們打了招呼，便風風火火的拉著子妤出了正廳。

一路走來，這司徒府中臘梅飄香，紅豔的顏色配上青灰的磚瓦，看起來倒是讓人心境沈澱，只覺得莊嚴肅穆中有了一絲盎然的趣味，別致而難得。

有人說過，看一個人所居的屋舍就能看出他的性格。子好倒是從司徒府內的景致，打心眼兒裡生出了幾分對王司徒的好感。

記憶中那次在三樓的包廂裡獻演，王司徒的模樣已經有點模糊了起來，只記得是個清瘦高挺的四十多歲男子，留著一把長鬚，即便是在戲園子放鬆時刻，面色也穩重至極。

神思過往，塞雁兒已經領著花子好等人來到了暫居的院落，可花子好卻被旁邊一株紅梅吸引住了目光。

一抹明豔的紅色斜斜爬出矮牆，那紅梅花朵好像一顆顆璀璨的寶石鑲嵌在枝椏之上。再瞧這園子的門廊上，掛著黑漆紅字的牌匾，上書「爭春」二字。

看到「爭春」二字，子好突然有感，也不顧塞雁兒已經踏進旁邊那院子半步，只捨了她的手，一邊踱步，一邊開口唸道：「驛外斷橋邊，寂寞開無主。已是黃昏獨自愁，更著風和雨。無意苦爭春，一任群芳妒。零落成泥碾作塵，只有香如故……」

旁人聽了，漸漸回味，只覺得一字一句竟都值得推敲，一時俱無聲息，只任那一株紅梅在寒氣中幽香獨放。

唸完這一闋詞，子好才察覺自己有些過於傷感了，笑著對身後用探究眼神看著自己的塞雁兒道：「師姊，我又傷春悲秋無病呻吟了，請見諒。」

塞雁兒剛要開口，卻聽得一聲輕咳，頓時又將眾人的目光吸引了過去。

只見一高瘦男子緩步而來，身上披著一件紅狐裘衣。那濃烈的紅，配上那張蒼白到幾乎毫無血色的俊顏，竟有種極致濃烈的淒美感覺。

男子用著一雙有些迷離的眼神看著花子妤，一開口，卻是和他身形面容極不相符的低沈男聲：「好一句『零落成泥碾作塵，只有香如故』，姑娘不愧為當世名伶，只區區幾句詞便將紅梅的神髓表述無遺。」

「這是……」子妤其實已經猜到了幾分，可還是不確定地看向了身邊的塞雁兒。

那男子甫一現身的時候，塞雁兒的眼中突然就閃出了難言的癡迷光彩，也不理會子妤，趕緊迎了上去，嬌喚一聲：「夫君，這天寒地凍的，你不在炕上暖和著，偏偏出來遊走做啥？要是吸進了一口寒氣，豈不麻煩。」

擺擺手，示意塞雁兒靠邊站，男子步步向花子妤而來。「子妤姑娘，可否進爭春園陪在下品茶敘話？」

子妤被男子清澈如寶石般的眼睛看著，有些難以開口拒絕，只望向了身後仍舊表情癡迷的塞雁兒。

塞雁兒很快就回神過來，眼神從男子的身上收回，朝著子妤明豔地一笑。「去吧，好好陪司徒少爺說說話，我親自為你們準備茶水吃食。」

子妤有些意外塞雁兒的反應，以她對塞雁兒性格的瞭解，她是個佔有慾極強又好面子的女子；她的夫君竟當著這麼多人的面要和自己單獨品茶敘話，而她竟然也就這麼爽朗乾脆的答應了。

雖然有些遲疑，可出於禮貌，子妤還是點點頭，朝那男子福禮道：「難得司徒少爺有此雅興，子妤願意奉陪。」

「請姑娘稱呼在下為司徒，或者少卿，切不要再有『少爺』二字了。」親自上前，掏出鑰匙打開園門，這司徒少爺竟極柔和地對花子妤笑了笑。

若非自己見慣了唐虞和止卿那樣容顏英俊的男子，花子妤肯定要被這司徒少卿冉冉一笑給勾去三魂七魄不可。

跟著進了爭春園，子妤才發現，這園子綿延極深，竟種滿了紅梅，一株挨著一株，遮天蔽日般，只把這冬日的嚴寒給驅散了個精光，讓人好像置身在春意盎然的林子裡一樣。

而緊靠這園子邊有一個高臺搭建的涼亭，提步而上，放眼望去能盡覽所有梅林景致，讓人極為震撼！

而留在園門外的塞雁兒則抿了抿唇，回頭笑著將其餘的戲班師父們安頓進了旁邊的院落，就親自去準備茶水吃食了。

有意思的是，當塞雁兒帶著丫鬟送來紅泥火爐和一應茶果點心後，便一句話也沒說就退下了，走的時候雖然有些依依不捨地看了一眼那紅裘裹身的司徒少卿，卻絲毫沒有流露一丁點兒對子妤和自己夫君單獨相處的嫉妒或不悅。

子妤卻從塞雁兒一閃而過的眼神中，體悟到一個詞，那就是「憐憫」，這也讓她突然就明瞭了。

那時候，王修給自己說的便是司徒府的少爺病重，想要娶個戲伶回家沖喜。至於為什麼非要是戲伶，子好當時不想知道，也不明白，可現在好像有些懂了。

和普通的大家閨秀、豪門千金不同，戲伶有一定的生活閱歷，她們擅音律、通樂器，在詩詞歌賦上因為長期接觸戲文也會有所造詣，自然有著一定的情趣。

看這位司徒少爺，定然是位雅人，所以王司徒才想給他的兒子找一個知情識趣的妙人兒來陪伴吧……

「姑娘在想什麼呢？」

細白纖長的手指捏著碧玉杯盞，司徒少卿透過蒸蒸而上的白煙看著對面的花子好，發覺她好像極容易走神，然後忽略旁人，只沈浸在她獨自的臆想之中。或許有些人會認為她這樣很不禮貌，可在自己看來，這樣有些迷糊卻不失真誠的女子很可愛，讓人很想走進她的世界，去窺知她到底在想什麼。

「沒什麼，只覺得這茶入口微甘，可留下的餘味又略微澀口，再仔細一品，偏偏還帶著幾分特殊的香味兒，想知道是何種名品罷了。」子好自然不會將所想告知對面的司徒少卿，只顧左右而言他，岔開了話題。

「此茶是我親手栽種，就在那一片梅林的後面。妳所說的澀味和香味，便是紅梅上的雪水和紅梅蕊心帶來的。」

司徒少卿指了指梅林深處的位置，子好看過去，果然有一小塊壓著厚厚穀草的地方，看來便是茶林所在。

「司徒少爺……」子好見對面之人眉梢一挑，便改了口：「少卿，你喜紅梅栽種清茶，如此清雅的日子，真是讓我等俗人豔羨啊！」

「子好，妳能作出那等絕妙好詞，同樣是個雅人，何須羨慕我呢？」司徒少卿對花子好能直呼自己的名諱好像很高興，也同樣省略了「姑娘」二字的稱謂。

「那不過是隨口借用了古人詠梅的詩詞罷了，並非我所作。」子好謙虛地擺擺手，轉而道：「我看府上多植臘梅，卻沒想此處竟紅梅盛放。看來少卿對生活的感悟極深，也喜歡用濃烈的顏色來妝點周圍的世界。」

「因為我的一生太過蒼白無趣，所以喜歡明豔有朝氣的紅。」毫不顧忌地談及自己的忌諱，司徒少卿表現得大方而不做作，只用著無比柔軟的眼神看著花子好，突然道：「子好，當初妳為何不答應王修的提議，做我的妻子？」

章二百四十二　何不釋懷

腳邊，是綿延一片瑰麗如火的紅梅盛放，眼前，卻是一張被火紅裘衣襯得幾近透明的優雅俊顏。

子妤有些怔怔地看著司徒少卿，耳邊還回想著他剛剛的問話——「當初妳為何不答應王修的提議，做我的妻子？」

被人直接質問為何不願做「吾妻」，這還是破天荒頭一次，任子妤再異於普通女子，再沈靜穩重，也有些無所適從，不知該如何回答。

「放心，我只是有些疑惑罷了。」司徒少卿看著花子妤臉色尷尬，含笑替她解了圍。「當初，我以為妳是想要繼續唱戲而不願嫁人罷了。可沒想到，妳在這麼短時間就坐上了一等戲伶的高位，還差些成為了『大青衣』；最後，更讓我意外的是，妳竟選擇在如此盛名之時嫁人……所以讓我有些想不通罷了。」

說起唐虞，子妤倒是神色如常，反而帶了一絲甜蜜的意味在眼中。「因為遇見了對的人，所以一切也只是順其自然，並無刻意而為之。」

「聽聞唐虞乃是皇子師中最年輕、最有德行的，連太子也頗為尊敬他，所以皇上讓他做了太子親師。將來太子登基，他便是一代帝師，前途……不可限量啊。」

司徒少卿一邊說，一邊細細觀察著花子妤的表情，發覺她除了聽見「唐虞」二字時臉上掛著幾分小女人的甜蜜笑意之外，對「帝師」、「前途」之類的字眼竟無反應，讓他不禁又對此女萌生出一絲好感。「子妤，妳嫁人之後還會回到戲臺上嗎？」

被司徒少卿過於溫潤柔和的笑意看得有些不好意思，子妤起身來，扶欄望著腳下火紅一片的冶豔顏色，感覺一陣含著紅梅幽香的風拂過自己的臉龐，不由心情越發地放鬆了些，感嘆道：「戲曲是我這一輩子的事業、一輩子的追求，豈能放棄？不過，眼下我最想做的，便是嫁給唐虞，做一個好妻子。」

「得妻如此，夫復何求？」司徒少卿也起身來到子妤旁邊，白玉般的細長手指輕輕劃過黑漆扶欄，越發突顯出手背上青紫的血管痕跡來。

側眼微微一笑，子妤回道：「少卿兄已有一位難得的好妻子，難道還不知足嗎？」

不曾料想花子妤會提及塞雁兒，司徒少卿臉上帶了幾分愧疚。「只可惜，我並非她的良人，這輩子只能辜負她了。」

「為什麼這樣說？」子妤看著他的表情，心中不經意有些微哽。「難道就因為你的病？」

「我從出娘胎就帶了這心悸之症，全天下最好的大夫都曾替我把過脈、開過方，結論也都出奇的一致……」說到自己的病情，司徒少卿倒是豁達得很，也不介意花子妤主動提及，反而直言道：「說我活不過二十五歲。雖然如今我已二十有三，但我自己的身體我清楚明白得很……有時候，我在夜裡睡著了，都會擔心，第二天還能不能再醒來。」

司徒少卿的語氣裡有著死一般的沈寂和毫無波瀾的淡漠冰冷，這讓花子妤聽在耳裡，痛在心裡。「你怕你給不起塞雁兒一個未來，所以選擇從現在開始就拒絕她、冷淡她、不讓她靠近？」

「不然，我還能如何？」司徒少卿笑得有些無奈。「雖然一開始她只是因為我的身分而嫁給我，可我看得出，她眼裡的光彩逐漸因我而改變。我不想她對我動情，更不想她將來為我傷心，所以除了拒絕，我想不出任何其他的辦法來避免一個無辜的女子因我而受傷。」

緩緩地搖頭，子妤只想抬手撫平這男子眉間無比的糾結。「我真不明白，你這樣剔透聰慧的人，怎麼想不通如此簡單的道理？」

眼梢微揚，司徒少卿看著花子妤。「哦，且聽子妤一言為在下解惑。」

子妤直視司徒少卿的眼眸，問道：「我問你，塞雁兒可是一開始就知道她所嫁何人？」

點頭，司徒少卿並不避諱。「她不但知道我的病情，還知道我的大限是在二十五歲。」

「那我再問，她自嫁給你，可有逃避或者不願面對你的病情？」子妤接著又問。

搖頭，司徒少卿似乎有些明白了花子妤的意思。「她不但沒有逃避，反而每日殷勤伺候湯藥，讓我的身子一日比一日舒坦了許多。」

「這不就結了！」子妤收起嚴肅的表情，笑道：「塞雁兒是個極聰明的人，她在戲班是出了名的不會吃虧。這樣精明又懂得算計的人兒，按理，她該和你相敬如賓，謹守一個沖喜娘子的本分，早晚問問安，其他時候自顧自的便好，如此又有誰能責怪她呢？可你也看到了，她噓寒問暖，溫柔賢慧，就連她臉上所散發出來的幸福光彩，我見了都羨慕得很，可見她對你是真心，只希望在有限的時間裡好好做你的妻子。

「而你，」子妤頓了頓，又恢復了幾分認真的語氣。「若繼續這樣拒絕她的好意，那你就太混蛋，太不像個男人了！」

沒想到子妤會在最後兩句直接對著自己罵了起來，一向溫文爾雅的司徒少卿愣住了，片刻之後才仰頭不顧形象地大笑起來。「哈哈，罵得好，罵得好，罵得真好！」

或許是笑得太過放肆，司徒少卿突然捂住心口的位置喘起氣來，一下接著一下，好像無法呼吸似的。

子妤嚇得趕緊過去扶住他，伸手輕輕從上到下撫著他的後背，再帶了他回到座位坐下。「你怎麼樣了，沒有關係吧？要不要我去叫塞雁兒過來，或者讓人叫大夫！」

擺擺手，臉色幾近透明的司徒少卿阻止了花子妤，好幾個呼吸之後終於逐漸平息了。「沒關係，剛剛太過得意而忘形，差些喘不上氣。休息一下便好，放心吧。」

看在眼裡，子妤腦中前世的記憶自動浮現了出來，以前外婆家書店的隔壁是一家雜貨鋪，鋪子老闆的兒子也是這樣，一大聲說話或者稍微動得厲害了，就會喘氣不停，同樣是打娘胎裡帶的病根。

子妤記得，這種先天性心臟病除非極幼小的時候就動手術，否則，一般人都活不過二十多歲。在這個時代，司徒少卿能夠不靠手術，只靠湯藥而活到二十三歲，已經是一個奇蹟了。

子好見他臉上稍微恢復了點血色，這才不那麼擔心，便斟了杯茶遞過去。「來，喝口熱茶吧。」

「夫君！夫君！你怎麼了！可是又犯喘了？」

剛安頓下來，卻聽得塞雁兒極為焦急的聲音在院門外響起。

「是四師姊。」子好一聽，卻發現塞雁兒只是在門邊張口大聲地問著，卻不見人進來。

苦澀一笑，司徒少卿搖搖頭，手高高地揚了揚，結果不到片刻，不知從哪裡竄出個黑衣壯碩的男子，面色木然地走過去拉開了院門。

「進來吧。」司徒少卿面含淺笑地看著急得在門外跺腳的塞雁兒，心底沒來由一陣暖意油然而生。

臉上閃過一抹驚喜，塞雁兒看了看那開門的黑衣男子，又看了看高高在上笑著望向自己的司徒少卿，似乎有些不敢相信。「妾身……真的能進來？」

看到司徒少卿對自己點頭，歡欣一如這片紅梅花兒般明豔的笑意在塞雁兒臉上綻放，一邊小心地提步而進，一邊忍不住四處環顧了一下。「妾身在外守著，聽得夫君有異，所以才放肆地打擾了此處的清靜，妾身懇請夫君原諒。」

親自步下臺階，司徒少卿伸手握住塞雁兒的手腕。「妳不過是關心我罷了，何來罪過？

而且妳是我的妻子，雖然我下過禁令不許人靠近這爭春園，妳卻是例外的，明白嗎？」
似有晶瑩的眼淚含在眼眶中打轉，塞雁兒反手扶住了司徒少卿，卻把臉轉向花子好。
「子好，無論妳先前和我夫君說過什麼，我都要謝謝妳。」
子好眨眨眼，看到這夫妻兩人終於打破隔閡邁出了第一步，臉上也隨即綻出了滿滿的笑意。「司徒少爺待妳如此情深意切，干我這個外人什麼事兒？倒是這裡茶點俱全，四師姊不如留下陪妳的好夫君說說話，我就不打擾了，還得去準備戲服和明日獻演的事宜呢。告辭！」
相攜在高臺上的兩人相視一笑，看著花子好悠然而去的背影，各自心頭都有不同的感慨和體悟。
特別是塞雁兒，原本心裡頭淡淡的嫉妒，此時也消失得無影無蹤了，不過短短的幾炷香時間，司徒少卿就能邀請自己進入這片禁地；他開啟的，不僅僅是爭春園的大門，而是那扇對著自己緊閉已久的心門。
臉上洋溢著無比幸福的笑意，斜斜將頭靠在司徒少卿的肩頭，塞雁兒喃喃道：「夫君，明日一定要好好打賞子好，算是妾身的謝意。」
「不用妳說，我自有安排。」司徒少卿也笑意柔和，透過並不高的圍牆，目送著花子好消失在另一頭。

章二百四十三　悠然自得

司徒府為花子妤安排了一個單獨的院子，離眾位戲班師父極近。

院子精緻小巧，雖是臘月，卻植滿了油綠的冬青，因此除了呼吸時有白煙升騰透著寒意之外，周圍的景致可絲毫看不出一點兒冬天的節氣。

進入房間，一應的黃花梨木造的家具，擺設也多為白瓷青花，窗簾和窗幔俱為柔和清淺的淡黃色，看起來滿眼的舒適卻又不乏精緻。子妤對暫居的屋子很滿意，看到自己帶來的箱籠已經被茗月整理好了，便也不多管，只從裡頭揀了一本詞集在手上，隨意翻看著。

說話間，一個小丫鬟進了屋子。「姑娘，少奶奶吩咐，今兒個晌午請姑娘移步到『自得居』，我家老爺要親自招待姑娘午膳。」說著，眼裡閃著幾分難言的光彩，好像看著什麼稀奇一樣，遮都遮不住地投在花子妤身上。

在這些丫鬟的眼中，身為朝中一品大員，位列三公之一的王司徒是那樣高高在上，竟然會親自招待這個名叫花子妤的戲伶用膳。

可花子妤聽見老爺要親自招待，不但臉上沒有一絲驚喜，更無半分忐忑，那表情平淡如常的好像隨便和誰一起用膳似地，讓這小丫鬟不禁納悶了。

「走啊，還有什麼事兒嗎？」子妤看著有些呆愣的小丫鬟。「還是我這身衣裳不合規矩？」

丫鬟看著花子妤身上這件湖水藍的半舊裙衫，外罩一件鑲了灰鼠毛邊兒的淺藍色襖子，髮髻也只是懶懶地一綰，只斜插了支祥雲碧玉簪子。雖然通身上下並無失禮之處，可就這身打扮去見朝中重臣，卻顯然不夠隆重。

「姑娘清麗動人，穿什麼都好看，自然使得。」小丫鬟想了想，還是咬咬牙說出內心話。「可我家老爺乃是司徒大人，位列三公之一，朝中多少人想巴結都不得。如今姑娘有機會可以和老爺見面用膳，是否應該隆重些，這樣也顯得敬意。」

沒想到這丫鬟會對只有一面之緣的自己說出這番話，子妤有些意外，卻並不生氣，只笑笑。「妳家老爺雖然位高權重，但與我何干？我又能從與他用膳中得到何種好處呢？」

「這……」小丫鬟想了想，這花子妤已經是當世名伶享有盛名，皇帝也親自為她指了婚，要說自家老爺能給她什麼好處，還真想不出來，於是一時語塞。

「這不就結了。」子妤提步而出，也不再理會小丫鬟，跟著前來引路的一個管事一同去了午宴擺設之處——自得居。

草廬一間，四周乃是已經冬歇的麥田，子妤一走進這自得居，就有些忍不住感慨起來：「常食粗飲水，衣褐縕袍，人不堪其憂，而悠然自得也。」

真沒想到這王司徒身居高位，竟懂得大隱隱於市，有著如此平和悠然的閒趣，難怪要將此處命名為「自得居」。

「哈哈，姑娘這番話可是說到老夫心坎兒裡去了！」

一清臞高挺的中年男子緩步而出，身披麻布外衣，腳踏青布粗鞋，一副田間農人的如常打扮，其神采卻偏偏飛揚至極，讓人無法逼視。

子好一看便知這男子乃是此間主人，便適時的福禮道：「小女子花子好見過司徒大人。」

「不少朝中重臣、天下名士都曾來過老夫的自得居做客，但能一語中的道出此間精髓的，僅姑娘一人啊！」

司徒大人提步而來，臉上掛著無比開懷的笑意，倒讓子好覺得有些不好意思。

「小女子隨口胡謅罷了，怎敢與朝中重臣、天下名士相比，慚愧，慚愧！」

「只是隨口胡謅都能如此精髓畢現，那要是姑娘認真起來，豈不是天下文人都要自慚形穢？」司徒大人一邊笑著，一邊以邀請的姿勢向子好略微頷首。「姑娘不用妄自菲薄，但凡進入自得居之人，都要有悠然自得的心境才行，不然，豈不矛盾？」

「大人說得精妙，是子好執著了……」子好看著這位名震朝野的三公之一，心底也暗暗感佩其為人豁達爽朗，的確有上位者之風範。

兩人來到草廬中端坐，司徒大人屏退左右，親自為子好斟酒。「吾兒所言不差，子好姑娘好一顆玲瓏剔透心啊，怪不得連皇上都要親自為妳指婚。」

「司徒大人過獎了。」子好接過杯盞，一嗅，只覺一股濃烈酒氣撲面而來，不敢豪飲，只淺嚐輒止。「子妤不過是喜歡胡亂抒發心情罷了，時常為此冒犯他人，實在不是什麼好習慣。」

眼見花子妤明知此酒粗野卻不嫌棄，王司徒暗暗點頭，又道：「不知姑娘怎麼看老夫這一方『自得居』？」

知道這是對方在試探自己的真本事，子妤也不想藏拙，便啟唇朗朗道：「不知司徒大人可曾聽過這樣一句話——『自不參其神契，略不與交通，是以浮華之士鹹輕而笑之。猛悠然自得，不以屑懷。』」

「哦，老夫未曾聽聞，願聽姑娘詳解。」王司徒極為感興趣地向前傾了傾身子，一口將麥酒飲盡，絲毫不把這粗糙猛烈的味道放在心上。

「古有一名士，名曰王猛。」子妤唇角微翹，眉間含笑，神態自若地解釋了起來。「王猛其人，能溝通天地，與神仙同席吃酒。然，他自己並不以為與神仙打過交道有什麼了不起，並且一貫自視清高，不與常人交往。因此，周圍的浮華子弟都看不起他並經常對他冷嘲熱諷，王猛卻不以此為意，依然我行我素。」

「姑娘難道將老夫比喻成那清高的王猛不成？」王司徒饒有興趣地看著花子妤，只想聽她怎麼將這個故事連結到自己身上。

「司徒大人位高權重，卻偏偏在府宅之中建了這自得居。結草廬，席地而坐。植麥田，麻衣做裳。」子妤說著，略微一頓，見這司徒大人點頭，便繼續又道：「王猛不以自己和神仙打交道而傲，大人同樣不以朝中重臣自居，反而腳踏實地，以這樣的方式來體驗人間疾苦。豈不是有異曲同工之妙？何況……」子好說著，忍不住俏皮地眨了眨眼。

原本聽見花子妤這樣形容自己，已經眉開眼笑樂得咧開嘴的王司徒一聽，濃濃的好奇之色又爬上了臉，忙問：「難道還有巧妙？」

「剛剛大人不是自己說了嗎！」子妤也不賣關子。「無論是朝中大臣還是天下名士都不解您為何要建這自得居，而王猛對於他人的評說也只是『悠然自得不以屑懷』，豈不是正好應了一闋詩詞……」

站起身來，子妤用著清朗如潤的嗓音徐徐唸道：「結廬在人境，而無車馬喧。問君何能爾？心遠地自偏。」

「好！」王司徒一拍桌子，猛地站起身來，臉上有著激動的紅暈光彩閃現。「姑娘所言，句句深中老夫之心之神之髓。這麼多年了，老夫都未能找到一知己能夠在自得居席地吃酒暢談人生，卻沒想到，今日竟能與姑娘結為忘年之交，簡直是痛快、痛快啊！」

將滿滿的酒盞一飲而盡，王司徒一副痛快無比的樣子，看得子妤只覺得這位朝中一品重臣倒是個性情中人，難怪能得了皇帝的信任和喜歡，就連自己，也有些忍不住想要多與其交談瞭解。

「子妤能與在下賞紅梅、極盡文雅風騷之事，也能與父親飲烈酒、唱和人生百味辛苦，少卿想與子妤結為異姓兄妹，不知子妤意下如何？」

說話間，一襲火紅裘服的司徒少卿款款而來，與他父親不同的是，他像一個不食人間煙火的仙人，一舉一動、一言一語中都透著無與倫比的優雅風韻。

完全沒有想到司徒少卿竟會如此提議，花子妤只愣愣地看著他步入草廬，卻不知作何回答才好。

卻是王司徒眼睛一亮，以手擊桌。「少卿，知我者吾兒也！」又轉而用著期待的目光看向花子妤。「卻不知子妤姑娘意下如何？」

子妤只覺得有些哭笑不得。司徒少卿確實給人有兄長的感覺，王司徒也是一位德高望重值得尊敬和信賴的長輩，但自己和他們父子不過才初見面而已，就要結為義兄妹、義父女，這也未免太出乎意料了。

可看著兩人毫不做作的殷切表情，不知為何，子妤也不由得點了點頭。「承蒙兩位看得起子妤，結為異姓兄妹並非難事，又有何不可呢！」

沒想到子妤只猶豫了一下就爽快的答應了，司徒父子原本還準備再勸說，如今都開懷一笑，雙雙擊掌，極為高興。司徒少卿甚至不顧酒盞裡盛裝的乃是粗劣麥酒，也紅著臉和父親各自乾了一杯。

在花子妤的眼裡，這對父子還真不像一家人，一個粗布麻衣豪邁不羈，一個錦衣裘服優雅高貴，唯一相同的一點，便是他們眼中那如出一轍的驕傲神采；無論是王司徒和他的兒子，眼底都有著發乎內在所流露出的傲氣。

這種與生俱來的傲氣，子妤在另一個人身上也曾見到過，這個人和她非常親近，甚至像一家人……

「我有個可笑的問題，不知能不能求得二位解答。」子妤是個坐言起行的人，心裡想到，便開了口。

「姑娘但說無妨。」王司徒對花子妤有的不僅僅是欣賞，還有著對優秀晚輩的愛護，自然不會阻攔。

司徒少卿也點頭，饒有興趣地看著花子妤，期待她會有什麼精彩言論來分享。

「不知兩位可認識止卿？」

子妤知道自己或許想太多了，但司徒少卿的名字裡有個「卿」字，而且他們容顏雖然不似，可那種渾然而出的高貴氣質，卻實在太像了，讓她忍不住問了出來。

「止卿？」司徒少卿一愣，隨即才點點頭，表情有些尷尬。「妳說的是我的堂弟。」

「司徒止卿乃是老夫家鄉一位同族兄弟的兒子，算起來，的確是少卿的堂弟。」王司徒說著臉色一變，語氣有些嚴肅。「當年止卿的父親，也就是司徒勝，犯了勾結外族之罪，雖然未至謀逆，但仍舊惹得皇上大怒。老夫曾經為其說項，皇上好不容易答應只追究他一人的責任，放過他一家妻兒老小……可是，待老夫去探監之時，司徒勝已被一群蒙面人劫走了。不用看蒙面人的模樣，老夫光聽說也知道那就是他所勾結的外族之人。」

「然後呢？」子妤心口有些發緊。「司徒勝後來被抓回來沒有？」

「漠北盡是一望無際的戈壁和沙漠，其中的綠洲所在極為隱密，而生活在綠洲裡的外族更是狡兔三窟，遊走不定。皇上不會為了一個小小的司徒勝就派大軍前往捉拿，所以在三年緝捕未遂之後，便置之不理。只要司徒勝永不回朝，那皇上就不會再追究了，因為老夫將他私販金銀換取的財富悉數都捐給了國庫，足有兩百萬兩之多。」

王司徒一口氣說完，神色已有些唏噓。「不過，老夫聽說他在漠北生活得極好，和當地一個部落的公主結為夫妻，好像還生了兩個女兒。知道他過得很好，老夫便沒有再派人去打聽他的消息了。」

「那止卿呢？為什麼他會去戲班？」子好關心的並非司徒勝，而是止卿，那個總是一臉輕柔笑意看著自己的男子，從來不會吐露半句心裡的哀傷，只淡淡的用著冷靜無比的眼神看著這個世界。

臉上有些愧疚的神色，王司徒語氣低沈。「老夫曾經試圖找過他們姊弟，可等老夫的人回到老家，才發現因為他的父親犯案，族中已將他姊弟二人逐出族門。據說他姊姊沒多久也離世了，只留下他一人，不知前往何處。」

「可大人不止一次去過花家班，難道就沒有發現止卿一直就在你身邊？」子好有些氣急，所以語氣也少了幾分恭敬，多了一絲質問。

王司徒卻不在意，直言道：「妳也知道，戲伶獻藝時都上了妝，而且若是止卿有意避開老夫，老夫的確沒法和他相認的。」

「對不起，是我唐突了。」子妤想到了止卿如今隻身一人在沙漠戈壁中尋親，心底一陣苦澀。「怪不得他要去漠北，怪不得他隻字不提家中之事，怪不得他笑容背後總有一抹難以解開的愁緒。」

司徒少卿看著花子妤，見她表情有些過於悲傷，好奇的問：「子妤，妳和止卿相交很深嗎？」

點頭，子妤勉強一笑。「在戲班七年的時間裡，他就像我的家人，照顧我和我弟弟。不，他就是我的家人，比親哥哥待我還要好幾分。」

「子妤，」王司徒伸手輕輕拍了拍子妤的肩膀。「妳可允許老夫這樣直呼妳的閨名？」

微笑一下表示自己並不介意，子妤看著王司徒，覺得他真的是個很容易讓人相信的長輩。

「止卿能隱於京中足足八年的時間，就證明他是個心性足夠堅韌的孩子。」王司徒勸慰道：「他沒有來找我，沒有任何求助的消息傳來，更加證明他是個足以照顧自己的男人！這次他去漠北，肯定就是為了尋找他的父親，以他父親在漠北的地位，應該能保他安全，所以，妳並不需要擔心。」

「可是，茫茫戈壁沙漠，他一個人單槍匹馬，萬一找不到綠洲，找不到部落……」子妤捂住唇，有些不敢想下去。

「既然今日老夫從妳這裡聽到了他的消息，就一定不會坐視不管。」說著，王司徒已經站起身來。「老夫這就派人去漠北，務必將他找到，放心吧！」說完，直接大踏步地走出了草廬。

「子妤，既然父親許下了諾言，妳就放心吧。」看到花子妤如此擔心止卿，司徒少卿心底甚至有些淡淡的嫉妒，嫉妒那個兒時印象中文弱的堂弟竟能與花子妤如此親近。

默默地點了點頭，子妤此時的心情已經沒了先前那樣爽朗抒懷的感覺，只起身來，向著司徒少卿告辭，便獨自回到了居所。

推窗，看著外面盈盈如春的綠意，子妤只覺得心情像是跌落谷底，彷彿置身於無盡的嚴寒之中。

一開始，子妤以為止卿只是想去觀賞塞外風光而已，所以雖然有些許的擔心，卻並不害怕他會遇到什麼危險。止卿或許是機敏聰慧的，可要在那茫茫的戈壁沙漠中尋找綠洲、尋找親人，猶如大海撈針，甚至更加艱難辛苦。畢竟，他只是一個有些書生氣的文弱男子罷了，什麼野外生存技巧都沒有，萬一，他找不到他的父親，豈不是要迷失在那無邊無際的沙漠之中？

越是胡思亂想，心裡就越亂，子妤雙手緊緊的交握在一起，腦中也飛快地轉著，只想找個辦法來幫止卿。

可是他遠在千里之外，又有王司徒親自派人去尋找，自己什麼忙也沒法幫上，也只能在這兒乾著急罷了。

這個時候，子妤突然有種強烈的願望，若自己身在皇宮，若自己能以女兒的身分提出請求，皇帝會不會答應幫忙派兵進入漠北呢？

想到這兒，子妤猛地眼前一亮！

拉開衣襟，子妤將一直掛在脖子上的紫玉腰牌取了下來，感覺到上頭留有自己的體溫，一抹堅毅從眼底閃過。

或許，自己和唐虞離開京城之前，應該再和「父親」見一面吧。至少，用這塊紫玉腰牌提出一個要求，盡點人事，之後就聽天命了！

既然心中有了底，子妤的擔心也消散了大半。拿出了唐虞專程為自己整理的新戲本，開始琢磨著第二天應該獻演什麼戲目。

章二百四十四　貴妃醉酒

身為當朝重臣，關於王司徒的傳聞也在市井民巷中廣為流傳。

王司徒本姓司徒，名王，因其位居三公之一的司徒之位，和其姓不謀而合，於是朝中上下均尊稱一聲王司徒。

王司徒官品高潔，為人謹慎，從政三十年來雖不至於人人尊敬，卻也贏得了上自天子，下至文武百官的尊重。

所以今日他唯一的兒子年滿二十四歲，壽辰大宴，賓客和賀禮自然也如流水般往司徒府中而來。

身為司徒府新進門的少奶奶，塞雁兒今日則是盛裝出席。

上穿鳳舞團花絲襖，腰繫碧綠白綾裙，頭上綰了繁複的宮髻，斜簪著兩股玉鸞釵，襯得一張俏臉越發地黛眉橫翠，粉面生香，真真是妖嬈傾國色，窈窕動人心！

作為王司徒剛收的義女，花子妤今日也一併與主人家亮了相。不過與身為女主人的塞雁兒不同，子妤只是一身淡雅裝束，卻玉質如梨花映月，芳姿若杏蕊生春，一路行來，在寶髻彩服的各色女眷中，顯得凌波點點不生塵，恍若卸卻了人間脂粉。

四周賓客都在議論坐在司徒少卿和塞雁兒旁邊的清麗女子到底是誰。這些賓客中不乏

一、二品的官員和夫人們，其中眼尖的多看幾次自然便認出了花子妤的身分。

王司徒也不掩飾，更不隱藏，直言花子妤是他昨日收的義女，今日正好趁著獨子的壽宴讓各位都認識認識。

不論是司徒大人或是司徒少卿和塞雁兒，都將花子妤保護得極好，不讓其他人有靠近她的機會，只遠遠地讓前來祝賀之人敬了酒便罷。如此，也合了子妤的心意，免得多惹麻煩。

這些人中，卻有一雙帶著銳利神色的眼睛一直跟隨著花子妤，不曾離開過。

眼看著花子妤竟能如此快速地攀上王司徒，甚至讓歷來清高無比、目中無人的司徒少卿也另眼相看，王修只覺得恨意越發地濃烈起來。

憑什麼他自貶身價都無法博得王司徒青眼，而花子妤只露個面就能一躍成為這司徒府的半個女主人？還有那唐虞，一直沒沒無聞地隱於戲班，卻沒想運氣好到被皇帝看中委任為皇子師，甚至有可能成為將來的帝師！

同樣是人，為何他們就能如此順風順水地扶搖直上，而自己卻只能卑微地屈膝在那些虛偽權貴的腳下，像一隻乞憐的狗，只能伸出舌頭去舔他們的臭腳！

一抹陰狠的笑意在眼底閃過，王修自問並非卑鄙之人，但唐虞也好，這花子妤也好，竟視自己為無物，視自己的請求如敝帚。他倒要看看，若世人知曉她和唐虞曾有師徒之名，還會不會像這樣仰視他們，而他們還敢和先前一般，看不起自己嗎？

可畢竟是皇帝賜婚，王修雖然想要直接將他們的關係公佈出來，但心裡也並非沒有顧慮。悄然地退出了席間，他準備去一趟花家班，若能找到一、兩個對花子妤心存嫉妒或怨恨的戲伶來指證她和唐虞之間的關係，自己豈不是既能脫身，還能順勢地讓他倆名聲受損?!

身在筵席之中的花子妤並不知道這一切，只含笑位於首席，笑語晏晏間心情極為愉悅。因為晚宴之後還要獻演，所以子妤不能飲酒，也不能過食，只用了幾樣清淡的素食及幾樣小點心便放下筷子。

塞雁兒之前和子妤商量過，想在壽宴上找個機會獻演，給夫君一個驚喜。所以為了不讓他察覺，只得如常應酬飲酒，觥籌交錯間，竟有些微微地醉了。

一伸手，塞雁兒不小心打翻了酒盞，頓時身前濕了一片。

「還有不到半個時辰我就該上臺獻演了，不如我陪著師姊回去更衣吧。」子妤趕忙上前扶起了塞雁兒。

塞雁兒眼梢含情，粉頰帶俏，和花子妤相互攙扶著，笑意盎然。「妾身失禮了，竟這麼不小心。夫君您繼續陪著老爺吃酒，妾身先回去更衣，馬上就回來。」說完，又朝著王司徒恭敬地福了一禮，這才任由花子妤扶著離開了席間。

讓身後跟隨的丫鬟退後十步，塞雁兒顯得有些焦急。「子妤，怎麼辦，我不能讓夫君看出端倪，所以喝了不少酒。如今舌頭都有些麻了，步子也虛浮無力，等會兒還想上臺唱一曲呢，若是搞砸了豈不弄巧成拙！」

看著塞雁兒粉頰緋紅，醉意流露，花子妤腦子裡突然有了個好主意，便湊到塞雁兒的耳邊細細說來。

塞雁兒聽著聽著，眉宇間原本的愁色竟然逐漸舒展開，甚至有些眉飛色舞起來。「小妮子，就妳主意多。若真能讓夫君歡喜，我就唱這一齣〈貴妃醉酒〉又如何！」

塞雁兒擅長小曲小調，並未唱過〈貴妃醉酒〉，可這難不倒花子妤，以她對塞雁兒的瞭解，只要不是太長的唱詞，聽個兩遍，她就一定能記得清清楚楚。反正離正式獻演還有小半個時辰的時間，再加上她自然流露的旖旎醉態，子妤相信塞雁兒若是登臺演一齣〈貴妃醉酒〉，一定能博得滿堂喝彩！

待得暮色降臨，司徒府中火燭通天，耀如白晝，宴席間歡聲笑語、觥籌交錯，勾勒出一幅豪門盛宴的氣派來。

酒盞輕放，賓客們知道今日要登臺獻演的乃是新晉名伶花子妤，每個人都不敢太過醺醉，都想以清醒之智來好生欣賞一下這位皇帝也連連稱讚並親自賜婚的紅伶。

鼓樂聲響起，戲臺上猩紅的絨毯在燈燭的照耀下越發顯得光華流轉。可再美的光華，也遮不住戲臺中央那一抹流光熠彩的身姿。

「海島冰輪初轉騰，見玉兔，玉兔又早東升。那冰輪離海島，乾坤分外明。皓月當空，恰便似嫦娥離月宮，奴似嫦娥離月宮……」

歌喉輕俏似流鶯鳴花，舞姿輕盈如掌上清蓮，當兩腮緋紅、醉意流淌的塞雁兒斜斜轉身，紅唇啟唱時，整個司徒府都被她所深深地吸引住了。

「玉石橋斜倚把欄杆靠，鴛鴦來戲水。金色鯉魚在水面朝，啊在水面朝。

「長空雁，雁兒飛，哎呀雁兒呀，雁兒並飛騰，聞奴的聲音落花蔭，這景色撩人欲醉，不覺來到百花亭。」

如花態翩舞、柳腰婉轉，塞雁兒那堪比西施醉嬌的姿態，真有流風回雪之妙。大家聽來賞來，更覺音韻絕妙，舞姿堪絕，直繞得樑塵暗消。

而一旁的花子妤看在眼中，只覺得塞雁兒似乎演出了幾分楊貴妃的真髓來。這貴妃醉酒，醉的便是「君王無常情」，而塞雁兒從第一次以扇杯緩緩輕啜，到第二次不用扇遮而快飲，再到第三次一仰而盡……

三杯醉酒的姿態將塞雁兒自身從戲班嫁入豪門，因而故作矜持的內心刻劃得淋漓盡致；而三次難度極高的以口銜杯的動作，更是將她從微醺到酒醉的意態細緻入微地表現了出來。

歌畢，舞收，當塞雁兒盤膝側腰斜斜而坐在戲臺當中時，臺下雷鳴般的掌聲混合著喝彩聲不斷地如潮湧般襲來。

兩行溫熱的淚滴從眼中流下，將原本精緻的妝容沖淡了不少。首席上的司徒少卿這才發現，那戲臺上讓自己癡迷到無法挪眼的身影，竟是自己的枕邊人、自己的妻子。

王司徒似乎也發現了幾分端倪，仔細看著那戲臺上神似塞雁兒身姿的戲伶步入後臺，唇邊也延伸出一絲欣賞的笑意。

不過除了司徒父子，其他賓客並未發現任何端倪，只當名震京師的紅伶花子妤又一次獻演，也再一次讓他們驚豔無比罷了！

第二百四十五章　翡翠玉唐

謝絕了王司徒再三挽留在府中過年節，子妤帶著幾分期待的心情回到了戲班。

今日開始，唐虞將整整沐休三個月時間，這段時間，足以讓他們回到江南老家成親，再好好休養一下，也能有空閒仔細籌劃兩人的未來。

帶著司徒府豐厚的打賞，子妤先去見了花夷。

對於花子妤和唐虞婉拒在戲班成親的提議，花夷雖然有些不快，但他是個識大體知進退之人，只要兩人從江南回來還能繼續待在戲班裡，他也不愁將來戲班的前途。

而且他極為看好唐箏，最近也直接收為親徒好生調教，只要戲班捧她，至少短時間內還是能彌補一下花子妤和金盞兒雙雙缺席的空缺。

眼看著如今成為王司徒義女的花子妤，花夷臉上的笑容更甚了幾分。「子妤啊，辛苦妳了。」

「弟子應該做的，不辛苦。」子妤垂目，一如既往的態度恭敬。

「來，這一千兩銀子的打賞妳自己收好了。」花夷說著，將靛藍錦繡荷囊中裝的一千兩銀票一併遞給了花子妤。「正好妳和唐虞要遠行，用得著銀子的地方也多，這次的打賞妳就全收了吧，戲班不拿一分錢。」

「這怎麼行！」子妤雖然愛財，卻知道這是規矩，戲班一百多年來規矩如此，可不能在自己身上破壞了。更何況她懂得什麼叫拿人家的手軟，萬一花夷後面提了什麼要求，自己還怎麼拒絕？

「放心吧，本來戲班應該為妳置辦些嫁妝的。可惜……妳並不在戲班出嫁。」花夷嘆了口氣，硬將銀票塞到了子妤的手中。「所以，乾脆折成現銀讓妳帶在身上，以備不時之需。」

聽到這是給自己準備的嫁妝，子妤有些心動了，畢竟這些年自己雖然也存了些私房，可林林總總卻不到一千兩，就算有些宮中賞賜的衣料、首飾，卻並不能拿御賜之物去換錢，所以說起來她還真需要些銀兩傍身。

等去了江南，她肯定要置辦一個莊子的，這些日子她讓茗月幫忙去打聽了，江南那邊附帶良田的莊子售價都要上千兩，若是附帶了桑樹林和織布作坊的，更是要兩、三千兩。

雖然是指婚，可皇帝並不會給自己一分錢的嫁妝，諸葛貴妃有心無力，也不可能公然幫上什麼忙。如今若全靠自己，恐怕還得再唱上幾場大場面的堂會才有可能湊足款項。可明日就是二十九了，在戲班過了年就要啟程南下，並沒有什麼時間讓自己再去籌錢。

所以，當花夷以嫁妝之名送給自己這一千兩銀子時，子妤就很難拒絕了。

「對了，唐虞已經回來了，妳去南院看看。」花夷見子妤雖然猶豫了一下，卻還是收下銀票，心裡頭終於舒坦了些。

對於這些戲伶，花夷看得多了，最怕的便是柴米油鹽什麼都不經手的。花子妤是塊寶，可也要拽在自己手裡才能有好處，她既然收了戲班給的嫁妝，那等她回京城，至少就不會輕易被其他戲班誘惑去。

若是花子妤知道花夷的要求僅僅是如此簡單，或許她就不會帶著戒備之心了，畢竟花家班就像是她的半個家，若是她要回京城，除了此處，並無他想。

讓茗月幫忙收拾箱籠，子妤將裝有一千兩銀票的靛藍錦繡荷囊妥善地貼身放好，便直直去了南院。

已經有三、五日未曾相見了，思念卻越來越濃烈，這讓子妤覺得有些好笑。

曾經天天見面，也曾經一、兩個月不曾說過一句話，她和唐虞之間總是存著極好的默契，兩人的感情也不會因為任何旁事而發生變化。

可自從皇帝賜婚，兩人關係終於守得雲開見月明，那種互相需要的感覺卻越發強烈起來，也終於讓兩人體會到什麼叫做「一日不見如隔三秋」。

南院還是老樣子，只是因為明兒個便是年關，所以師父們大多都趕回家過年。此處除了幾隻找不到糧食可吃的麻雀在嘰嘰喳喳之外，並無其他人影。

臉上帶著愉悅的微笑，還有一絲甜蜜的期待，子妤加快了步子，可剛一進入院門就看到一抹柔軟的身影從唐虞所居的屋門前閃身而出。

容貌清媚，身段細軟，唐箏有著江南水鄉女子所特有的氣質。

四目相對，唐箏只是一笑，朝花子妤頷首點點頭算是打過招呼便側身離開了，並沒有解釋一句話。

子妤只看著她消失在院門外，也沒有開口問什麼，畢竟她和唐虞之間有著些深厚的淵源，就算私下見面，也並不代表什麼。

「子妤！」

倒是唐虞上前關門的時候無意間瞥見了立在院中那熟悉的身影，心下一緊，夾雜著幾天來累積的思念，趕忙跨步出屋，迎上前來。

「剛剛唐箏……」子妤指了指院門的位置。「她看起來……」腦中閃過剛剛唐箏臉上不明所以的微笑，好奇心驅使著她向唐虞問出口。

「進屋來，我有上好的雪茶，咱們一邊品，一邊細說。」唐虞的眼裡卻閃著明顯的笑意，和幾分抒懷的神采，似乎剛剛發生了什麼好事。

不疑有他，子妤緩步而進，順手關上門，見屋中生了火爐，一股清洌甘甜的茶香飄在空氣裡，一嗅，便什麼都不想再去計較探究了。

一邊為子妤斟茶，唐虞一邊唇角含笑地柔聲道：「兩件事，第一件重要些，先給妳說了。」

捧著略微有些燙手的杯盞，子妤眨眨眼看著唐虞，見他轉身去書案那邊，走回來時手上多了個雲紋雕花核桃木的盒子。

掀開木盒蓋子，唐虞取出一只翡翠玉鐲，輕輕走到子妤身邊蹲下來，托起她的左手，把玉鐲套上了她柔膩白皙的皓腕。

「這是母親在唐箏臨行前交代給她的，說若是我願意娶她，這只祖傳的玉鐲就戴在她的手上回來；若是我不願意娶她，就交還給我，讓我戴在未來的唐家媳婦兒手上。」

低首看著這只觸感微涼的翡翠玉鐲，子妤發現，這鐲子絕非凡品，且不說其渾然天成的紅碧二色乃是翡翠中罕見的，單是其通身由鏤空雕刻了的「唐」字所連接，這樣繁複精妙的手工，就足以讓這只鐲子身價不菲了。

「只要是未來唐家的女主人，都會擁有這只翡翠『唐玉鐲』作為憑證。」唐虞看著玉鐲將子妤的柔腕襯得更加纖細，有些心疼地捧在了手心。「以後我會好好把妳養胖些，免得戴不住這鐲子。」

「唐玉鐲……」子妤越看越喜歡，不僅僅是因為這鐲子寓意非凡，更是因為這鐲子代表了自己已經被唐家所認可。

在司徒府的兩天裡，司徒少卿曾側面地告訴了她一些江南唐家的內情。這個前朝延續下來的大族，有著極為苛刻的宅門規矩，就算皇帝賜婚，這些隱於江南深處的世家大族也不一定會給自己幾分特殊的待遇。不過按照唐虞所言，未來的婆婆應該是一位極好相處的人才對，至少她肯相信自己兒子的選擇，並非像其他高門大戶那般，講求的是門當戶對的聯姻。

「怎麼，不喜歡嗎？」唐虞小心翼翼地觀察著子妤的表情，見她沈默不語，有些擔心。「沒關係，妳若不喜歡這些身外之物，或者覺得太過沈重，見了母親之後褪下來放好便是，不用天天戴在手上的。」

抬眼，眼底有著晶瑩的淚光閃爍，子妤用力地點點頭。「我喜歡，可喜歡了！你知道我愛財，這樣好的翡翠鐲子，戴在手上讓我覺得心裡特別踏實。」說著，將手按在胸口，像是珍藏寶貝一樣，不讓唐虞再拿回去。

看到子妤小孩子氣的模樣，唐虞知道她確實並未把未來太過沈重的「枷鎖」放在心上。「沒關係，接下這玉鐲，就代表妳即將成為唐家的媳婦兒，至於家族之中的瑣碎事，和咱們一點兒關係也沒有。我答應妳，不會讓妳困在那方小小的天地的。」

「這可是你說的。」子妤心底一暖，沒想到唐虞只一個眼神便看出自己所想和所顧慮之事，真恨不得上前親他一口。「將來可別拘了我在那深宅大院裡頭，不然，我可不嫁。」

兩人說笑了一會兒，唐虞臉色才又變得稍微嚴肅起來。「還有第二件事，我還未說與妳知道。」

沈浸在「小別勝新婚」的甜蜜氛圍中，子妤倒是忘了還有一檔事，臉上帶著如常的笑意。「那你說便是。」可看著唐虞臉上已許久未曾出現的冷冽表情，心頭一沈。「怎麼了，可是皇子所的事？」

「妳這次去司徒府獻演，可是遇見了王修此人？」唐虞以問代答，提到「王修」眼底的寒意更濃了幾分。

「哦，對，忘了和你說此事。」子好便將王修如何找上自己，說了哪些話，提了什麼要求，而自己又是如何應對、如何置之不理……一股腦兒的都細細講給了唐虞聽。

唐虞越聽臉色越寒如冰雪，眉頭也越發皺在了一起。「他所作的並不僅僅是這些，還有更加惡劣的！」

章二百四十六　白費力氣

就在司徒少卿生辰宴席之日，王修換下了司徒府管事的常服，悄悄溜到了花家班。雨過天青色的錦服雖然單薄了些，但穿在王修身上，將他襯得玉樹臨風，頗有幾分貴公子之氣，所以他並不在乎已然冰冷的手腳。為了保持這種優越的感覺，他甚至連呼吸都極為平穩均勻，儘量讓自己顯得不那麼顫抖和怕冷。

徘徊在花家班的門口，其實王修只是一時意氣才從司徒府中溜了出來。面對著那些光鮮亮麗的賓客們，他總感到雙眼被刺得生疼，也就越發覺得老天爺待自己太不公平。

換上唯一一件還能讓自己有點信心的長袍，王修一路步行來到了花家班，看著門口張貼歇業半個月的告示，心底一種死灰般的絕望蔓延而來。

本想來找一、兩個知道內情、同樣嫉妒花子妤好運氣的戲伶，借她的口或許可以在壽宴獻演時當場羞辱那個自以為是、不知好歹的女人一番！可是臨近過年，連戲班都已經歇業，自己又怎麼可能進去，找到合適的人呢。

於是神情頹然地轉身，王修想要就此罷手的時候，卻一眼瞥見了一抹青綠色的身影。

柔軟的腰肢、嫵媚卻帶著幾分清麗的容顏，那女子一舉手、一投足都透著股子讓人難以挪開眼的魅力。

可這些並非是那個女子吸引王修的地方。眉眼舒展，一絲意外的笑容立馬掛在了王修的臉上。

「瞧瞧，這不是唐小姐嗎？」

剛剛從輦車下來，正準備從側門回戲班的唐箏聽得有人喚自己，還是許久未曾聽過的「小姐」稱謂，這讓她很是驚訝地轉過了頭來。

略有些單薄的錦衣被陣陣寒風吹得衣襬飄揚，更加讓王修清瘦的身材顯露無遺。唐箏遠遠地看著他步步而來，禮貌地停在原地，頷首福了福禮。「原來是王公子，沒想到會在京城相見，真是難得。」

「在下更沒想到唐小姐竟也來到京城。」王修表現得謙恭有禮，文質彬彬。「想來江南之地已經無法讓唐小姐滿足，所以特地來京城證明自己吧。」

「在常春班這些年，的確再難有寸進。」唐箏雖然不知道這個王修為何徘徊在戲班門口，卻也耐著性子和他應酬了兩句。

王修眼珠子一轉，腦子裡已經差不多想明白了，含笑道：「不知唐小姐怎麼看子沐兄和花子妤姑娘被指婚之事？」

「這是皇命，小女子可沒有任何資格發表看法。」

唐箏早料到他會提及自己和唐虞之事，想著曾答應唐虞不要洩漏任何有關她是唐家人的事，上下打量了這王修一番，知道他乃是當年唐虞在江南老家的同窗，並無過厚的交情，因而道：「若是王公子沒有其他事，我要回戲班了。您若要找唐管事，還是去皇子所遞帖子吧，或者等明日他回來，通過門房送上拜帖也是一樣的。小女子就少陪了。」

「等一等！」王修看得出唐箏有些不願意在花家班其他人面前提及唐虞，雖然不知原因為何，可卻知道這是難得的機會，趕忙上前一擋。「唐小姐，既然這麼巧能夠在此相遇，不如由在下作東，請唐小姐賞臉共飲一杯？」

「這恐怕不妥吧。」唐箏的耐性有些被這王修的「厚臉皮」給磨得差不多了。「王公子是男子，雖然小女子身在戲班，可除了接帖子出堂會，其他時候並不能與男子同席。公子還是請回吧，等戲班歇業期過了，您大可前來點了小女子唱一段的。」

看到唐箏想要拂袖而去，王修轉念一想，她雖然名義上是唐虞的妹妹，可他明明就聽說此女在唐家的真實身分乃是個卑微的童養媳罷了，還輪不到她在自己面前擺「小姐譜」。況且，此女會入花家班，顯然是唐虞牽線搭橋的，自己要找對花子妤不滿的人，眼前這個豈不正好合適?!

想到此，王修哪裡會放她離開，趕忙上前一步攔在了前頭。「唐小姐，您既然不願意敘舊，不如就賞個臉，為王某唱上一場如何？」

左右看了看守在旁邊已經有些不耐煩的婆子，唐箏蹙了蹙眉，向著王修道：「雖然戲班已經歇業，但身為花家班的戲伶，應該還是可以在前院包廂裡頭獻演的。只是既然破例，恐怕例銀會要得多些，王公子可願意？」

從袖中掏出一張百兩的銀票，這可是王修在京中僅剩的身家了。「不知這一百兩可夠？」

「我們家姑娘可是二等戲伶，獻唱一場的例銀平時就要二百兩，這會兒還是在歇業的時候，起碼要翻倍。」一個婆子上前，上下冷冷打量了一下王修，憑她在戲班前院做事多年的眼力，自然能看出來這位並非真正的貴公子，不過打腫臉充胖子罷了，便恭敬地一福禮，語氣冷硬地道：「若是公子非要相請，就麻煩準備五百兩的例銀，小的這才好去向班主稟報。」

「五百兩！」王修臉色一青，不知是被凍著了還是嚇到了，隨即便又恢復了如常的表情。「匆匆出門，本公子身上可沒帶那麼多銀子。不過……」

「那就等公子帶夠了例銀再來請唐箏姑娘獻演吧，這就不送了。」這婆子一看就是個老手，話說得既順溜又不帶半分餘地，這讓王修有些惱羞成怒起來。

可心中算計了要做的事，王修自然不會輕易放棄，轉念一琢磨，他看出戲班這些人好像並不知道唐箏和唐虞之間的關係，說不定能利用一下這個情況，便轉而向著唐箏笑道：「既然姑娘不方便，那在下就不好勉強了。不過想當年，在下和姑娘的兄長曾是同窗，還念著應該有幾分情面才對，而且在下只想和姑娘敘敘舊、說說話，談談當年的閒逸之事罷了，真是可惜，可惜啊！」

唐箏並非呆笨之人，眼看著王修三番幾次想提及唐虞，心中雖然有些不快，但也只好就範。「陳婆婆，這位王公子的確是我在江南的舊識，既然他殷勤相邀，我也不好再三拒絕。對面便是茶社，我這就和他進去吃吃茶、敘敘話，勞煩婆婆回去給班主說一聲，想來應該無礙吧？」

「既然姑娘這麼說，自然是無礙的。」

婆子堆笑著鞠身答了話，這才留下一個小丫鬟讓她隨侍在側，目送唐箏跟著王修進了對面的茶社，自顧自轉身進了戲班，猶碎碎唸叨著：「不過是班主新收的徒弟，還以為自己和子好姑娘一般身價不菲；一個破落公子都看得上，真是給臉不要臉！」

王修咬了咬牙，點了這茶社裡最貴的「紅佛手」，待小二上了茶，這才笑道：「唐小姐肯賞臉，在下真是榮幸之至啊！來，以茶代酒，敬您一杯。」

「小雯，我先前在珍寶齋訂的首飾裡還缺了一樣玉珮，這樣吧，趁我和王公子敘話，妳跑一趟把這圖樣給他們，免得到時候更麻煩。」

唐箏支開了貼身隨侍的小丫鬟，這才臉色一冷，淡淡道：「王公子有話便直說，不用這麼拐彎抹角。」

「唐小姐果然是個聰明的。」王修也不再裝模作樣了，自顧自喝了一口熱茶，這才覺得手腳暖和些了。「看得出來，戲班的人並不知道唐小姐的真實身分吧？」

「這又如何？」唐箏並不覺得有什麼見不得人的。「因為大哥身分特殊，所以我才和他約定將我們的關係保密，免得戲班裡其他弟子覺得我是憑藉了和他的兄妹關係這才能坐上二等戲伶的位置。」

「恐怕，唐小姐和唐虞的關係不僅止於此吧……」王修一笑，眼底一抹狡詐的神色顯露無遺。

蹙著眉，唐箏有些嫌惡地開口道：「王修，你到底想怎麼樣？」

「很簡單。」王修嘿嘿一笑。「我想姑娘千里迢迢追到京城來，應該不僅僅是為了學戲吧。以前在下就聽聞，您是唐家的童養媳……哦，應該是唐虞的童養媳才對！」

「對不起，我不知道你在說什麼。」唐箏自然不會傻得去承認，只拿起杯盞輕啜了一口。

「唐小姐不用害怕，在下不會拿這個來說事兒的。」王修還是有些怕她翻臉，趕忙用著勸哄的語氣道：「在下只想，或許唐小姐心有不甘，畢竟唐虞可是妳的未婚夫婿，如今卻便宜了別人。換作任何一個知情的人，都會為您打抱不平的！」

「先前我已經說了，這是皇上賜婚，小女子沒有什麼資格去質疑！」唐箏不耐煩地將杯盞一放。「若沒有其他事，小女子就告辭了。」

「難道妳真的甘心？」王修脫口便道：「那花子妤明明曾經是唐虞的親徒，兩人之間關係曖昧不明，若真成婚，那便是人倫天理所不容！皇上是不知此事才下旨賜婚的。而且姑娘可是唐家記了名的兒媳婦，若是由您去向官府說明，那他們兩人肯定就無法結成夫妻了；說不定，皇上還會轉而為您和唐虞賜婚呢！」

聽著這番表面堂皇誘人，實則心思險惡的言論，唐箏冷冷一笑，立起身來。「王修，我不管你打的什麼主意，你也太小看我唐箏了。雖然我是有些不甘心，可那又怎樣？唐大哥對我並無男女之情，我若強求那份感情，將來也不會幸福。況且……花子妤是個不錯的人，有她照顧唐大哥，我也放心。再說了……誰說喜歡一個人就一定要嫁給他？能看著他幸福，我也一樣會覺得幸福。」

說完，唐箏也不顧王修還想再勸說，便轉身拂袖而去，只留下了懊惱不已的王修獨自一人在那兒站立著，傻了一般不知所措。

章二百四十七　君且代勞

「所以，唐箏並未理會那王修的齷齪提議，反而來找你吐露了一切實情？」

子好聽完唐虞的敘述，不知該作何感想。

王修的確卑鄙，唐箏也的確在此事上顯得很豁達和睿智，這讓花子好有著幾分意外的感覺。「你應該聽說了吧。」子好看著唐虞眉頭蹙得緊緊的，又道：「我拜了司徒大人為義父，而王修是司徒府的一個小管事……」

「妳是想……」唐虞搖搖頭，否定了子好並未說出口的想法。「有些人是很卑鄙無恥，可還沒到喪心病狂的地步，我不想逼得王修到那一步，那同樣會對我們造成不小的傷害。既然唐箏並未與他合作，想來他也很難找到其他人站出來說些什麼。反正過了年我們就要回江南，不如置之不理。」

子好有些意外地看著唐虞。「我看你很氣憤的樣子，以為你一定不會放過王修呢！卻沒想你竟能如此想得開。」

「他並沒能真正傷害到妳我，所以就姑且放他一馬吧。」唐虞笑笑，似乎釋然了一般。

「而且妳我即將成婚，若是讓他那顆老鼠屎給壞了心情，那也太不值得了。」

「既然如此，那就暫時不理會吧。等咱們成了親，成了既定事實，他就算是想要『興風』，也沒法子『作浪』了。」子妤更是並未將王修此人放在心上，畢竟和皇帝之間的關係特殊，他就算使盡了渾身力氣，恐怕也休想傷害到自己半分。

「對了，你為何不問我為什麼要拜王司徒為義父？」子妤見唐虞伸手輕輕替自己撩了撩耳旁的髮絲，只覺得心底異常安穩和踏實，便偏了偏頭頸。「以你的性子，應該會不喜歡才對吧。」

帶著幾分寵溺的目光深深看著子妤，好半晌唐虞才開口道：「妳那樣做，自有妳的理由，我信妳。」

簡簡單單的「我信妳」三個字，這讓子妤有些微微的感動。

信任，是任何一對情侶或者夫妻最為需要的。有時候，相互的信任甚至比「愛」還重要，因為只有以信任為基礎，兩人之間的愛才會牢不可破。

「是因為止卿。」雖然唐虞不問，可子妤卻不能不說清楚緣由。

「這和止卿有什麼關係？」唐虞對止卿的關心並不比子妤少。「止卿如今人在漠北，應該不會和王司徒有任何關聯才對！」

「他們之間的確有關聯，而且關聯還很大。」子妤的表情漸漸變得嚴肅起來，這讓唐虞也感到了幾分瀰漫在屋中的緊張氣氛。

接下來，子妤仔細地將她從司徒父子口中聽到的關於止卿的身世說了出來，唐虞一邊聽，神色也逐漸變得凜冽。

沈默了好半晌，唐虞才又開口：「所以，妳答應王司徒收妳為義女，是想藉他的勢力去尋找止卿，幫助他一家團圓？」

「也不完全是如此。」子好還是覺得一切據實相告比較好。「司徒父子，俱是性情中人，很合我的脾性，所以，當他們提議的時候，我便欣然接受了。」

「能找到和妳脾性相投的人很難得，有個長輩能照顧妳也算不錯。」唐虞並不作他想，腦子裡還想著止卿的事。

「依妳義父所言，止卿的來頭應該不小。這些日子我在皇子所，雖然只教皇子和太子音律詩詞，但也涉獵了一些文史政治之類的史籍。漠北之地雖然有部落無數，能獨佔一片綠洲的卻極少。看來，止卿的父親應該是亞拉罕部落的酋長才對。」

「你知道？」子好有些激動地起身來，拉著唐虞。「那個什麼亞拉罕部落，若酋長真的是止卿的父親，那就好辦了。我本想找皇帝幫忙的，可有了這條訊息，王司徒就能按圖索驥去尋找了！」

「漠北部落的酋長從沒有讓中原人擔任過，即便是止卿的父親娶了老酋長的女兒，以漠北的規矩，也應該是他的妻子，亦即是部落公主繼任酋長位。」唐虞搖搖頭，有些不確定。「所以，除非止卿的父親隱藏了身分，否則，這絕不可能。」

「那這下豈不是危險了！」子好心頭「突突」直跳。「若止卿找到了他的父親，兩人的身分一旦敗露，那些部落會怎麼懲罰他們？會要他們的命嗎？還是只是驅逐他們出境？」

「這我也不知道……」一抹凝重的表情浮現在臉上，唐虞穩住子妤的雙肩。「但我知道的是，若涉及兩國的利益，要想止卿能安全歸來，就只有求助於皇上了！」

「我這就入宮！」

子妤的神色變得焦急起來。「王司徒父子不告訴我這些，肯定是不想我擔心。既然你都能瞭解得如此清楚，他們又豈會不知？」

一把將子妤抱住，唐虞想讓她冷靜些，只低聲在她耳畔道：「妳先別激動，聽我說。」

「你告訴我，除了找皇帝幫忙，還有什麼其他辦法？」子妤抬眼，眼底有著一絲慌亂和無盡的擔憂。「止卿就像我的親哥哥，我不會允許自己看著他去送死的。只要有一丁點兒的希望，我也不會放棄！」

「他像妳的親哥哥，卻實實在在是我的親徒弟！」唐虞沈聲道：「我不是不讓妳去求皇上，只是換一個人，讓我親自去求。」

「你……」子妤有些不明所以。「你以何立場？」

「我不想妳欠他太多。」唐虞眼裡閃著動人的光芒。「我知道妳非到萬不得已不會輕易再見皇帝。」

「子沐……」子妤真的很感動，只覺得眼前這個男人從來沒有像這樣，讓自己有甘願放棄一切和他在一起的強烈想法。

輕撫著子妤的臉龐，唐虞柔聲道：「身為皇子師，同時也是止卿的師父，我有立場去見皇上。求他從兩國間安危的角度去解決這件事。」

「他會願意嗎？」子好有些猶豫，唐虞所言的確是個可行的途徑，但卻無法確定說服力夠不夠。

「他不是昏君，某種程度上，他還算是個明君。」唐虞示意子好放寬心。「若是他不願意採納我的進言，即便妳去求他相助也是一樣。」

「我希望，他能聽進去你的話，那樣或許我會對他有幾分改觀也說不定。」子好眼底掠過一抹悵然若失的神色，對於皇帝，她始終沒法把他當作「父親」來尊重愛戴，如果能夠避免和他之間的牽連，子好自然也是願意。

「事不宜遲，我這就準備一下進宮。妳好好在海棠院休息，最後再整理一下行李，畢竟今晚之後咱們就要啟程，儘量不要耽誤了……婚期。」

說到「婚期」二字時，唐虞臉上流露出了少見的羞澀神情，這讓子好原本凝重的心情變得一鬆。「放心，耽誤不了。難道誤了婚期，你就不娶我了嗎？」

「皇命難違，小生豈敢？」唐虞斜斜一鞠身，做了個標準的戲曲動作，看起來瀟灑倜儻至極。

「那我去小廚房包餃子，等你今夜回來一起吃年夜飯。再點了爆竹，咱們一起守歲！」

子好被他逗得展顏一笑，猶如寒冬裡盛放的海棠花兒，紅通通的臉龐幾乎暖燙了唐虞的心。

唐虞走了之後，茗月和子紓雙雙而來。手裡提著剁碎的豬肉、牛肉，還有香蔥、白麵一應俱全，子紓咧著嘴笑得極為開懷。而一旁的茗月卻含著幾分羞澀的笑意，時不時抬眼看一下身邊高大英挺的子紓，眼底濃濃的情懷顯露無疑。

看著這一對小情人在面前一起擀麵、包餃子，子妤樂得自顧自泡了一壺茶坐在美人榻上，悠閒地一邊看他們兩人打情罵俏你儂我儂，一邊思索著關於止卿的事。

「咦，姊夫不是回來了嗎？怎麼不見他人影呢？」子紓一邊包著餃子，一邊和子妤閒扯。

「呿！唐師父就是唐師父，還沒成你姊夫呢！」子妤笑著呵斥了子紓一下。「乖乖包餃子，記得把唐師父那份兒也一起準備了，他要回來和咱們一起用年夜飯呢。」

「真的？那就好！」子紓臉上露出了極高興的表情。「止卿哥走了，至少還有個未來姊夫可以陪我喝酒，真好真好！」

子妤順手丟了個枕囊過去砸了子紓一下。「可不許你和唐師父沒大沒小的。茗月，今晚妳可得看好了他，免得丟人。」

「今晚我要幫著照看阿滿姊，鍾師父回了老家去辦點事，阿滿姊肚子太大，我可沒閒工夫管這個缺心眼兒的！」茗月掩口直笑，乘機也打趣了子紓兩句。

「對了，阿滿姊也該來了吧。」子妤聽見茗月提及阿滿，這才想起，趕忙翻身下床。

「我去接她，昨兒個落了夜雪，地上滑。」

子妤說著，已經披了厚厚的棉披風往外走去。

章二百四十八　冰釋前嫌

年節到了，戲班裡頭雖然大多是簽了死契的，可只要有家人，花夷都會放他們回去吃個團圓飯再回來。反正官府那裡都有文書，而且賣身契是和內務府簽的，身分地位和那些賣身為奴的不一樣，上了五等還能領些微薄的俸祿，就算有人想走，也得先衡量值不值得。

冷冷清清的戲班大院兒，子妤還有些不適應，走在潮濕的青石地上，感覺身後留下了一列清晰的腳印，回頭一看，又很快被一陣寒風給吹乾了，什麼也不剩。

這讓子妤想起了身邊的這些人，王修也好，唐箏也好，還有已經香消玉殞的青歌兒也好……他們雖然都曾在自己的生命中留下了腳印，但始終什麼也算不上，脆弱得禁不起一陣風過。

可止卿不一樣，他這些年來對子紓的照顧，對自己全心全意的愛護，比親兄弟還要親。子妤已經下定決心，若唐虞的請求達不到讓皇帝點頭幫忙尋人的目的，自己勢必要親自進宮，哪怕用生命來換取，也在所不惜。

只是這種想法，子妤對唐虞有所保留罷了。男人，總是會有一絲佔有慾的。止卿雖然是唐虞的親徒，但自己更是他的未婚妻子，如果在其他男子的事情上自己顯得太過衝動和不顧一切，在子妤看來，這是對唐虞的不公平和不尊重。

所以當子妤聽到唐虞要幫忙解決時，心裡真是有些說不出的感動和一抹想要完全依靠他的感覺。這些年來自己獨自面對一切，或許有人能擋在前面替自己操心、替自己分憂，也是一件很不錯的事情。

想著想著，子妤已經來到了南院的門口，一眼就瞧到阿滿正從房間出來，摸出鑰匙將門鎖扣上。

「阿滿姊，小心！」子妤見她肚子已高高隆起，厚厚的棉衣幾乎都罩不住了，動作也顯得笨拙遲緩，趕忙快步上前扶了她。

「我不過是孕婦而已，又不是什麼病人，你們一個個的都這樣緊張，讓我覺得自己真是沒用得很。」阿滿嘴上這樣說，卻笑咪咪地任由子妤牽了自己的手，小心地下了臺階來。

將阿滿挽得緊緊的，子妤生怕她一不小心就摔了，嘟囔道：「我可不是擔心妳，是擔心我的小侄兒被妳摔到了提前蹦出來。」

「這傢伙，知道他父親不在身邊，不安分得很呢，天天折騰我，連覺都睡不好。」阿滿低首，面帶幸福地撫摸著自己的肚子；就連抱怨，那語氣聽起來也像是在和肚子裡的寶寶輕柔細語。

「對了，」阿滿拽緊了子妤的手臂。「妳還沒告訴我，四師姊在司徒府過得怎樣呢？她是瘦了還是胖了？雖然聽說她氣色極好，但總是想知曉她的夫君待她好不好。」

「四師姊很好。」子妤笑著，細細給阿滿講起在司徒府和塞雁兒見面的事情。「她不但氣色極好，整個人都不一樣了呢。渾身上下盡都是少奶奶派頭，府裡的下人也很尊敬她，司徒大人也待她一如己出，只是……」

「只是什麼？」阿滿側頭看著子好，見她面露難色，心下一緊。「是不是有什麼不好的地方，妳一定要告訴我，別瞞著我！」

「阿滿姊，妳可知四師姊嫁的是什麼人家？」子好不想說得太直接，萬一讓阿滿擔心就不好了，畢竟她可是懷胎近八個月的孕婦，要是動了胎氣，這大過年的連個穩婆都不好找。

點點頭，阿滿眼底浮現一股苦澀。「是王司徒的獨子……他……聽說身子有些不好。可到底不好到什麼程度，四師姊不肯說，外頭的人也不清楚這些高官豪門家中的隱秘事兒。」說著，阿滿重重捏了捏子好的手。「妳去這一趟，見了司徒少爺沒有？他到底有什麼隱疾？四師姊不會年紀輕輕就守活寡吧！」

「呸呸！」阿滿剛一說出口，就狠狠地打了自己一個嘴巴子。「瞧我這張嘴，不算不算，老天爺，您可千萬別聽進去了。」說完，還趕緊雙手合十唸了聲「阿彌陀佛」。

子好蹙了蹙眉，猶豫著要不要將司徒少卿的真實情況告訴阿滿，可想著塞雁兒那麼心甘情願，司徒少卿待她也是愛護有加，一時間卻有些不願打破這些存在自己心底的美好景象，便道：「只是帶了些出娘胎就有的先天之症罷了。不過四師姊知根知底，司徒府也沒有對她隱瞞，她既然嫁了過去，如今也過得很開心，咱們就不用太過杞人憂天了。」

「四師姊這一輩子都要強，在戲班一直被大師姊壓著不能出頭，如今尋了門表面光鮮的好親事，我真希望她能幸福才好。」阿滿說起來，語氣有些唏噓，眼角也帶著幾分微微的濕潤。

知道阿滿和塞雁兒的感情親如姊妹，子好有些慶幸自己沒有向她吐露實情。其實在自己看來，塞雁兒嫁給司徒少卿，恐怕早就想開了。

身為司徒府的少奶奶，雖然夫君命不久矣，但她的身分地位卻並不會因此而減弱半分。若能在這一、兩年裡懷上孩子，她將來就是司徒府裡堂而皇之的女主人；若是懷不上，相信王司徒也會從族裡過繼一個孩子在她的名下，將來承繼香火，侍奉她終老，她一樣能穩坐司徒府女主人的位置。

像塞雁兒那樣的女子，需要的恐怕不會是一門單純的婚姻，婚姻背後能夠帶給她的巨大利益，這才是吸引她的最重要因素。

可惜阿滿心思單純，恐怕還認不清塞雁兒所渴望的究竟是什麼。她自己如今幸福得好像在雲端，若知道塞雁兒注定要孤獨地做一個豪門寡婦，恐怕久久都不會釋懷的，不如瞞著她好。

「咦，唐姑娘沒有回江南嗎？」趁著子好低首沈思的時候，阿滿向著迎面遇到的唐箏打了聲招呼。

抬眼，看到唐箏含笑而來，子好對她不由得多了幾分好感。

無論她的目的是什麼，能夠不與王修同流合污，這點讓子好極為欣賞。畢竟她身分特殊，若真如了王修之願站出來指責自己和唐虞，那她的影響力必然會對兩人造成極大的傷害。

所以臉上揚起一抹真摯的笑容，子妤扶了阿滿一起迎上前去。「師妹，今晚我們在海棠院包餃子、放爆竹，妳也一起來吧。」

阿滿也連連開口道：「這戲班裡頭如今人都走得差不多了，妳一個人過年節太冷清，不如大家一起才熱鬧。」

唐箏並不意外花子妤會對自己從態度淡漠到親切熱情，但卻還是搖搖頭。「多謝師姊和阿滿姊的好意，我答應了一位師妹，去她家做客，一起守歲，等會兒就要出門了。」

阿滿見她並無推託之意，只當是真的另有安排，便道：「既然如此，那就不勉強了。只是妳一個人出門，要小心些。」

子妤卻有些了然，心下一動。「既然師妹要出門，不如我送妳一程吧，這年節時候，連街上也清冷得嚇人。妳稍等，我先扶了阿滿姊回海棠院，可好？」

本想直接拒絕，想著那時候唐虞一回來，她就疏離冷落了自己，唐箏心裡也想趁此機會和花子妤開誠佈公的好好談談，便點了點頭。「那就勞煩師姊了，我先去門房那兒備輦車，您先好好扶了阿滿姊，別急，我不趕時間，還是她最重要。」

將阿滿送到海棠院，子妤進屋去和子紓、茗月他們打了聲招呼，提了把油紙傘以防天色晚了落雪，便直直去了前院門房那兒。

外罩了一件踏雪尋梅枝頭俏的錦繡大披風，唐箏斜倚在漆黑的院門邊，看她背影站得很直，任陣陣寒風掠過，也沒有動一下。

單單是這個清濯的背影，花子妤就看得出來，唐箏是那種心氣非常高傲的人。

她被唐家收為童養媳，卻並沒有就此認命，只甘於成長為一個卑賤的賣身小媳婦；而是依靠自己的魅力取得了唐母的信任，當她如女兒一般養大，還容許她在外面拋頭露面學本事。

或許有一天，她翅膀硬了，就會飛離那塊讓她蒙羞的土地。這點，花子妤看得出來，唐虞看得出來，唐母應該也看得清楚明白，所以才會默認她以尋唐虞為理由，允許了她獨自來京吧。

搖搖頭，子妤不願想得太多，唐箏到底是為了唐虞，還是只是找個藉口能夠重新過自己的人生，這都不是自己所關心的，只要她沒有做出任何不利於兩人的事情就行了。

「師妹，輦車可備好了？」

子妤迎了上去，見外頭果然已經開始揚起細細的飛雪，趕緊撐開了手中的油紙傘，擋在了兩人的頭頂。

唐箏回過頭，見花子妤為自己撐傘，並未拒絕，只含笑點點頭。「駕車的車夫在外等著呢，咱們啟程吧。」

「怎麼在這外頭等，快上車吧，要是染了風寒就不妙了。」子妤見她唇色幾乎沒有帶幾分紅潤，伸手握了握她的手，冰冷得只有微微的溫度，趕緊把揣在懷裡的手爐塞給了她。

「妳從江南來，這裡的氣候極冷，要是不習慣就隨時把手爐揣上。」

「多謝……」不知為什麼，唐箏握著留有花子妤溫度的手爐，竟有些感動的情緒從心底流淌而過。「若妳我不是以這樣的身分相遇，或許，能成為知己之交也說不定吧。」

「我們不是還有機會嗎？」

子妤眨眨眼，心底也釋然了些，笑意中透出了幾分能夠讓冰雪消融的暖意來。

章二百四十九　若為男子

臨近大年夜，大街上幾乎沒有人影，無論是店鋪還是茶社、酒肆，要麼乾脆打烊了，要麼稀稀落落地只有一、兩個客人，讓整座京城都陷入了年節前的冷清沈寂中。

車軲轆發出「嘎吱嘎吱」的響聲，趕車的車夫有些急，或許是想早早把唐箏送到目的地，好趕回戲班和留守的師父們一起吃飯喝酒。

子妤見唐箏蒼白的臉色終於紅潤了起來，也沒接過她遞還的手爐。「妳去了師妹家中，加兩顆熱炭還能繼續再用，我那兒還有一個我弟弟送的銀絲手爐，這個妳就先拿著吧。」

有些不好意思地收回了手爐，感受著陣陣溫熱傳來，唐箏有些感慨。「真羨慕妳，有親弟弟可以相依。」

「子沐不也一樣把妳當親妹妹對待嗎？」

子妤主動提起唐虞，是不想讓唐箏久久找不到機會來開口說出心裡話。

唐箏搖頭，臉上的笑容漸漸凝住了。「是我捨棄了做他親妹子的機會，我不怪唐大哥。」

「誰說妳沒有機會了？」子妤抓住了唐箏的手。「妳今日之舉，難道還不能說明一切嗎？若妳不言不語，任由王修繼續想法子來害我們，他才會真的捨棄妳。可妳選擇了實話實說，雖然我不瞭解他當時對妳的態度，但子沐絕非是個冰冷無情的人。妳的真誠，一樣可以贏得他的親情。」

「子沐……」唐箏眼底閃過一抹悵惘的神色。「我也想這樣喚他，可是，卻不能……」

被唐箏無意間的真情流露所震住了，子妤頓時覺得有些尷尬，一時間有些不能確定，自己是否應該這麼積極地去和她溝通交談。

「對不起。」

唐箏好像是突然醒過來一樣，看到花子妤沈默的表情，心下一緊。「我在胡說什麼，對不起，真是太對不起了……我不是……」

「沒關係，」子妤笑笑，不想讓氣氛繼續變得尷尬。「唐虞是一個優秀的男子，雖然我是他的未婚妻，卻不能阻止其他女人對他抱有好感。妳不是第一個，將來也不會是最後一個。」

「子妤，謝謝妳。」沒想到花子妤不但沒有動怒，卻反過來主動安慰自己。「我不值得妳對我這樣好的。」

子妤不解。「為什麼？」

兩行清淚沿著臉龐滑落而下，唐箏自嘲地笑了起來。「妳可知道，我去找唐大哥透露王修之事的時候，曾經請求他，若他娶妳為妻，我甘願做妾。」

「妳……」這下子妤才覺得如鯁在喉，一時間有些喘不過氣來。

「並非是我自貶身分，而是，我本來就是唐家的童養媳，不論做妻做妾，將來都要成為唐家的媳婦。」唐箏的唇邊掛著一滴淚珠，滲入口中，鹹鹹的，讓她幾欲作嘔。「所以我卑躬屈膝地求他，讓他接納我；至少，做他的妾，也比將來落得被他人輕賤好。可是……他卻連看都不看我一眼，甚至連一句話都沒有說，只是用一雙眼睛冷冷的看著我，好像我是路邊沒人要的小狗。」

「唐母不是放妳出來了嗎？妳就不能求她還妳一個自由身？」子妤心裡有股氣冒出來，也說不清是為了唐箏主動要給唐虞做妾而氣的，還是覺得唐箏這樣一個花般的女子竟只能有那樣一個灰暗的將來而不舒服。

「或許是我自己看不開吧。」唐箏垂下頭，眼淚「啪嗒」一聲滴在手爐上，隨後淚水落入火炭中又激起「嘶」的一聲響。「總覺得自己那樣的出身，低人一等。」

「唐箏，妳若不看輕妳自己，就沒有人可以看輕妳！」子妤伸手捏住她的下巴，強行讓她抬起了頭。「在外人看來，妳是一個才華橫溢的絕色戲伶，他們喜歡妳、崇拜妳，想聽妳唱戲，想看妳的獻演，卻絕對不會去深究妳到底來自哪裡、曾經是什麼身分。妳若是將自己禁錮起來，受傷害的最後也只會是妳自己，這麼大好的一片前途妳不要，為什麼要把自己的心鎖起來呢？」

看到唐箏呆呆地看著自己，子妤只好又繼續勸道：「我和子紓，從小無父無母，不過是孤兒罷了。依靠著咱們自己的努力，如今我成了京中的紅伶，甚至差一點兒就當了『大青衣』。子紓也逐漸在戲班找到自己的位置，向著一等戲伶邁進。一個人的出身並不可恥，但若是因此就自怨自艾，不努力去爭取明天的輝煌，那就太可悲了。」

唐箏努力地吸了口氣，調整著自己的情緒慢慢平靜下來。「謝謝妳，子妤。」

「妳是個極聰明的女子，我想這些話本不用說得那麼明顯。」子妤見她呼吸沒有先前那麼急促了，這才放心了些。「女人，不一定只能依靠男人，身為戲伶，女人也可以用自己的努力去開創一片天地。我們能用我們自己的本事去贏得尊敬，妳知道這對於普通女孩子來說，是多大的幸運嗎？別身在福中不知福，也別讓一葉障目，反而看不見自己的未來。」

感覺輦車一震，隨即停了下來，子妤知道唐箏的目的地到了，表情凝重地又道：「言盡於此，一切還靠妳自己去想通。我只希望將來能多一個好妹妹，而不是一個可憐又自怨自艾的師妹。」

深深地看了花子妤一眼，唐箏咬著唇，用力到唇角幾乎滲出了幾絲血痕。「若我為男子，也一定會喜歡上妳。輸給妳，我甘心情願。」

說完這句，唐箏便一手掀開簾子，頭也不回地下了輦車，只留下花子妤獨自在車裡，有些出神地回味著唐箏留下的那句話。

「子妤姑娘，還要去其他地方嗎？」車夫見車裡沒了動靜，主動問。「若沒有其他地方要去，小的便駕車回戲班子了。」

「回去吧，天馬上要黑了，該吃團圓飯了。」

花子妤平靜的聲音從車廂裡傳來，帶著幾絲疲憊，也帶著幾絲難言的舒緩柔韻。能讓唐箏說出那番話，這讓子妤著實意外了一番。

其他不說，至少唐箏不再是一個威脅，這讓子妤心裡頭輕鬆了不少。

第二百五十章　團圓之夜

一盞盞大紅的燈籠開始在街邊巷弄中高高掛起，家家戶戶也透過門窗縫隙傳出闔家歡聚的熱鬧聲。

駕車的車夫雖然無家可回，但戲班裡頭還有一幫同樣湊攏在一起過年的人，這讓他不由得快馬加鞭起來，想要早早趕回花家班。

子妤理解車夫的心境，便也不顧這東倒西歪極其搖晃的輦車坐著實在難受，一邊穩住自己的身子，一邊撩開了簾子，看外頭燈燭搖曳，聽人聲漸沸，不由得歸家之心也濃烈了起來。

腳步剛一落地，天上就開始飄起了雪花。

深藍色的夜幕中，片片如絮，飛揚而起，恍然間，那雪花彷彿比晴朗夜空中的繁星還要耀眼奪目。

深吸了口氣，只覺得寒氣從上到下，子妤不由得打了個冷顫。

從懷裡掏出一個二分錢的碎銀子，塞到車夫手裡，再道了聲「辛苦了」，子妤這才裹緊了領口，一路快步往海棠院而去。

只是在經過落園之時，子妤停下了步子。

臨近年關，金盞兒的病更嚴重了，咳嗽不止，還時常咳出血來。唐虞回來替她把過脈，因為她已是「大青衣」的身分，太醫院也專程派了一位大夫過來。

可診斷結果不謀而合，最短，恐怕活不過這個新年；最長，也不過拖到明年開春。又因為肺症加劇已經讓她呼吸都很困難了，如今雖用蔘湯之類護著，也不過續命一時而已。

看著落園外紛飛的雪花，一片片好像沒有根的浮萍，落在濕漉漉的石地上就沒了任何痕跡，這讓子妤的心也跟著有些揪緊了。

子妤知道，南婆婆和金盞兒並沒有離開戲班。雖然之前花夷打過招呼，不要前往打攪到金盞兒，可今夜乃是除夕夜，只她們兩人留在落園，未免太過冷清了些。

想到此，子妤抿了抿唇，抬手叩響了院門。

「誰？」

「我，子妤。」

聽見南婆婆的聲音，子妤唇角微翹。「南婆婆，我來請妳和大師姊過去跟咱們一起吃餃子、放爆竹。」

「來了。」南婆婆的聲音卻帶著兩分沈重。

院門打開，子妤逕自進入，抬眼便瞧見了院中清冷的樣子。

四季常綠的桂樹，如今卻落葉稀疏，一副凋零破敗的樣子，一盞燈籠掛在廊簷上，被夜風吹得直晃，彷彿下一刻就要熄滅。

透過窗隙，子好能看到金盞兒正斜靠在貴妃榻上，披了厚厚的羊羔絨毯在身，可一張俏臉卻蒼白得幾近透明無色。

「大師姊怎麼樣了？」子好蹙了蹙眉，眼底流露出了一絲不忍，別過眼不再看。「南婆婆，我想請妳和大師姊去海棠院一起吃頓團圓飯，這大過年的，也好熱鬧些。」

「妳大師姊身子不好，不能下地。不過她讓我告訴妳一聲，謝謝妳想得周到，但她素來不愛湊熱鬧，就不過去了。」南婆婆臉色有些不好，說著，輕輕拉了子好到一邊。「妳也知道盞兒的性子，最是驕傲不過了。病重不算什麼，可得了『大青衣』卻也再沒法開口唱戲，這對她來說才是最不願意面對的；等於給了她一罐蜜，卻打不開蓋子。如今她病情日益加重，更是不願意再離開這落園半步的。好子好，妳就當我們不存在，別再來了，好嗎？」

「婆婆……」子好心裡有些發哽，卻偏偏找不到話來寬慰或勸解。「那……等會兒我送一盤餃子過來吧。」

「別了。」南婆婆擺擺手。「好姑娘，婆婆知道妳心地好。班主專程交代了前頭留守的廚子，他們什麼都送了過來：餃子、麵餅、還有燉的雞湯……都不缺的。妳就別再來了，讓妳大師姊清清靜靜地走完這最後一段日子吧。」

心裡頭酸楚難耐，但子好卻能夠理解金盞兒只想自己一個人獨處的意願。只好點點頭，緊緊握了握南婆婆的手。「婆婆，若是有什麼需要幫忙的地方，請一定一定開口。我……」

「好姑娘，婆婆心裡曉得的。」南婆婆伸出手，輕輕撫了撫子好的臉。「乖，好好過年，不要擔心這邊，若有需要，我會找妳的。」

轉眼看著屋裡頭已經好像沒了力氣再睜眼的金盞兒，子妤強忍著不讓眼眶裡的淚珠滾落下來，這才轉身，關上了落園的院門。

抬眼，不遠處的海棠院已經傳來了鼎沸的人聲，子妤聽得出，那是子紓和茗月在打鬧，阿滿在一旁呵斥……雖然聒噪，卻充滿了溫暖，讓人聽著就能油然而生一種幸福感。

長長地吐出一口氣，子妤不想將落園低落而沈重的氣氛帶回那個「家」，強迫自己微笑起來，這才提步快速地往海棠院而去。

一推開院門，子妤就看到各色的花燈點綴在院中，有嫦娥奔月的花樣，有月兔搗藥的花樣，還有花開富貴、芙蓉吐露等等，輝煌而耀眼。

雖然雪越落越大，可子妤看著滿眼晶亮的五彩花燈，心底卻逐漸真正地暖了起來，臉上的笑容也發自內心地透出愉悅。

世間雖然不如意之事常有，但只要身邊有家，有家人，一切不就都能迎刃而解嗎？

「姊，妳回來啦！」

子紓手裡正捧著剛剛烤好的窯雞，兩抹炭黑在臉上清晰可見，身後正是追著想要給他擦乾淨臉的茗月。

「子妤，妳看妳弟弟，叫他去弄個雞，還弄了一堆灰在臉上掛著回來。我說了，不洗乾淨就不准吃，他還不聽了，只知道躲！」

茗月氣呼呼的樣子，圓臉更顯得如銀盤滿月般。雖然語氣帶著幾分氣惱，可眼底的晶瑩光彩卻是怎麼也掩不住的。

「你們倆的事兒，你們自己解決，我可是又冷又累，得進去烤個火、喝杯熱茶才行。」

「子好，妳回來就好了，可憐我挺著個大肚子還要看顧這兩個長不大的。餃子已經包好了，就等唐師父回來下鍋！」

大腹便便的阿滿繫著圍裙，手裡舉著根擀麵棍，臉色紅潤，氣色極好。「不過話又說回來了，唐師父到底去了哪裡？這都什麼時候了，也該回來吃團圓飯了吧。」

「他……」子好剛想開口解釋，卻聽得身後傳來一聲門響，轉過頭去，便看到一身披風的唐虞站在面前。

「我回來了，開飯吧！」

唐虞朝著子好微微一笑，跨步過去輕輕拉起了她的手，在她耳邊低聲道：「皇上已經答應，三日後便派密探先行進入漠北尋人，若得到可靠情報，必要時會出兵接回止卿。妳就放心吧！」

「沒想到，他不是個好父親，卻實實在在是一位明君。」心底一塊大石頭終於落了地，子好舒展眉宇，笑容燦爛得好像能夠融化這漫天的飛雪。「走吧，我要吃你親手煮的餃子，可不能讓阿滿姊再靠近灶臺了。」

「我這便為娘子洗手作羹湯。」一股溫熱的氣息含著這一句無限溫柔的話語入耳，子好俏臉一紅，嬌嗔著想要推開唐虞，可發覺子紓、茗月還有阿滿都睜大了眼睛，看著自己被唐虞牽了手在低聲耳語……

「唐師父回來了，阿滿姊妳休息一下，我們這就去把餃子下鍋。」子妤只好反手將唐虞一拉，逃也似的從院子裡往旁邊的小灶房而去。

看著即將成為夫妻的小倆口這麼深情恩愛，阿滿面帶欣慰的表情點點頭，伸手招了招院中不顧落雪還在打鬧的子紓和茗月。「快些進來，難不成還要我這個孕婦來擺碗盞伺候你們吃飯啊！」

「來嘍！」子紓大叫一聲，也不顧手上髒髒的，拉了茗月就往屋裡跑，害得茗月顧不上臉紅，只嚷嚷道：「你放開我，這麼油膩膩又沾了炭灰的手，你幹麼拉著我！」

「我可不放開，我姊說了，要找個媳婦兒才好過年呢，放開妳，我去哪裡再找個媳婦兒！」

子紓臉皮厚慣了，這個時候說起這樣的俏皮話真是不帶一絲尷尬，卻讓茗月心頭一顫，反手一把將他扯住。「你……真願意娶我做媳婦？」

「怎麼，不信？」子紓咧嘴一笑，露出一排潔白的牙齒，笑容純潔無瑕，可眼底卻閃過一抹狡黠。「既然妳這麼心急想嫁給我，那我這就讓姊姊去妳家提親，好不好？」

「好什麼好，你這傢伙沒個正經！」

說話間，子妤從子紓的身後走上來，一把揪住了他的耳朵。「你若不好好待茗月，老這樣欺負她，我就不給你娶媳婦兒了，看你怎麼辦！」

「子妤，他沒有欺負我！」茗月看著卻急了，張口竟幫子紓這傢伙求情說起好話來。「他不過是和我鬧著玩兒罷了，我沒生氣呢……」

搖搖頭，子妤「嘖嘖」直嘆。「瞧瞧，這還沒嫁呢就幫著子紓了。以後我這大姑可不好當哦！」

「妳壞妳壞！你們姊弟都是一路的！」茗月面子撐不住，使勁兒地跺著腳，轉身就往屋裡鑽進去了，哪裡還敢留在原地。

子妤和子紓卻相視一笑，都看到了對方眼裡的真誠。

「小子，我走了你可得好好待茗月。」

「姊，放心吧，我不會讓到手的媳婦兒飛走的。」

「嗯，努力！」

「沒問題！」

「……」

手裡托著裝滿餃子的盤子走出來，聽見這對姊弟如此對話，唐虞簡直不知道該說些什麼，只笑著搖搖頭，無視還在「密謀」著的姊弟倆進屋去了。

章二百五十一　花開如斯

一夜落雪，最美的景色便會在第二天的清晨悄然呈現。

晴朗得猶如一塊藍寶石般的天空，清透到毫無雜質，甚至連雲朵也會害羞地躲起來，將整個天際留給那一碧如洗的藍色。地上是厚厚的雪毯，柔軟而連綿，覆蓋住了一切能夠停留的表面，無論是屋頂還是房簷，無論是花樹還是山石……

推開窗戶，子妤長長地伸了一個懶腰。昨夜守歲，後來實在熬不住了，便裹著毯子在炕上睡著。一覺醒來，一點兒也不覺疲憊，只是想到今日便要啟程前往江南唐家，心裡略有些不安罷了。

望向腳邊整齊擺放的兩個箱籠，子妤這次帶到江南的東西極少，值錢的物件也大多都折成了銀票貼身縫在了小襖裡頭，不過一些精心裁製的戲服，卻保留了下來，在子妤看來，這便是她最大的財富了。

即將啟程，子妤還有些捨不得這個只住了幾個月的小院落，特別是那株海棠花樹，即便是在寒冬，也會讓她不經意想起它曾有的豔麗明媚。

海棠花開嬌豔動人，但一般的海棠花並無香味，只有這西府海棠，既香且豔，是海棠中的極品，花家班的院落會栽種，讓子妤當時都覺得有些稀奇。念及當初這花開時，花蕾紅豔，似胭脂點點，開後則漸變粉紅，有如曉天明霞，會讓賞花人感覺心情愉悅。

不知為何，看到窗前這株被夜雪覆蓋的花樹，子妤腦子裡浮現出了金盞兒、塞雁兒、青歌兒、劉惜惜……甚至是小桃梨、茗月、阿滿、唐箏這些女子。

她們就像是點綴在枝頭的花朵，迎風俏立，明媚動人，姿態萬千。

可即便是再美的花兒，也有掉落成泥的那一天。曾經的金盞兒和塞雁兒是那樣耀眼逼人，可到了時候，總要退下她們曾經眷戀的戲臺，成為一個普通人。

青歌兒更是已經香消玉殞，殘紅褪盡，能留在大家心中的，恐怕除了憐憫同情之外，並不會有其他任何情緒。

小桃梨、唐箏，她們雖然還在鼎盛之時，可遲早也要褪盡繁華，歸於平靜安逸；一如金盞兒和塞雁兒，要麼孤單地獨立於世，要麼嫁入豪門，尋找新的人生。

或許只有茗月和阿滿是最幸福的吧！

她們身邊有愛人相伴，雖然並未在戲臺上爭得過輝煌的成績，但她們平凡的幸福，卻是再大的名聲和金錢都換不來的。

嘆口氣，裹緊了領口，子妤的唇邊揚起一抹溫柔宛然的弧度。

自己的選擇沒有錯，臺前的亮麗和輝煌都只是暫時的，身邊那個能與之白頭偕老的男子，才是真實存在的。

為了唐虞而放棄花家班的一切，放棄自己好不容易努力達到的目的，子妤並不後悔。

腦子裡幻想著兩人成婚後遊遍大江南北的情形，子妤的眼中滿滿俱是濃烈的幸福情緒。入世容易，出世難。

兜兜轉轉，自己能夠再活一次，已經是最大的幸運。在這個陌生的時空裡，還能找到一個相知相惜，執手偕老之人，更是莫大的驚喜。

子妤看著滿眼的雪白和碧藍，心境從未如此寬闊和舒暢。

推門而來，這便是唐虞所看到的一番景象。

雪中，一個容顏俏麗的女子立於窗前，清眸無塵，彷彿這雪中仙子，讓人在她的身上找不到一絲煩擾。

心頭溫暖流淌而過，唐虞臉上也揚起了同樣的微笑，緩步而上，便停在了她的窗前。

「大清早，想什麼呢？」輕輕伸手將她輕靠在窗欄上的柔腕握住，溫溫的感覺讓唐虞異常踏實。「也不多穿些衣裳就站在這兒吹冷風，要是凍著了，怎麼還有力氣趕路。」

「子沐……」子妤被他寥寥兩句話說得心底濕潤，猶如一塊被溫熱泉水澆灌的良田，不經意間便萌發出了屬於幸福和愛情的嫩芽。

唐虞有些緊張地反手扣在她腕脈上，沈下心感受了幾個呼吸，這才鬆了口氣。「還好沒有真的染了風寒。」說著，已經從外面替子妤把窗戶給掩上了。

子妤笑著過去把屋門關上，回身順便將溫在爐上的水壺提起來。「你才是呢，這麼早就過來催了，好像怕我臨陣逃脫一樣。先喝口熱水暖暖身子吧。」

唐虞將身上的青碧色錦繡斗篷取下，露出一身的深藍長衫，接過子妤遞上的溫水，飲下整杯，這才笑道：「我這是給妳送早點來了。」說著，竟從先前取下的斗篷裡掏出一個包了好幾層厚絨布的油紙包來。

一層層剝開，頓時一股鮮甜濃郁的味道撲面而來，子妤眸子微閃。「這是……」

「我一早去景陽樓買的。」唐虞點點頭。「上次妳說想吃景陽樓的水晶燒賣，打聽了他們從年初二起歇業三日，我趁今兒一早還開業，便去了一趟。」

將水晶燒賣用白瓷碟盛放著放在爐邊保溫，子妤又俐落地加了炭燒水烹茶。不一會兒，茶香便混合著燒賣的肉香瀰漫了屋中。

「我嫁給你之後，你還會幫我買早點嗎？還是每天早上起床就等著我伺候你呢？」

不知為何，子妤看著在眼前悠閒地吃著燒賣配著香茶的唐虞，突然問出了一個有些莫名其妙的問題。

差些噎著，唐虞放下咬了半口的燒賣，掏出絲帕來擦了擦嘴。「妳腦子裡怎麼總是冒出些奇怪的問題。」

「你告訴我嘛……」子妤撒嬌似的拉拉唐虞的衣袖。

「妳是我的妻子，我會用一生來愛妳、疼妳、寵著妳。」唐虞卻表情漸漸認真了起來。

「我更加不會用世俗的枷鎖來綁著妳。放心吧……」

雖然唐虞並未正面回答自己的問題，可子妤卻從他這兩句話中得到了想要的答案。「這可是你說的，到時候我若偷懶，你不准拿這理由把我給休了。」

「我把妳當寶還來不及，哪捨得休妳！」唐虞少有地表露心跡，雖然臉上有些許的不自在，可眼底濃濃的幸福和笑意卻是掩都掩不住的。

「好了，用完早點，咱們也該啟程了。」子妤滿意地站起身來，拍拍手。「我讓子紓和阿滿、茗月他們不用送我們，咱們就這麼悄悄走吧。」

「也好。」唐虞點點頭，並無異議。

找來車夫幫忙，將兩人的行李都搬上了輦車。

唐虞伸手，略微屈身道：「來，我扶妳上車。」

子妤點點頭，將手搭在他手心，登上了輦車，卻回頭再看了一眼身後的花家班。多年來，此處便是她落腳的「家」，雖然不像真正「家」的感覺那麼濃烈，可待久了，總是有些不捨，也總是有些感情的。

看出子妤眼底流露的情緒，唐虞翻身上車，輕輕擁住了子妤的肩頭。「最遲三個月，我們就回京城，又不是永別，妳就別捨不得了。」

子妤看向唐虞，開口道：「這個地方承載了我許多的夢想，更是你我相識、相知之處。一時要離開，覺得時光荏苒，唏噓感慨罷了。」

「妳總是喜歡於微小之處感慨人生。」唐虞將她輕擁入懷，對車夫輕輕點頭示意啟程，這才又道：「所以，妳相比於其他的女子，少了幾分無憂無慮，卻多了幾分智慧。這正是妳所吸引我之處。」

「男子不是都喜歡笨笨的女子嗎？」子妤將頭靠在唐虞的肩上，靜靜地感受身邊有他相伴的溫暖感覺。

「我只喜歡妳。」唐虞的嗓音略有些低沈，卻帶著幾分難解的魅惑。「妳是笨笨的，我便喜歡笨笨的妳；妳是聰明智慧的，我便喜歡聰明智慧的妳。」

抬眼，不顧臉上的羞紅，子妤直直看著唐虞。「果真？」

「當然。」唐虞笑著將她的臉輕輕攬到胸口貼著。「不信妳聽一聽我的心跳，若是說謊，肯定會跳得很亂。」

耳畔傳來唐虞有節奏的心跳聲，「撲通撲通」的，像是一串美妙的樂音，子妤翹起唇角。「萬一它騙我呢？」

「它騙妳，妳就告訴我這個主人，我會修理它的。」唐虞難得開起了玩笑。

「我相信你，也相信它。」子妤伸出纖指，在唐虞胸口隨意地畫著圈圈，好像情侶間再自然不過的互動。

「子妤，能夠這樣和妳在一起，真好。」

唐虞舒了一口氣，也將懷中人兒抱得更緊了。「以前我看著妳，總覺得妳隱瞞了什麼，讓人有些捉摸不定，可仔細看妳的眼神，卻清澈得毫無雜塵，晶亮而明媚，也讓我覺得那只是錯覺而已。直到妳請求皇帝賜婚，我才徹底覺得踏實，可以真正的擁有妳了。」

唐虞的話讓子好一愣，連她自己都把前世的種種忘卻了，分不清那到底只是一個夢，還是真實存在的過去，卻沒想到，他能從自己的眼底看出些端倪。

他是自己的愛人，自己卻又秘密瞞著不敢告訴他，這讓子好突然有種想要訴說的衝動。

清眸微閃，子好深深地看著唐虞，看到了他眼中無盡的寵愛和包容，彷彿下定了決心一般，深吸了口氣。「子沐……你相信前世的記憶嗎？」

「什麼？」

「有些話，我想對你說。」

「好，妳說，我聽。」

「你保證不會被我嚇到。」

「只要妳不離開我，就沒有什麼事兒能嚇到我。」

「那好，我說了。」

「嗯。」

「……」

輦車漸行漸遠，「吱嘎吱嘎」的車軲轆聲掩蓋住了車廂內兩人的悄然耳語，卻掩不住那碧藍天際下，兩個相愛的人敞開心扉，吐露心聲。

——全書完

藝界人生大揭密！
古代明星不能說的情與愛……
青妤記
一半是天使著
她的前世如此卑微孤寂，能夠再活一次，
來到這個陌生的時代，不但成為紅遍京城的傾世名伶；
還有幸遇到廝守終生的好男人，她，絕不再放手……
這一世她一定要活得足夠精彩，
才不辜負上天的眷顧！

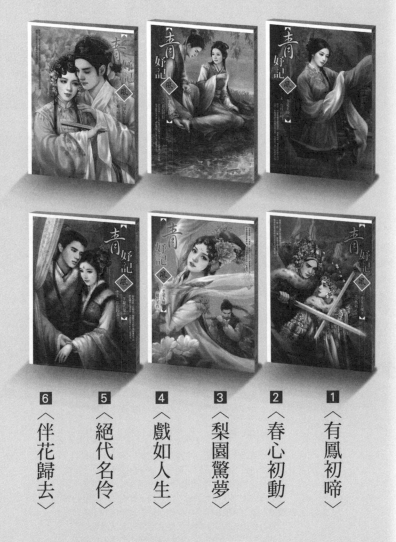

重量級好書名家／

墨舞碧歌

文創風 032　8之1〈逆天〉

即便秦歌不愛她，但在王墓考古遇見盜墓者時，他捨命救了她是事實，
於是，當那個神秘的女子説他的前世是千年前榮瑞皇帝以後繼位的東陵王，
説若當時不修陵寢，秦歌就能重生時，她毫不遲疑地同意回去逆天篡改歷史，
當見到東陵太子時，那與秦歌一般的容貌讓她確定了他便是下任東陵王，
他承諾娶她，不料後來成為太子妃的卻是她的異母姊姊——傾城美人翹眉！
為了當面問他一問，也為了讓東陵派兵援救她母親陷入爭戰中的部族，
即便被下毒毀去絕世容顏，她仍攜二婢逃出，前去參加皇八子睿王的選妃大典，
八爺上官驚鴻，一個左足微瘸、鐵具覆面的男人，她無論如何都得成為他的妃……

文創風 033　8之2〈醜顏記〉

翹楚在太子府等待出嫁前，她的夫婿睿王卻親眼目睹太子吻了她，
而在隨後發生的行刺太子事件中，她為救太子，讓刺客誤以為他才是太子，
結果他因此受了傷，也一併褪去人前溫和不爭的假面，露出陰鷙狠戾的模樣，
她這才驚覺，他以前所有的溫情以待都是在作戲，娶她也不過是別有目的，
不過無妨的，此生只要完成來東陵及救母的任務，其他的都不重要，她不需愛情，
誰知她意外發現書房的秘密，進入一處地穴，看見一個俊美無儔的男人，
那分明是太子的臉，但他身邊不離身的鐵面卻昭示他是她的爺、她的丈夫！
老天，秦歌的前世究竟是太子上官驚灝，還是遭她背叛過的睿王上官驚鴻？

文創風 036　8之3〈佛也動情〉

他是萬佛之祖飛天，本該心如明鏡、無慾無求的，
不料在親手接生了翹家二女若藍後，命運之輪便啟動了，
明知不可，他卻悄悄對貼心善良的她動了情，
他很明白這是不被允許的，因此他一直掩飾得很好。
對誰都好、看似有情卻無情，是他向來給眾神佛的印象，
直至他的佛殿祝融肆虐，她為救寶貴典籍而喪命，
至此，他再做不來喜怒不形於色，
為免她魂飛魄散，當下他使計讓兩大古佛施展捕魂咒救她，
事後，他及天界一干動了愛恨嗔癡念的眾神佛皆得下凡歷劫，
他成了睿王上官驚鴻，而若藍則化為翹楚，
倘若再愛上她以致歷劫失敗，那她將灰飛煙滅，於是，他只能對她狠了……

非我傾城

那一世，他轉山轉水轉佛塔，不為修來生，只為途中與妳相見；
那一瞬，他墜凡成魔，不為劫滿再生，只為佑妳平安……

《非我傾城》隨書附贈東陵王朝人物關係表

文創風 037　8之4〈爺兒吃飛醋〉

大婚前先是與他的太子二哥曖昧不清，大婚後又和九弟夏王眉來眼去？
想不到翹楚這姿色平平的女人，還真有活活氣死他的本事！
她那破敗身子毒病一堆，沒幾年命好活了，竟還有閒功夫到處勾搭他的兄弟？
民間姑娘、勾欄場所的花魁，幾時看九弟真心對待過一名女子了，
而今不僅一直戴著她給的荷包，還贈她千年白狐做成的名貴狐裘，這算什麼？
怎　著，難不成九弟這次竟看上了自己的嫂嫂、看上他用過的女人嗎？
只是，他這個好弟弟似乎忘了一件事──翹楚是他的女人！
即便他上官驚鴻不愛，他上官驚驄也休想染指她一分一毫，
不論是死是活，這輩子她翹楚都只能是他八爺的妃！

文創風 040　8之5〈衝冠一怒〉

翹楚失蹤了！
上官驚鴻知道，必定是太子將她縛走了，
為了立即救出她，他不顧五哥勸阻，點兵夜闖太子府，
他很清楚，此行若搜不出翹楚，父皇必定大怒，
而這些年來他辛苦建立的一切也將毀於一旦，但他管不了這許多，
毀了便毀了吧，他無法慢慢查探，他絕不讓她再受一點苦！
為著能早點救出她，甚至連九弟他都找來幫忙了，
只因他曉得夏九素來喜愛翹楚，定能完成所託，
然則，他終究是慢了一步，她被灌了滑胎藥，大量出血！
他早已立下誓言，必登九五之位，遇神殺神，遇佛弒佛，
自降生起，他從沒畏懼過什　，如今，他卻怕極了失去她……

文創風 042　8之6〈赴黃泉〉

翹楚曉得，現如今的上官驚鴻是愛她的，很愛很愛，連命都能為她捨，
為了專寵她、得她信任，他甚至允諾不碰其他女人，他們要永遠在一起，
然則，她總會先他離開這世界的，哪能陪他到永遠呢？
她的身子幾經毒病，早便是懸在崖上的，若她死了，他怎麼辦？
或許他們不該在一起，不該要求他唯一的愛，畢竟她根本陪不了他多久……
宮裡傳來的消息，說翹楚昨夜在宮裡沒了，守護著她的老僕瘋了般見人便砍?!
一派胡言！她腹中還懷著他的孩兒，好端端的怎可能就沒了？
……是父皇！父皇不喜翹楚，定是他下的殺手！
母妃和妹妹都教父皇害死了，為何連他心愛的女人都不肯放過？
誰殺了翹楚，他就殺誰，便是當今聖上、他的父皇亦然！

嫡女策

勾心之最高段，鬥角絕不服輸

重量級好書名家／西蘭

謀劃精巧．膽大機敏．爾虞我詐之中猶有夫妻鶼鰈情深

宅鬥不簡單啊！

人不犯我，我不出手！作為人妻的最高段數——
於上，她要鬥王妃，鬥王爺，鬥各房叔叔嬸嬸；
於中，她要鬥夫君，鬥妯娌，鬥圍繞她夫君的鶯鶯燕燕；
於下，她要鬥姨娘，鬥丫鬟，鬥各路管事。
想成為當之無愧的新主母，她可是一步也錯不得！！

文創風 041 **1**

明明是董家唯一嫡出的大小姐，
卻備受冷落，不得寵愛，
還將她許給京城風流浪蕩出了名的紈袴子弟，
離了董家這個狼窩，
嫁入了王府那樣的虎窟，這日子該怎麼安生？

董家嫡出大小姐——董風荷，是董家這一輩唯一的嫡系，
卻不受祖母喜歡，不遭父親待見。
母親董夫人重病纏身，臥床十載，猶如冷宮，不受寵愛。
庶妹罵她是野種，姨娘跟祖母合謀，
將她許給京城出了名的——莊郡王府杭家的四少爺。
這一切，她從來都雲淡風輕，只想與母親平淡度日。
不過，別以為她是那等任人欺凌的主子，
一旦越過了她的底線，就別怪她手段快狠準，翻臉不認人。
嫁入王府，她才知道娘家董府裡的爭鬥跟這兒比只是小巫見大巫，
傳言她的夫君剋妻剋子、遊手好閒、吃喝嫖賭、寵妾成群，惡名遠播，
新婚洞房花燭夜，妾室傳來有孕，夫君立即棄她而去……
她成了一入門就不被夫君疼寵、連圓房都不成的四少夫人；
然而回門日，這樣教人心冷的夫君居然替她在娘家撐足了臉面，
這個男人風流浪蕩，似乎又城府很深，教她看不透澈；

文創風 043 **2**

嫁了一個風流浪蕩的夫君，
他有心似無心，無情又似有情，
在將他的心摸個透澈之前，
她絕不輕易交心……

自從風荷嫁入他們莊郡王杭家，
這從上到下、大大小小的，沒少給她添麻煩、使絆子，
但他的小妻子在如此暗潮洶湧的杭家竟能存活得這麼好，
不由地教他刮目相看起來……
原本還擔心她處事會心軟，沒想到她竟也是個狠得下心的主子，
瞧她那賞罰分明、謀算精微、下手明俐落明斷的勁道，
他不由地輕輕抖了一抖，以後得罪了誰，也別得罪杭家四少夫人啊！
她的心計，她的手腕，她的勇敢，她的羞怯，
都像為他挖了一個坑，一步一步引誘他往下跳。
試圖勾引他的女子很多，但沒有人能像她一樣輕易地探到了他的心，
她似乎用一根無形的絲線在他心上繞了一圈又一圈，讓他痛卻舒服。
任憑他城府再深、心眼再多，
依舊只能順服心中的渴望，控制不住地去靠近她……
他害怕了，因為他不知被征服的是她還是他？

文創風 044 **3**

說與不說，皆有其難處；
問與不問，卻都是關切有情……

風荷知道自己嫁的杭家四少，絕非等閒之輩，
更不是風流成性的紈袴子弟，他懷著莫大的秘密……
身為妻子的她不多問，配合著他作戲，
裝著跟他夫妻不睦，看著裝扮成他的假夫君在杭家出沒，
甚至看著「他」與妾室們調情、留宿其中。
她安分地打理王府事務，連府裡小姑的婚事也費心插手，
偏偏「有心人」不放過她，毫不留情地下狠招，
他的姨娘肚子裡的孩子留不住，連五少爺夫人肚裡的也出事了，
這一個個矛頭全指向她，
連一向寵她疼她的太妃都將她禁足、看管，等著聽候發落，
終於盼到他回來了，面對如此的百口莫辯、「證據確鑿」的險境，
她不怕，也不為自己多說一句，
她等著看，他是信她不信，對她有情或無情……

風 文創 039

青妤記

6之6

〈伴花歸去〉

國家圖書館出版品預行編目資料

青妤記. 6之6, 伴花歸去 / 一半是天使著. --
初版. -- 臺北市 : 狗屋, 民101.10
面 ; 公分. -- (文創風)
ISBN 978-986-240-908-4 (平裝)

857.7 101018266

著作者 一半是天使
發行所 狗屋出版社有限公司
地址 台北市104中山區龍江路71巷15號1樓
電話 02-2776-5889～0
發行字號 局版台業字845號
法律顧問 蕭雄淋律師
總經銷 知遠文化事業有限公司
電話 02-2664-8800
初版 101年10月
國際書碼 ISBN-13 978-986-240-908-4

原著書名：《青妤記》，由起点中文网（www.cmfu.com）授權出版。

定價230元
狗屋劃撥帳號：19001626
網址：love.doghouse.com.tw E-mail：love@doghouse.com.tw